# ZODIAK

TOME 1

# ZODIAK

## Les nébuleux

MAUDE ROYER

Éditeur : François Doucet
Révision linguistique : Isabelle Veillette
Correction d'épreuves : Nancy Coulombe, Carine Paradis
Conception de la couverture : Mathieu C. Dandurand
Photo de la couverture : © Thinkstock
Mise en pages : Mathieu C. Dandurand
ISBN papier 978-2-89733-886-2
ISBN PDF numérique 978-2-89733-887-9
ISBN ePub 978-2-89733-888-6
Première impression : 2014
Dépôt légal : 2014
Bibliothèque et Archives nationales du Québec
Bibliothèque Nationale du Canada

**Éditions AdA Inc.**
1385, boul. Lionel-Boulet
Varennes, Québec, Canada, J3X 1P7
Téléphone : 450-929-0296
Télécopieur : 450-929-0220
**www.ada-inc.com**
**info@ada-inc.com**

**Diffusion**
Canada :     Éditions AdA Inc.
France :     D.G. Diffusion
             Z.I. des Bogues
             31750 Escalquens — France
             Téléphone : 05.61.00.09.99
Suisse :     Transat — 23.42.77.40
Belgique :   D.G. Diffusion — 05.61.00.09.99

**Imprimé au Canada**

Participation de la SODEC.        SODEC
Nous reconnaissons l'aide financière du gouvernement du Canada par l'entremise du Fonds du Livre
du Canada (FLC) pour nos activités d'édition.
Gouvernement du Québec — Programme de crédit d'impôt pour l'édition de livres — Gestion SODEC.

**Catalogage avant publication de Bibliothèque et Archives nationales du Québec et Bibliothèque
et Archives Canada**

Royer, Maude, 1977-

    Zodiak
    Sommaire : t. 1. Les nébuleux -- t. 2. La treizième constellation.
    Pour les jeunes de 12 ans et plus.
    ISBN  978-2-89733-886-2 (vol. 1)
    ISBN  978-2-89733-889-3 (vol. 2)
    I. Royer, Maude. Nébuleux. II. Royer, Maude. Treizième constellation. III. Titre.
    IV. Titre : Les nébuleux. V. Titre : La treizième constellation.

PS8585.O97Z42 2014        jC843'.6        C2014-940725-4
PS9585.O97Z42 2014

À Chantal, une amie très précieuse.

« Née avec le printemps, la femme Bélier gardera toute sa vie un air de jeunesse. Généreuse, elle donne jusqu'au sacrifice le plus extrême, et cela sans rien exiger en retour. »

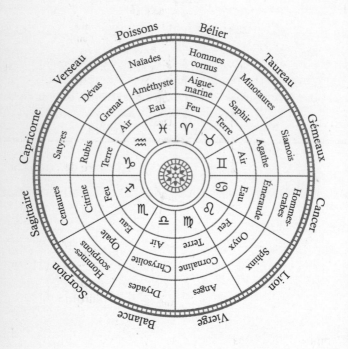

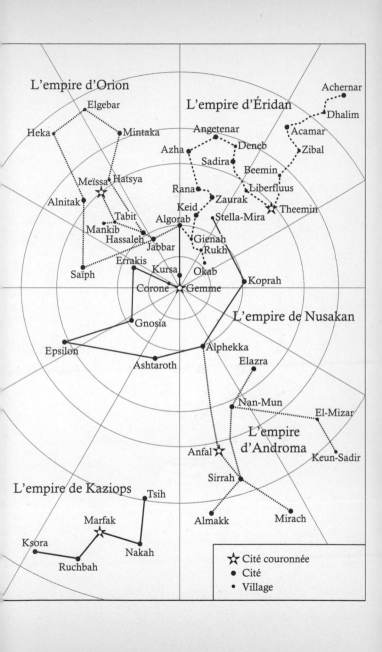

# Prologue

Depuis que le monde est monde, les aléas des astres gèrent la destinée des hommes. Ce fut l'an 1, toutefois, qui marqua le début du règne céleste du dieu Zodiak et de ses 12 Gardiens, les demi-dieux. De concert avec le Soleil, la Lune et les étoiles, ils gouvernent la Terre et ses saisons.

Le firmament — l'univers de ces divinités — est divisé en 12 groupements d'étoiles traversés par le Soleil. Ces constellations sont appelées Bélier, Taureau, Gémeaux, Cancer, Lion, Vierge, Balance, Scorpion, Sagittaire, Capricorne, Verseau et Poissons. Un Gardien du même nom dirige chacune de ces constellations, qui correspondent sur Terre à autant de saisons. Chacun leur tour, les demi-dieux veillent sur les humains le temps d'une de ces 12 saisons.

Mais chaque année survient un bref laps de temps que ne régit aucun Gardien. Il s'agit de la nuit qui sépare la saison du Scorpion de celle du Sagittaire. Au lieu d'échanger les rênes au cœur de la nuit, le Scorpion abaisse ses paupières dès le coucher du soleil, tandis que le Sagittaire n'ouvre les yeux qu'au lever du jour. En outre, l'espace de cette seule et unique nuit, même le dieu suprême ne regarde pas ce qui se passe sur Terre. C'est le moment où se montre la nébuleuse de Meriëm, un amas diffus de poussière d'étoiles, et Zodiak n'a plus d'yeux que pour elle.

Sur la Terre, partout dans les cinq empires, cette nuit qui mène de la huitième à la neuvième saison est alors célébrée dans la plus grande exubérance. En cet instant légendaire, bien des actes se voient dépouillés de leur caractère interdit. Qu'ils soient nés en saison de Feu, d'Eau, de Terre ou d'Air, qu'ils soient nobles ou paysans, les hommes se mêlent sans distinction, mangent, boivent et dansent jusqu'à l'épuisement.

# Chapitre 1

*Gemme, empire de Nusakan*
*5992 après Zodiak*
*La nuit de la nébuleuse de Meriëm*

L'empereur de Nusakan était un bon vivant et un dirigeant apprécié de la majorité. Lors des festivités de Meriëm, les portails de la cour de son palais s'ouvraient devant chacun de ses sujets. Mais cette année-là, Esylvio de Gemme ne se mêlerait pas à son peuple. Il n'avait pas le cœur à se réjouir des permissions de Zodiak. Dans la chambre de la plus haute tour du palais, à bout de nerfs, il faisait les cent pas. L'impératrice Izoëlle allait sous peu mettre au monde leur premier enfant.

Au cours de la dernière semaine, de nombreuses sages-femmes s'étaient relayées auprès de la future mère, faisant tout en leur pouvoir pour déclencher l'accouchement avant la venue de la nébuleuse. L'impératrice avait bu sans rechigner toutes les tisanes et les potions reconnues pour cette vertu. On avait usé de rituels et d'incantations, mais ce n'était que la vieille que la magie s'était finalement révélée assez puissante pour entraîner les premières contractions. Et maintenant, la nébuleuse de Meriëm allait se montrer, et l'héritier n'était toujours pas délivré du sein de sa mère.

Flanquant l'empereur, un homme au corps de cheval et au torse droit et musclé suivait tous ses mouvements. Or, seul Esylvio lui-même avait le pouvoir de voir son ange gardien et de percevoir le bruit de ses sabots sur la pierre dure et luisante du sol. S'approchant de la grande fenêtre mouchetée par une faible pluie, il se mit à fixer le ciel, que le soleil était sur le point de déserter. Une main enserrant l'épaule de l'empereur, Kaus sentait ses tressaillements à chacun des cris de son épouse. Le centaure observait lui aussi la moindre variation venant du ciel.

La période du Scorpion en était à son dernier jour. La saison d'Eau et ses torrents de pluies s'achevaient. Dès l'aube prochaine commencerait la chaude saison de Feu du Sagittaire. Mais la nuit qui séparerait ces deux saisons serait, comme chaque année, dépourvue de toute manifestation divine, sans chaleur, sans pluie, sans la plus petite brise.

— Ne ferme pas les yeux, Scorpion, implora l'empereur. Pas maintenant…

— La nébuleuse est presque là, Majesté, indiqua Kaus à contrecœur. Je la vois qui se dessine.

L'empereur n'avait pas une aussi bonne vue que la créature céleste. Aussi secouat-il la tête, ne voulant croire à ce que sous-entendaient les mots du centaure qui veillait sur lui depuis son tout premier souffle de vie. Esylvio quitta la fenêtre pour se remettre à faire les cent pas.

Un œil sur son protégé et l'autre vers l'extérieur, Kaus continua à suivre les ondulations du firmament. La pluie s'était interrompue, et les fines gouttelettes glissaient désormais le long de la vitre comme autant de larmes.

— Il est trop tard, affirma bientôt Kaus. Les yeux du Scorpion ont commencé à se fermer.

L'empereur revint se placer aux côtés du centaure, face au ciel, dos à son épouse et aux cinq sages-femmes qui entouraient son lit.

— Cessez vos manœuvres, ordonna-t-il. Cet enfant ne doit pas sortir avant le lever du soleil ! Par Zodiak, il faut attendre le réveil du Sagittaire !

— Arrêtez de pousser, Votre Grâce, dit Élona, la patronne des sages-femmes, en réponse au geignement de l'impératrice Izoëlle.

— S'il fallait, s'il fallait…, se mit à paniquer Esylvio.

La main de Kaus pressa à nouveau l'épaule de l'empereur, dont les yeux s'assombrissaient au même rythme que le ciel. L'ange gardien était peiné de constater que, malgré ses somptueux habits et la lourde couronne d'or qui ceignait son front, Esylvio n'avait plus grand-chose de royal. À son teint cireux et à la mollesse de son échine, on l'aurait dit aussi souffrant que son épouse, en travail depuis une journée entière.

« Par la lumière de Nusakan, Zodiak, ne nous quitte pas des yeux », supplia le centaure en lui-même.

— Fais quelque chose, Kaus ! exigea soudain l'empereur en pivotant vers sa femme.

— Je ne peux rien faire, Majesté. Je vous assure, toutefois, que même si votre épouse ne peut ni la voir ni l'entendre, son ange gardienne est auprès d'elle.

— Si l'envoyée de la Vierge est bien là, pourquoi tout se passe-t-il si mal? répliqua Esylvio avec raideur.

— Izoëlle est jeune, Majesté, son talisman ne s'orne que de six cornalines. Elle ne possède pas vos facultés. Tant qu'un ange gardien demeure invisible aux yeux de son protégé, il n'a que peu de pouvoirs. Auva ne peut pas aller à l'encontre des astres.

Les gémissements d'Izoëlle devinrent des hurlements déchirants. Pressant les paupières, Esylvio tourna de nouveau le dos à sa femme. Le centaure plia les genoux, s'abaissant pour permettre à son protégé de passer un bras autour de son cou et de s'appuyer contre lui un instant.

Le regard de Kaus croisa celui d'Auva, assise sur le lit, penchée sur l'impératrice. La main blanche de l'ange aux longs cheveux bruns caressait le front en sueur de sa protégée. Ses grandes ailes de plumes s'activaient doucement, comme pour rafraîchir Izoëlle. L'ange sourit au centaure, mais ce sourire n'atteignit pas ses yeux bleus, où brillait une tristesse résignée. Le visage anguleux de Kaus demeura de marbre, cependant que son cœur se gonflait, sensation qu'il n'avait que très rarement éprouvée. Et pourtant, même s'il avait l'apparence d'un homme d'une trentaine d'années, le centaure vivait depuis près de 3000 ans. Quatre années avaient passé depuis qu'Izoëlle et Esylvio avaient uni leur destin, et qu'Auva et Kaus travaillaient de concert. S'il fallait que l'impératrice s'éteigne…

— La voilà, Majesté! s'écria la sage-femme en tendant une petite chose fripée et violacée vers l'empereur.

Esylvio se précipita vers Élona, des bras de laquelle il arracha la nouveau-née. Il la retourna en tous sens, cherchant sur son corps la marque du Scorpion.

— Attention, Majesté, la petite est très fragile, le réprimanda la sage-femme.

L'empereur ne retrouva le souffle que lorsque l'enfant eut repris des couleurs normales et qu'il aperçut enfin, clairement imprimée dans sa chair, sous son œil droit, une ligne courbe au bout fléché.

La marque du Scorpion.

— Son ange gardien est bien là, tout près du lit, confirma le centaure à l'empereur en hochant la tête en signe de bienvenue à l'adresse de l'homme-scorpion qui venait d'apparaître dans la chambre.

Esylvio remit l'enfant à Élona et, la figure fendue d'un large sourire, il se laissa tomber à genoux devant son épouse. Puis, il sentit sous ses paumes ce que Kaus, lui, avait déjà remarqué. Les draps étaient poisseux de sang.

— Izoëlle, la supplia Esylvio en agrippant ses mains.

Entre les doigts de l'empereur, ceux de son épouse bougèrent à peine. Son visage était exsangue.

— C'est une fille, lui dit-il.

— Elle est très fragile, répéta Élona dans son dos. Elle ne passera sans doute pas la nuit. Quant à l'impératrice…

— Non ! l'arrêta Esylvio, comme s'il s'agissait d'un ordre que la femme était en mesure de suivre.

Le cri de douleur d'Izoëlle fit écho à celui de son mari. Les sages-femmes se précipitèrent vers elle et s'activèrent quelques minutes. L'une d'elles ne tarda pas à annoncer :

— Il y a un deuxième enfant, Majesté.

— Un deuxième enfant?

L'empereur devint soudain aussi pâle que son épouse mourante. Il se lança à la fenêtre. La nébuleuse de Meriëm était sur le point de se montrer, ce n'était plus qu'une question de secondes…

— Majesté, le pressa Élona, si vous ne voulez pas avoir un nébuleux pour héritier, je vais devoir agir.

— Et en faisant quoi? s'emporta le souverain. Me proposez-vous d'ouvrir le ventre de ma femme et d'en arracher l'enfant?

— Peu importe ce que je ferai, Majesté, l'impératrice ne survivra pas à cette nuit maudite par les dieux.

Esylvio recula de plusieurs pas, de la même façon que s'il avait été frappé de plein fouet. Il tourna un visage défait vers son ange gardien. Mais le centaure le vit à peine. Kaus était obnubilé par Auva. Allongée dans le lit avec sa protégée, une main sur le ventre encore rond, l'ange chantonnait. Kaus aurait tant voulu aller vers elle. Or, dans un tel moment, il lui était interdit de mettre intentionnellement autant d'espace entre Esylvio et lui. Et l'empereur, paralysé par le regard étrangement serein que sa femme coulait vers lui, ne semblait pas prêt à revenir vers elle. Ce ne fut que lorsqu'Auva se tut — nul n'aurait pu dire au bout de combien de temps — et que les yeux d'Izoëlle se vidèrent de toute expression qu'Esylvio s'empressa auprès d'elle.

— Izoëlle, gémit-il en s'affaissant sur le corps sans vie de son épouse.

Derrière lui, Kaus tendit une main vers Auva, mais l'ange disparut avant qu'il ne puisse la toucher. Le centaure cligna des paupières et se ressaisit. Prenant le bras de l'empereur, il l'éloigna du lit. Peu après, des pleurs se firent entendre. Le second bébé était visiblement plus vigoureux que le premier. Cependant, la lumière verte et rouge de la nébuleuse avait déjà envahi la pièce. De la cour du palais provenaient les premières clameurs de la fête.

— Dites-moi, exigea l'empereur d'une voix blanche.

— Une deuxième fille, Majesté, répondit Élona, qui avait extrait l'enfant du ventre d'Izoëlle.

— La marque?

— Celle-ci n'en porte aucune.

Esylvio demeura muet un instant, mais s'arracha bien vite à cette torpeur. Il pivota vers la jeune fille qui tenait dans ses bras sa première-née, l'enfant du Scorpion. Remuant à peine, la petite n'avait pas encore poussé le moindre cri.

— Maquillez-moi cette tache sous son œil, qu'on ne la voie pas. Et tatouez-en une au même endroit sur le visage de ma deuxième fille. Qu'elle soit identique. Et ineffaçable.

— Zodiak sera furieux, Majesté! s'insurgea la jeune fille.

— Je maudis Zodiak! cracha Esylvio, sa noble figure déformée par la colère. Comment a-t-il pu détourner le regard alors même que mon Izoëlle se mourait?

— La nébuleuse de Meriëm vient chaque année au même moment, Majesté…

L'empereur leva une main qui suffit à faire taire la sage-femme.

— Le devin de la cité sait sans doute déjà qu'un enfant du Scorpion est né, dit-il. Faites ce que j'ordonne avant qu'il ne se présente ici.

— Esylvio, si je puis me permettre, c'est une très mauvaise idée, s'en mêla son ange gardien.

Ayant retrouvé un calme apparent, l'empereur fit face au centaure.

— Tes conseils ont toujours été précieux, Kaus. Le Sagittaire s'est montré bon envers moi en m'envoyant un ange gardien de ton calibre. Mais cette nuit, je ne tiendrai pas compte de ton avis, aussi éclairé soit-il.

Les traits durs du centaure restèrent neutres, et il hocha sèchement la tête.

# Chapitre 2

*Deneb, empire d'Éridan*
*5992 après Zodiak*
*La nuit de la nébuleuse de Meriëm*

Dans un petit village d'Éridan, bien loin de la grande cité de Gemme, un autre enfant venait de naître sous des cieux où ne veillait aucun dieu. La délivrance avait été si rapide que la mère avait accouché seule, sur le plancher de la cuisine. Son bébé enveloppé dans une couverture, elle le berçait doucement près du feu. Blottis l'un contre l'autre dans leur lit, ses deux aînés, âgés de deux et cinq ans, écoutaient les pleurs qui ne tarissaient pas. Le petit était silencieux, mais leur mère était inconsolable.

Un peu avant l'aube, rentrant du village où il avait profité des festivités de Meriëm, Delnoïs manqua tourner de l'œil en découvrant le nouveau-né dans les bras de son épouse.

— Par les Douze! s'écria-t-il. Dis-moi que ce n'est pas le nôtre, Mahélène!

Le vêtement de nuit de la femme étant encore trempé de sueur et de sang, elle jugea inutile de répondre à cette question.

— Que les dieux aient pitié de nous! fulmina Delnoïs. Quelqu'un a-t-il vu cet enfant?

Il était paniqué.

— Personne…

— Donne-le-moi.

— Delnoïs, je t'en prie, regarde au moins comme il est beau!

L'homme arracha le nourrisson des bras de son épouse.

— On nous remettra quelques écus en échange, dit-il sans même lui jeter un coup d'œil.

— La forêt des oubliés? articula Mahélène avec peine. Aucune loi ne nous oblige à l'envoyer là-bas!

— Ignorerais-tu la noirceur qui règne cette nuit au-dehors? Cet enfant n'a aucun destin! Il sera esclave, et rien d'autre.

— Bien sûr, concéda la femme. Loin de moi l'idée de contrarier les dieux. Mais notre fils pourrait servir sa propre famille.

— Et le déshonneur, Mahélène ? Nul ne doit savoir que tu as mis au monde un nébuleux !

— Delnoïs…

— Silence ! Compte-toi heureuse que je ne te chasse pas en même temps que lui ! À quoi as-tu pensé ? Cet enfant devait naître en Sagittaire ! Un enfant du Feu, voilà qui aurait donné un peu de prestige à notre famille !

— Ma sœur sera ici d'un jour à l'autre.

— Tu lui diras que l'enfant est mort-né. Il nous faut une dépouille…

Le regard circulaire de Delnoïs fouilla l'intérieur de la maisonnette. S'arrêtant une seconde sur ses premiers-nés, il alla se figer sur le chat couché sur le rebord de la fenêtre. Comme s'il comprenait l'intention de son maître, l'animal bondit vers le lit pour aller se lover contre la petite fille de deux ans. Ce faisant, il heurta une figurine de bois. L'objet chuta, menaçant de s'abattre sur le crâne de la fillette. Mahélène n'eut pas le temps de la mettre en garde. L'enfant, sans raison apparente, se pencha malgré tout vers l'avant. La lourde statuette ne l'effleura même pas.

Personne dans cette demeure délabrée n'avait le pouvoir de voir ou d'entendre son ange gardien. Cependant, les très jeunes enfants étaient, disait-on, très sensibles aux vibrations que dégageait leur protecteur, et avaient tendance à suivre ses mouvements lorsque ceux-ci étaient vifs.

À genoux près du lit, face à face avec la fillette, leur nez se touchant presque, une nymphe des eaux lui souriait, ses yeux améthyste chatoyant de soulagement. Ceux de l'enfant étaient toutefois remplis de larmes, et elle serrait son petit chat à l'étouffer.

— Par les Gémeaux, Delnoïs, je t'en prie…

— Implore tes anges gardiens tant que tu voudras, Mahélène, mais la volonté de Zodiak doit être respectée !

— Une âme défunte habite peut-être ce chat…

— Et alors ? Elle se trouvera un autre corps ! Je serai de retour à la saison prochaine. Si on te le demande, tu diras que je suis parti à Sadira pour vendre mes sculptures. Dès demain, je veux que ce chat soit mort, fourré dans un sac et brûlé devant le devin.

Delnoïs fourragea un moment à travers toute la maison, bourrant une besace de vivres, de vêtements et de statuettes. La porte claqua sans même un au revoir. La femme tendit les bras, et ses deux enfants s'y précipitèrent. Juste derrière sa chaise se tenaient les envoyés des Gémeaux, la sœur à la gauche et le frère à la droite. Quand Mahélène porta la main à son cou et qu'elle toucha son talisman d'agates, ses anges gardiens se mirent à pleurer sans bruit. Mahélène sentit alors sa peine s'estomper légèrement, comme si elle quittait son âme pour voleter au-dessus d'elle. Toutefois, dès qu'elle lâcha son talisman pour mieux étreindre ses enfants, le chagrin déferla à nouveau en elle.

La nymphe des eaux caressait doucement les cheveux de la petite fille, tandis qu'un homme-bouc posait une main sur l'épaule du garçonnet. À l'instar des siamois, la naïade et le satyre étaient particulièrement inquiets. Les forêts des oubliés n'étaient pas réputées pour être des lieux sûrs. Qu'arriverait-il à leurs petits protégés si l'ange gardienne de leur père faillait à sa tâche ?

# Chapitre 3

*Gemme, empire de Nusakan*
*5992 après Zodiak*
*La nuit de la nébuleuse de Meriëm*

Nusakan avait un jour été le seul empire de la Terre, et des cinq qu'elle comptait désormais, il était toujours le plus prospère. En cette nuit de folies, si des fêtes étaient données à chaque coin du monde, l'immense cour du palais de Gemme, la cité couronnée de Nusakan, abritait la plus courue et la plus flamboyante. Une fois passée la grille de la haute propriété recouverte d'or et soutenue par des colonnes de marbre d'El-Mizar, les invités devaient longer un riche pavé en mosaïques qui avançait à travers des jardins d'eau en traçant de gracieuses arabesques bordées d'arbres en fleurs. Les visiteurs déjà ébahis découvraient alors, au milieu de la cour, une statue de pierre colossale, cadeau de mariage de l'empereur d'Orion lors des épousailles d'Esylvio et d'Izoëlle. La statue représentait un centaure et une ange enlacés, qui, tout à leur passion, ignoraient la foule.

Venus des villages d'Okab, de Rukh et de Gienah, des cités de Koprah et d'Errakis, et même d'aussi loin qu'Epsilon, les fêtards étaient attablés par centaines devant un buffet grandiose. Des musiciens, des acrobates et des cracheurs de feu menaient le bal. Des singes en liberté bondissaient de tous côtés, et des milliers de torches secondaient la nébuleuse de Meriëm pour illuminer la fête.

Depuis la fenêtre de la plus haute tour, l'empereur et son ange gardien ne quittaient pas le devin de Gemme des yeux. Le vieil Oshüa était l'unique devin présent à la fête, ces hommes importants ne désertaient leur cité ou leur village qu'en cas d'absolue nécessité. Car si les morts pouvaient attendre, ce n'était pas le cas des vivants. Une naissance était susceptible d'avoir lieu à tout moment.

On reconnaissait les devins à leur ample manteau de laine brune. Celui d'Oshüa cachait un ventre énorme sur lequel s'étalait une longue barbe blanche et fournie. Constatant que le vieil homme arrosait son repas d'une cinquième coupe d'hydromel, Esylvio se permit d'espérer.

— Il n'y verra peut-être que du feu, laissa-t-il glisser entre ses dents. Il ne s'aperçoit même pas que l'opale de sa chaîne projette des reflets multicolores.

Mais à peine l'empereur avait-il prononcé ces mots que Kaus capta le regard de Kiffa, l'ange gardienne d'Oshüa. Il s'était arrêté sur la chaîne aux 12 cristaux qui pendait jusqu'au nombril du devin. Battant des ailes, la déva, une fée des airs, quitta immédiatement les genoux de son protégé. Le vieil homme allait se vider une autre rasade de boisson de miel dans le gosier, mais Kiffa lui assena une claque sur la main, le forçant à lâcher le verre. Puis, le corps mince et éthéré de la déva s'éleva légèrement au-dessus du sol. Tirant le devin par les bras, elle l'obligea à se lever.

— Il retourne au buffet, supposa Esylvio.

— Non, le détrompa Kaus. Son ange gardienne a remarqué la brillance de l'opale. Il sait qu'un protégé du Scorpion est né.

Toussotant sous le simple effort de marcher, Oshüa laissa Kiffa l'entraîner vers les portes du palais. À mi-chemin, elle s'arrêta brusquement, retint le vieil homme pour l'empêcher de faire un pas de plus et expulsa de sa bouche une rafale qui fit dévier de leur route une ribambelle de gamins qui couraient comme des fous sans regarder où ils allaient. Puis, Kaus les perdit de vue à leur entrée dans le palais. S'écoulèrent alors plusieurs minutes avant que des coups ne résonnent à la porte de la chambre et qu'une des sages-femmes ouvre au devin. Des minutes durant lesquelles, dans la pièce, l'angoisse semblait avoir formé un nuage de fumée invisible, mais assez épais pour rendre les respirations difficiles.

— Très chère Kiffa ! s'esclaffa le devin, railleur, en entrant dans la chambre d'un pas chancelant. Par Zodiak, tu es là ! Ce troupeau de jeunes voyous m'aurait certes piétiné à mort.

— Ne fais pas le malin, vieux fou, ou je retourne à la fête sans toi. Tu serais mort dans ton berceau si je n'avais pas été là pour voir à ce que ce chien ne s'endorme pas sur ta tête.

Le vieillard obèse, se pressant davantage contre sa protectrice, rit de plus belle.

— Ma mère a toujours été persuadée que ce bâtard était la réincarnation de son mari, venu se venger sur le fruit de son adultère.

Ricanant, oubliant qu'il se trouvait en présence de l'empereur de Nusakan, Oshüa s'étouffa et se remit à tousser.

— C'est bon, vieux pervers, ne va pas croire que je vais te faire le bouche-à-bouche, maugréa la déva. Finis-en avec le marmot avant que le Sagittaire ne balaie la nébuleuse.

Kiffa lâcha le bras du devin pour aller se pendre à celui du centaure.

— Où est Auva ? s'enquit-elle.

Kaus repoussa brutalement la fée des airs, de qui fusa un rire mesquin. Ses longs cheveux de lumière rouge bougeaient doucement autour d'elle, comme si une légère brise soufflait dans la pièce gardée dans la pénombre. Seules la déva et les lueurs blafardes de la nébuleuse éclairaient les visages tendus. Fraîchement changés, les draps du lit d'Izoëlle avaient été remontés sur sa tête.

Le devin retrouva son sérieux.

— Désolé de vous avoir fait attendre, Votre Grandeur, s'excusa-t-il en marchant vers celle des quatre sages-femmes qui tenait une nouveau-née dans ses bras.

— Il y a un moment que l'enfant est née, Votre Augure, grogna l'empereur. N'avez-vous pas vu l'opale s'allumer avant ?

— Avec toutes les lumières de la fête, les flammes et les bijoux qui lançaient des reflets…, tenta maladroitement de s'expliquer Oshüa. Sans compter que mon ange gardienne brille elle-même de mille feux… Pas étonnant qu'on se plaigne fréquemment de mes retards.

— C'est ça, c'est ma faute, râla la fée des airs.

La jeune sage-femme retira la fillette de sa couverture et l'abandonna à l'inspection du devin.

— Qui avons-nous là ? babilla l'augure en se penchant vers l'enfant. Une charmante petite protégée du Scorpion ! Zodiak soit magnifié ! Il s'en est fallu de peu…

— Qu'as-tu craint ? se gaussa Kiffa. Qu'un nébuleux devienne héritier de Nusakan ? Zodiak ne l'aurait jamais permis !

Oshüa plissa cependant le front devant la tache de naissance qui touchait presque l'œil droit.

— Quelque chose vous tracasse ? s'alarma Esylvio en s'avançant, Kaus sur les talons.

— Au contraire, murmura le devin. La marque des Gardiens est rarement située dans un endroit aussi évident. Cette enfant a un destin hors du commun.

Les battements du cœur de l'empereur reprirent un rythme normal.

— Saraléane Adina, dit-il. C'est ainsi qu'elle se nommera.

— Saraléane Adina, répéta le devin.

Du sac en bandoulière qu'il traînait partout, il sortit un petit lacet de cuir autour duquel il chercha à enfiler une opale d'un blanc laiteux. Il dut recommencer plusieurs fois. De ses doigts tordus, il noua tant bien que mal le bout de cuir au cou de la nouveau-née. Il se dirigea ensuite vers une table-lutrin, conçue expressément pour y déplier les grandes cartes du ciel ; ce qu'il fit. Il se coiffa du haut chapeau pointu que portaient les devins lors de ce rituel, et une sage-femme l'aida à encercler la carte de bougies. Puis, la jeune fille qui tenait Saraléane la tendit au devin. Le temps qu'il la dépose sur la carte, elle chut presque sur le plancher.

— Par les Douze ! Il est ivre ! fit mine de s'offusquer Esylvio.

Kiffa gratifia ce dernier d'une grimace qu'il ne put évidemment voir, avant d'aller porter secours au vieil homme. Elle le soutint pour que ses jambes ne le trahissent pas pendant qu'il fouillait son sac derechef. Il en extirpa un petit flacon de verre qui ne tarda pas à se fracasser sur le sol.

— Ne faites pas cette tête, articula le devin en continuant de malmener son fourbi. Ce n'est que de l'eau.

Mettant la main sur un flacon identique au premier, il déversa son contenu sur la carte. L'encre se délaya, et ce qui était inscrit sur le parchemin ancien se brouilla. Les yeux clos, le devin se mit à réciter une formule occulte dont les mots n'avaient de signification que pour lui et les anges gardiens. Il ouvrit les paupières et, ses doigts glissant rapidement sur la carte trempée, il l'étudia un moment, tandis qu'Esylvio ne bougeait pas d'un poil.

— Élsarane Anida de Gemme ! clama-t-il enfin en reprenant la fillette pour la brandir dans les airs, tirant du même coup sa longue barbe vers le haut.

— Saraléane Adina, le corrigea l'empereur dans son dos.

— Saraléane Adina! Tu joueras un rôle d'une importance capitale dans l'avenir du monde.

Oshüa tangua encore un peu, puis rendit le nourrisson à la jeune femme.

— C'est tout? s'enquit Esylvio.

— Comment, c'est tout? rétorqua le devin en pivotant vers l'empereur. Je vais avoir 84 ans et jamais je n'ai lu dans les astres un aussi grand destin!

— Mais ces astres ne vous ont-ils pas révélé de plus amples détails, Votre Augure?

— Les détails, oui..., bredouilla le vieillard en récupérant l'enfant.

Refermant les yeux, il médita quelques secondes. Il laissa alors fuser un gloussement.

— Cette jeune fille évitera la collision entre la Terre et l'étoile de Feu.

Voyant l'expression sidérée de l'empereur et des quatre sages-femmes, Oshüa ajouta :

— Vous avez tous eu vent de la prophétie, non? Les astres ont été désalignés, et si rien n'est fait, le monde tel que nous le connaissons sera détruit.

Plus blanc que les draps, Esylvio secoua la tête.

— Il y a plus de 20 ans que cette prophétie a été officiellement réfutée, souligna-t-il. Seuls quelques alarmistes croient encore…

— Eh bien, nous avons maintenant la preuve que cette poignée d'illuminés était dans le vrai, conclut le devin. Mais remercions Zodiak à genoux, celle qui nous sauvera est là !

Un silence de plomb écrasa la pièce. Puis, Oshüa s'éclaircit la gorge.

— Puisque nous voilà entre bonnes mains, inutile d'aller annoncer publiquement que les astres sont bel et bien désalignés, non ? insista-t-il en se débarrassant du bébé. Moi-même ayant soutenu devant l'assemblée des devins qu'il n'en était rien…

Incertain, Oshüa quêta l'approbation de l'empereur, avant de regarder une à une les quatre sages-femmes qui se tenaient non loin de lui.

— Personne ne parlera, l'assura Esylvio d'une voix autoritaire.

— J'écrirai donc sur les documents officiels que le destin de cette enfant est de monter sur le trône de Nusakan, dit le devin avec un soulagement qu'il ne cacha pas. Mais pour l'heure, je retourne profiter de cette nuit qui ne vient qu'une fois l'an! Allez! Kiffa, ma belle, il est temps de nous amuser!

Esylvio aurait dû partager le soulagement du devin en le voyant replier sa carte redevenue claire et sèche et s'apprêter à quitter la pièce. Toutefois, il ne put maîtriser la colère qui le submergea.

— Et mon épouse? éructa-t-il. Elle est morte, l'avez-vous seulement remarqué? Et sans que son destin ne soit accompli! Zodiak ne l'acceptera pas au ciel. N'allez-vous rien faire pour l'aider à trouver l'enveloppe charnelle animale qui lui convienne? Vous en avez le pouvoir!

Oshüa glissa sa carte dans son sac. Il garda le silence un moment.

— L'impératrice s'est éteinte alors que la nébuleuse de Meriëm retenait l'attention de Zodiak, n'est-ce pas?

— Mais…

— Vous savez comme moi, Votre Grandeur, que le dieu suprême est le seul guide des défunts. Je ne peux rien pour l'âme d'Izoëlle.

Le devin refermait la porte derrière lui, quand des pleurs se firent entendre depuis l'autre bout de la chambre. Tandis que Kiffa interrogeait Kaus du regard, Oshüa revint sur ses pas.

— Y aurait-il un deuxième enfant?

— Celle-ci est née après le coucher du soleil, lui répondit l'empereur.

Le devin porta machinalement une main à son front. Cette main glissa jusqu'à sa hanche gauche, remonta sur son épaule droite avant de toucher la gauche, redescendit vers sa hanche droite puis revint à son front, traçant ainsi l'étoile de Zodiak, éloignant le malheur. Oshüa marcha vers une cinquième sage-femme. Elle était dissimulée dans un coin de pénombre, et le devin n'avait jusque-là pas eu vent de sa présence. En s'approchant, il reconnut Élona, à qui il avait souvent affaire lors de naissances. La sage-femme d'une quarantaine d'années arborait avec dignité le visage le plus étrange qu'il lui ait été donné de voir. Sa physionomie était symétrique, et plutôt agréable. Mais peut-être à cause de l'expression de son œil gauche, qui ne concordait jamais vraiment avec celle de l'œil droit, on ne pouvait se résoudre à croire que les deux moitiés de ce visage appartenaient à la même personne.

L'attention du devin glissa vers l'enfant qu'Élona serrait contre elle.

— Une nébuleuse, souffla-t-il. Et elle est bien faible. Sans ange gardien, impossible qu'elle passe la nuit.

Le vieil homme retourna vers la déva, qui l'attendait, impatiente, un pied dans la pièce et l'autre dans le couloir.

— Il n'y a qu'une chose à faire : abréger ses souffrances, conseilla-t-il en refermant la porte derrière lui.

# Chapitre 4

*Au cœur du firmament*
*5992 après Zodiak*
*Premier décan du Sagittaire (saison de Feu)*

Le palais du dieu Zodiak était un simple disque de diamant translucide qui flottait dans le firmament. En s'y reflétant, les étoiles lui arrachaient de longs traits lumineux. Bordant le disque, des dizaines de colonnes taillées en octogone montaient si haut qu'on n'en voyait pas la fin. Entre ces colonnes avait été gravé un large cercle sur la courbe duquel se dressait le trône du dieu suprême.

Sous l'éclatante lumière blanche qu'il diffusait, le dieu avait l'apparence d'un humain, bien que plus grand de trois ou quatre têtes. Assis sur l'imposant siège fait de millions de petits diamants, la gorge nouée, il balayait la voûte étoilée d'une mine anxieuse, y cherchant un signe. Zodiak régnait sur le monde du haut du ciel depuis près de 60 siècles.

Depuis tout aussi longtemps, il scrutait les astres en quête du nom de celui qui allait mettre fin au tourment qui ravageait son âme.

Zodiak quitta précipitamment son trône. Il fit quelques pas sur le disque de diamant, comme s'il pouvait s'approcher davantage du ciel. Une main tendue vers les étoiles, ses doigts s'agitant, il calcula, évalua, mesura, supposa. Il ne s'était pas trompé !

La créature terrestre qu'il attendait était née ! Jamais il n'aurait imaginé la trouver au lendemain d'une de ces si tristes nuits. Puis, une autre étoile attira son regard. Il n'y avait pas un enfant, mais bien deux ! Ils réussiraient, Zodiak en était convaincu.

Le rayonnement du dieu s'intensifia. Il ouvrit la main gauche et caressa des yeux la perle d'obsidienne incrustée dans sa paume comme dans un écrin, qu'il referma avec force.

# Chapitre 5

*Gemme, empire de Nusakan*
*5992 après Zodiak*
*Premier décan du Sagittaire (saison de Feu)*

K aus attendait dans le noir. Esylvio n'était toujours pas réapparu. Jamais l'empereur n'était resté terré si longuement dans cette mystérieuse pièce, et le centaure sentait le danger se rapprocher aussi sûrement qu'un chien flairait un intrus. Ses oreilles pointues dressées, il demeurait sur ses gardes.

Peu après le départ du devin, Esylvio s'était intéressé à sa première-née.

— Le vieil Oshüa est un ivrogne, mais il a raison, cette enfant ne passera pas la nuit. Inutile de la regarder souffrir plus longtemps.

— Je ferai ce qui doit être fait, Votre Majesté, avait affirmé la patronne des sages-femmes.

Trop content de laisser cette responsabilité à la femme, Esylvio lui avait serré le bras avant de déserter la chambre où avaient eu lieu la naissance de ses filles et la mort de leur mère. Kaus sur les talons, il avait gagné ses appartements, où il avait rédigé une lettre adressée à son jeune frère.

Mon très cher Evanliak,

Les derniers événements me font craindre le pire. J'ai bien peur qu'on ne cherche à attenter à mes jours. Si je mourais, tu serais désigné pour me succéder. Je sais que tu n'as jamais voulu du trône. Mais réjouis-toi, une héritière est née, et son destin est bel et bien de régner. Dès que ma fille, Saraléane Adina de Gemme, protégée du Scorpion, aura atteint l'âge de 20 ans, la loi lui permettra de se marier. Elle te libérera alors de la couronne, et tu pourras retourner à tes occupations, loin des intrigues de la cour et de tout ce que tu exècres. Entre-temps, pour ce qui est de la régence de l'empire, je te suggère de t'en remettre entièrement aux recommandations de Lorassien, mon conseiller astral, qui déjà était celui de père. Quant à Saraléane, je ne doute pas que tu veilleras sur elle comme sur ta *propre fille. Mais j'ai bien peur que même son ange gardien ne suffise à la protéger de ce qui la guette. Entoure-la des meilleurs gardes, et fais en sorte qu'elle ne soit jamais seule.*

Esylvio avait écrit quelques mots encore, mais Kaus n'avait pu les lire.

— Ne reste pas penché ainsi par-dessus mon épaule, va plutôt garder la porte, l'avait sommé l'empereur.

Puis, Esylvio avait cacheté le parchemin de son sceau et l'avait glissé sous son bureau, dans un petit tiroir secret dont uniquement son frère et son défunt père connaissaient aussi l'existence. Quand il s'était levé pour aller faire face au mur du fond, un pan de ce mur s'était écarté devant lui comme par magie, découvrant une trappe dans le plancher. Esylvio avait descendu un long et tortueux escalier qui l'avait mené dans les couloirs souterrains du palais, où de rares torches n'éclairaient son chemin que sur quelques pas. Visiblement angoissé, se retournant constamment pour regarder derrière son épaule, l'empereur avait pénétré

dans une grande pièce aux allures de bibliothèque. Après avoir traversé cette salle d'une
démarche fébrile, il avait retiré une couverture poussiéreuse qui dissimulait un haut
miroir sur pied. Le cadre de la psyché était
serti de milliers de pierres fétiches de toutes
les couleurs, des onyx noirs aux opales
blanches. Sans crier gare, Esylvio avait abattu
son poing contre la glace. La violence du
coup n'eut toutefois aucun effet. L'empereur
avait alors pris son talisman en main et récité
des formules, une à la suite de l'autre, dont
aucune ne l'amena à ses fins.

— S'il existe une façon de détruire cet
objet, je ne la connais pas, avait-il marmonné
entre ses dents.

— Pourquoi vouloir briser une si belle
chose ? avait demandé Kaus.

Et pourquoi sa destruction pressait-elle
autant ?

— Les belles choses sont comme les belles
femmes, avait répondu l'empereur, l'esprit
ailleurs, elles peuvent être dangereuses.

Puis, il s'était mis à parler à voix basse,
pour lui-même.

— Il faudrait plus de six hommes pour sortir ce miroir d'ici. Et attirer l'attention dessus serait la pire des erreurs…

Un murmure grave s'était alors élevé derrière le mur près duquel était posé le miroir. Les oreilles de Kaus s'étaient dressées. Ces sons étranges qu'on entendait parfois la nuit entretenaient depuis des siècles une myriade de légendes à propos de soi-disant êtres des ténèbres qui hanteraient les sous-sols du palais.

— Ces histoires suffiront-elles à tenir Saraléane loin de ce miroir ?

Sur ces mots, le protégé du Sagittaire avait contourné l'objet pour aller appuyer fermement ses paumes contre le mur, qui s'était aussitôt mis en mouvement, dévoilant une porte de fer fermée par un lourd cadenas. Les mains tremblantes, Esylvio avait introduit une clé dans la serrure et précisé au centaure de l'attendre là.

La première fois que l'empereur était entré dans cet endroit secret, Kaus avait refusé de le laisser seul. Or, il avait rapidement compris qu'un sort puissant empêchait tout ange gardien de franchir le seuil de cette porte de fer.

Le centaure ignorait donc tout de ce qui se tramait derrière.

— Préviens-moi d'un coup de sabot sur le sol si quelqu'un se présente ici, lui avait demandé l'empereur en s'engouffrant dans l'obscurité de la pièce.

☾

La porte de fer ne s'ouvrit à nouveau que lorsque le matin fut venu. Après l'avoir reverrouillée avec soin, l'empereur se retourna vivement.

— Kaus? appela-t-il, affolé.

— Je suis là, Majesté, se manifesta son protecteur en sortant de l'ombre.

— Ce bruit, c'était toi?

Le centaure ne répondit pas. Les yeux d'Esylvio s'ouvrirent grand et ses traits se décomposèrent.

— Kaus! Pourquoi ne m'as-tu pas averti?

Trois hommes vêtus de noir, des dagues à la main et des foulards recouvrant leur figure, bondirent sur l'empereur sans même que l'envoyé du Sagittaire ne bouge le petit doigt. Le centaure fit même un pas de côté afin de laisser le champ libre aux assassins. Sa queue battait l'air avec fureur, mais pas un sentiment ne transparaissait sur son visage. Tandis que deux des intrus immobilisaient Esylvio, le troisième lui arracha son talisman de citrines, le privant ainsi de tout pouvoir magique. Cet homme lui enfonça alors sa lame en pleine poitrine.

— Kaus... Pourquoi... rien pour... m'aider?

— Ce que vous avez fait cette nuit est inadmissible, Majesté. Échanger la destinée de deux enfants... On ne va pas à l'encontre des astres. Ces assassins sont dépêchés par Zodiak. Je ne peux rien contre eux. Pardonnez-moi.

Le deuxième coup de dague toucha le cœur d'Esylvio. La silhouette du centaure devint floue.

— Assurer votre protection a été un honneur, ajouta l'ange gardien.

Le coup au cœur étant fatal, Kaus se dissipa dans l'air.

# Chapitre 6

*Au cœur du firmament*
*5992 après Zodiak*
*Premier décan du Sagittaire (saison de Feu)*

Son protégé ayant rendu l'âme, Kaus croyait se matérialiser dans l'antre de son maître, le Gardien Sagittaire. Or, ce fut dans le palais de Zodiak qu'il se retrouva, et en plein *constel* des dieux. Ces réunions débutaient toujours à minuit, au premier jour de chaque décan, et s'éternisaient parfois jusqu'au milieu de la journée suivante. Il y avait plus de 100 ans que le centaure n'avait pas mis les pieds dans cet endroit. Mais il en aurait été absent depuis 1000 ans que rien n'aurait changé pour autant.

Le palais flottait à travers les étoiles. Sous ses sabots, Kaus percevait le léger ondoiement du disque de diamant. Il n'aimait pas cette sensation. Il avait beau être une créature céleste, il avait passé le plus clair de son temps sur la Terre, et c'était là-bas qu'il se sentait véritablement à sa place.

Pour l'heure, apparu en plein centre du cercle du destin, entre les hautes colonnes du palais, le centaure faisait face au trône de Zodiak. Tout autour de lui, chacun des 12 demi-dieux se tenait debout à l'emplacement qui lui était alloué. Si les anges gardiens avaient tous une taille semblable à celle des humains, les Gardiens, à l'instar de Zodiak, mesuraient quelques têtes de plus.

Le centaure mit un genou au sol en hommage au dieu suprême. À travers le disque transparent, il pouvait voir les étoiles. Elles extirpaient au palais des rayons aussi colorés que les 12 cristaux dont était sertie la couronne de Zodiak. La lumière que diffusait ce dernier était si intense que même en plissant les yeux, Kaus arrivait tout juste à distinguer les traits humains, graves mais bienveillants, de son visage.

— Voilà une mission qui s'est terminée bien abruptement, commenta le dieu.

Il fronçait les sourcils. Son ton était néanmoins amical.

— J'ai fait ce que j'ai pu, Maître divin, répondit poliment Kaus en rabaissant les yeux. Mais mon protégé n'avait plus toute sa tête. Il venait de perdre sa femme bien-aimée et…

— Ne vous cherchez pas d'excuses, centaure, intervint le demi-dieu qui occupait la gauche du trône.

Kaus se redressa et tourna la tête de quelques degrés. Le Bélier, qui l'avait interpellé, avait l'apparence d'un mortel d'une cinquantaine d'années. Malgré les énormes cornes en spirales coiffant son crâne, le demi-dieu se tenait le dos très droit. Ces cornes reluisaient tant que Kaus y percevait son propre reflet. Le visage triangulaire du Bélier était animé par des yeux noirs aux pupilles horizontales et à l'expression déterminée. Il était élégamment vêtu d'une longue soutane blanche et d'une épaisse cape de laine frisée. Touchant ses épaules, ses cheveux étaient tout aussi blancs et tout aussi frisés. Sur sa poitrine reposait en pendentif une aigue-marine qui semblait aussi lourde que ses cornes.

— Vous avez raison, Bélier, je suis impardonnable.

Kaus salua ce demi-dieu de la même façon que le dieu suprême, en mettant un genou au sol. Le Bélier plissa un œil en réponse à la courbette du centaure, comme si bouger sa tête cornue était un exercice trop périlleux pour qu'il s'y risque pour si peu.

— Impardonnable? grogna le Taureau. Allons! Les anges gardiens font tous des erreurs un jour ou l'autre.

En dirigeant son regard un peu plus vers la droite, Kaus rencontra celui, doux et humide, d'un minotaure. La tête bovine de ce demi-dieu au torse d'homme robuste reposait sur un cou massif. Le bas de son corps était couvert de poils noirs, et il portait aux poignets et aux biceps des bracelets métalliques ornés de saphirs, en plus d'un anneau de ce cristal bleu au museau.

Devant les Gémeaux, Kaus mit un moment à différencier le frère de la sœur. Leurs longs cheveux argentés ainsi que le voilage de leur jupe et de leur châle dansaient dans l'air comme si une brise ne soufflait que pour eux. Sveltes, les traits délicats, aussi beaux et gracieux l'un que l'autre, les siamois étaient liés au niveau du coude par un bras commun. La femme sourit au centaure, et ses boucles d'oreille d'agates cliquetèrent contre son large collier assorti.

Kaus continua ses salutations en faisant quelques pas vers le Cancer. Cette créature avait deux paires de jambes et trois paires de bras, la première étant munie d'énormes pinces. Recouvert d'une armure grisâtre où s'incrustait une émeraude de la grosseur d'un cœur, le Cancer n'avait d'humain que le visage, bien qu'il soit aussi gris que le reste de son corps et que ses yeux soient minuscules et ronds. Devant l'hommage de Kaus, il inclina sa tête chauve et bosselée.

Le centaure pivota ensuite vers le Lion. Debout sur des pattes griffues, le sphinx avait la tête d'un homme à la mâchoire carrée, aux crocs proéminents et à la chevelure brune et volumineuse. Ses épaules massives étaient couvertes de poils jaunâtres, et un plastron de métal rougeoyant serti d'onyx noirs habillait sa large poitrine. L'apparence du sphinx donnait une forte impression de vitalité et de confiance en soi, tandis que ses yeux bruns exprimaient la paix et l'enthousiasme.

À la gauche du Lion se trouvait la Vierge. En levant son regard vers cette Gardienne de la Terre, Kaus se réjouit de voir Auva auprès de sa maîtresse. Les commissures de ses lèvres frémirent, comme s'il retenait un sourire. La Vierge était une ange, une femme très belle, élancée, au teint pâle et aux yeux doux. Ses grandes ailes de plumes blanches constamment ouvertes dans son dos laissaient croire qu'elle était prête à s'envoler à tout instant. Sa robe était aussi immaculée que ses ailes, mais sa longue chevelure était noire, et de la poussière de cornaline rose y brillait. Malgré tout cela, Kaus n'avait d'yeux que pour Auva, dont le regard demeurait rivé au sol.

Le centaure se détourna à regret vers la Balance. La dryade, une nymphe des forêts, avait de grands yeux verts en amande. Des boucles aux couleurs de la terre lui allaient jusqu'aux genoux et la coiffaient comme des feuilles un arbre, dissimulant le pointu de ses oreilles. Dodue, la nymphe n'était vêtue que de chrysolites. Les milliers de petites pierres vertes aux reflets dorés la couvraient en formant une robe d'écorce scintillante. Elle adressa un clin d'œil coquin à Kaus, qui ne répondit que par un bref signe de tête avant de tourner encore un peu sur le cercle du destin.

Le centaure faisait maintenant face au Scorpion, dont le bas du corps était celui de la bête du même nom, et sa tête et son torse ceux d'un homme. Or, ce demi-dieu portait une armure de métal ocre, telle la carapace d'un scorpion, et un casque qui ne laissait voir que l'iris de ses yeux et sa bouche. Cet équipement était agrémenté de piquants, et une opale acérée pointait au bout de la queue de la créature. Une paire de pattes aux pieds vaguement humains lui permettait de garder son équilibre sur le sol. Deux de ses quatre bras se terminaient par de grosses pinces dentelées, tandis que les deux autres avaient des mains aux doigts longs comme les pattes d'une araignée.

Soudain, des sabots arrachèrent au plancher de diamant des fracas cristallins.

— Kaus! gronda son maître en s'avançant vers lui.

À chacun des pas du Sagittaire, son médaillon de citrine frappait contre son torse nu, dont on aurait pu croire les muscles faits de fer.

— Tu es mon meilleur ange gardien, Kaus, c'est pourquoi je t'ai choisi pour veiller sur la destinée de l'empereur de Nusakan! As-tu idée à quel point tu me déçois?

— Allons, Sagittaire, intervint Zodiak. Ne soyez pas si dur. Au cours de cette mission, les fautes de Kaus peuvent se compter sur les doigts d'une seule main.

Sans desserrer les dents, le Sagittaire agita sa queue et reprit sa place sur le cercle, continuant à darder un regard sévère sur l'être qu'il avait créé à son image.

Le Gardien et l'ange gardien étaient des centaures, des hommes dont le bas du corps était celui d'un cheval. Tous deux avaient les oreilles pointues, et une longue queue qui trahissait leurs émotions beaucoup plus sûrement que leur visage. Mais Kaus avait les cheveux et le poil aussi foncés que le Sagittaire était blond, et ce dernier arborait une courte barbe, alors que l'ange gardien avait la figure lisse comme la pierre.

L'ange gardien s'inclina devant son maître avant de le faire devant le Capricorne.

Ce demi-dieu était un satyre, un homme à jambes, queue, oreilles, barbichette et cornes de bouc. Le Capricorne imita la courbette de Kaus, le gros médaillon de rubis qu'il portait frôlant le sol. Il se redressa en gratifiant le centaure d'un large sourire. Le Capricorne était de loin le plus amusant des Gardiens, mais Kaus n'avait pas le cœur à rire. Il se détourna aussitôt vers le Verseau.

La déva le salua en s'élevant légèrement au-dessus du sol de quelques battements de ses ailes translucides. Le petit grenat incrusté à même le front de la fée des airs irradiait sa lumière rouge à travers tout son corps éthéré.

La dernière sur le cercle du destin, à la droite de Zodiak, était le Poissons, une naïade. Nue jusqu'à la taille, la nymphe des eaux semblait flotter dans une jupe de voiles bleus. Au lieu de sourcils et de cheveux, sa peau était piquetée d'améthystes. Les petits cristaux ronds et violets partaient du haut de son front et couvraient sa tête et sa nuque comme des écailles, descendant sur ses épaules et couvrant ses seins, y dessinant, ainsi que dans son dos et sur ses bras, ce qui ressemblait à des mèches de cheveux.

L'attention de Kaus revint au dieu suprême.

— Ta prochaine mission sera aussi importante que la précédente, lui apprit alors Zodiak.

— Mais, Maître divin, commença le centaure, j'ai échoué à la dernière. Ne devrais-je pas plutôt…

— Comment oses-tu argumenter en présence de Zodiak! rugit le Sagittaire en piaffant.

Kaus baissa les yeux.

— Tu ne pouvais rien contre ces assassins, tu le sais, tenta de le réconforter le dieu suprême.

La mâchoire du centaure se crispa davantage.

— Oui, mais si j'avais convaincu Esylvio de ne pas…

— Vous êtes des protecteurs, Kaus, pas des guides.

Le centaure hocha la tête, et Zodiak poursuivit :

— Demain, un enfant du nom d'Ychandre de Sadira naîtra. Son destin sera de devenir un jour empereur de Nusakan. Je n'ai pas besoin de te dire que sa vie est précieuse.

— Demain ? ne put s'empêcher de réagir Auva.

L'ange quitta l'ombre de la Vierge pour aller rejoindre le centaure au milieu du cercle formé par les divinités.

— Kaus n'a-t-il pas droit à quelques jours de repos ? s'enquit-elle hardiment auprès de Zodiak.

— Non, Auva, l'arrêta le centaure en touchant le bras de l'ange du bout des doigts. Je ne mérite pas de repos. Pas tant que Nusakan n'aura pas un nouvel empereur digne de ce nom.

— Auva, l'interpella sa maîtresse de sa voix musicale, tendant les bras vers elle. La prochaine saison de la Vierge ne viendra pas avant plusieurs lunes.

L'ange se refusant à s'éloigner du centaure, la Gardienne marcha avec grâce vers sa créature.

— Viens, dit-elle avec douceur, l'arrachant à la caresse de la main de Kaus qui glissa sur sa peau. Allons nous reposer parmi les nôtres.

Les deux anges disparurent ensemble.

Le dieu suprême et ses demi-dieux étaient immortels, ce qui n'était pas le cas des anges gardiens. Ces derniers, créés par leur maître, apparaissaient dans leur monde avec l'aspect physique d'un humain d'une vingtaine d'années. Puis, ils vieillissaient. Pour eux, chaque centaine d'années correspondait à un an de vie terrestre. Les anges gardiens ne possédaient pas le pouvoir de voyager d'un endroit à un autre comme bon leur semblait. Seuls leurs maîtres avaient cette faculté. Les Gardiens pouvaient néanmoins en faire bénéficier leurs créatures.

Le Sagittaire fit signe à Kaus de s'avancer vers lui, et les centaures se volatilisèrent à leur tour.

# Chapitre 7

*Gemme, empire de Nusakan*
*5992 après Zodiak*
*Premier décan du Sagittaire (saison de Feu)*

Malgré la matinée qui tirait à sa fin, Oshüa de Gemme dormait encore, tout son corps secoué par ses propres ronflements. Kiffa veillait, assise sur le rebord de la fenêtre, ses cheveux de lumière ondoyant tout autour de son corps éthéré. Incapable d'agir sur les objets terrestres trop lourds pour être soulevés par son souffle, ne pouvant ouvrir les volets, elle devait supporter l'odeur d'alcool et de sueur. La déva examinait le ciel d'un œil inquiet. Pur et bleu, il était dépourvu de nuages. À l'instar de tout être céleste, Kiffa voyait les étoiles même en plein jour. Quelque chose ne tournait pas rond dans le firmament, mais la fée des airs n'arrivait pas mettre le doigt sur ce qui clochait. Quelque chose lui échappait. C'était comme sentir une présence derrière soi et se retourner continuellement sans jamais trouver personne.

— Allez, vieil ivrogne, il est plus que temps de te lever! lâcha-t-elle, exaspérée.

Les ailes de la déva, aussi translucides que le reste de son corps, s'agitaient nerveusement dans son dos. De nature désinvolte, elle n'était pourtant pas du genre à angoisser pour un oui ou pour un non.

— Oshüa! insista-t-elle plus fort, d'une voix suraiguë.

Le devin remua dans son lit en maugréant.

— Kiffa, par les Douze! Qu'est-ce qui te prend de m'arracher au sommeil de cette façon? Tu veux ma mort ou quoi?

Le vieillard se redressa lentement, gêné par son embonpoint. Devant l'air égaré et perturbé de son ange gardienne, il inspecta la chambre d'un regard circulaire. N'y trouvant rien d'un tant soit peu menaçant, il s'effondra à nouveau sur sa couche.

La déva se détourna de lui. Dès qu'elle reporta son attention sur le ciel, ses yeux s'arrondirent et ses ailes, qui frétillaient en projetant des reflets colorés dans toute la pièce, s'immobilisèrent d'un coup.

— Maîtresse ? demanda-t-elle tout bas. C'est bien vous qui m'appelez ?

*C'est bien moi, Kiffa,* lui répondit une voix aérienne dans sa tête. *Il est temps pour toi de venir me rejoindre.*

— Vous devez faire erreur, Maîtresse. Mon protégé n'est pas mort, il a seulement abusé du bon vin.

Doutant soudain de ses propres paroles, la fée des airs vola jusqu'au lit du devin. Les sens en alerte, elle glissa sa main dans le cou moite du vieil homme.

— Il est vivant, confirma-t-elle au Verseau, ne pouvant retenir complètement une moue triomphante.

*Viens, Kiffa, c'est un ordre.*

— Cet homme a plus de 80 ans ! s'insurgea la déva. Il a le cœur fragile. Si je le quitte maintenant, je signe son arrêt de mort !

*Kiffa !*

La fée sentit une rafale passer à travers elle, aussi violente qu'un coup de poing au ventre. Elle avait beau être impertinente et égocentrique, elle connaissait les limites à ne pas franchir. Après un dernier coup d'œil au devin de Gemme, Kiffa s'agenouilla.

Elle ferma les yeux et se signa de l'étoile de Zodiak. Une vive lumière rouge emplit la pièce et avala l'ange gardienne.

# Chapitre 8

*La forêt des oubliés, empire d'Éridan*
*5992 après Zodiak*
*Premier décan du Sagittaire (saison de Feu)*

Dans chacun des cinq empires de la Terre se dressait une forêt des oubliés. Celle d'Éridan se situait quelque part entre le modeste village de Deneb et la cité de Sadira. Mais même ceux qui s'y étaient déjà aventurés ne se souvenaient pas de l'emplacement exact des orphelinats qu'elles abritaient. Ces forêts, disait-on, étaient hantées…

Il était connu qu'à la mort d'un nébuleux, son esprit, contrairement à celui des gens ordinaires, n'avait accès ni au ciel ni au corps d'un animal. L'âme de ces sans-destins s'introduisait plutôt dans un arbre, une plante ou une roche de la forêt des oubliés. Et si on en croyait la rumeur populaire, ces esprits tourmentés se vengeaient sur ceux qui cherchaient à mener d'autres enfants au cœur de ces forêts.

☾

Parce que son mulet refusait de faire un pas de plus vers la forêt, Delnoïs le laissa sur le bord de la route avec sa charrette. Dès qu'il s'enfonça entre les arbres, l'étrange atmosphère du lieu s'infiltra jusque dans ses tripes. Dans ses bras, le bébé se mit à pleurer à chaudes larmes. Sentait-il lui aussi le danger qui les menaçait, ou seulement la propre anxiété de son père ? Si Delnoïs s'était jusque-là forcé à ne pas y songer, les nombreuses légendes et histoires d'horreur colportées sur cet endroit embrumèrent d'un coup ses pensées. Il ne marchait que depuis quelques minutes quand la peur de s'égarer s'empara de lui. La forêt était si dense que les racines des arbres s'emmêlaient entre elles, se disputant le sol. Chaque arbre ressemblait à son voisin. L'endroit était dépourvu de sentiers, comme si la forêt effaçait à mesure la moindre trace de quiconque foulait sa terre humide.

L'homme était-il en train de devenir fou, ou certains arbres se penchaient-ils vers lui, l'observant de leurs yeux invisibles ? Ils agitaient dans sa direction des branches aux multiples ramilles, tels des doigts qui le pointaient, accusateurs.

Le cœur de Delnoïs battant au rythme de son affolement jusqu'à faire palpiter ses tempes, il avançait lentement, à l'affût d'un son suspect. Il regardait souvent le sol, de peur qu'une racine ne lui agrippe un pied pour le précipiter dans les abysses d'un monde de ténèbres.

« Cette forêt va m'enterrer vivant, ne pouvait-il s'empêcher de penser. À cette vitesse, je ne trouverai jamais l'orphelinat avant la nuit. »

Mais la lumière du soleil ne faisait en réalité aucune différence. À mesure que Delnoïs s'enfonçait entre les arbres, leur feuillage devenait de plus en plus fourni, assombrissant la forêt aussi sûrement que la nuit le ferait une fois tombée.

« La rumeur est fondée, se dit l'homme. Ces arbres hébergent réellement les âmes des nébuleux. Ils ont une volonté propre, et ce qu'ils veulent, c'est empêcher le soleil d'éclairer mon chemin. Ils cherchent à me perdre. Ils ne veulent pas que j'atteigne l'orphelinat. »

Pendant quelques secondes, Delnoïs caressa l'idée d'abandonner l'enfant là, sur le sol, et de repartir vers la route en courant. Il continua malgré tout d'avancer, tout en jetant de nombreux coups d'œil derrière son épaule. Il sentait une présence dans son dos. Quelqu'un le suivait…

Une présence ? Non. C'était plutôt… une absence.

Delnoïs pivota vers l'orée de la forêt. Arrivait-il vraiment de là ? La route ne se trouvait-elle pas un peu plus sur la gauche ?

L'homme tourna sur lui-même, victime d'une panique qu'il n'avait jusque-là jamais ressentie.

— Tu es toujours là, n'est-ce pas ? demanda-t-il tout haut.

Sa propre voix le fit frissonner, si dérangeante au cœur du silence oppressant.

Le silence…

Le nouveau-né avait cessé de pleurer sans même que Delnoïs ne s'en aperçoive.

Les anges gardiens ne mettaient jamais les pieds dans les forêts des oubliés, racontait-on. Ils en étaient tout simplement incapables. Il n'était donc pas ridicule de conclure que les hommes qui s'y aventuraient y rencontraient régulièrement la mort…

Delnoïs n'avait pas fait de longues études. Il avait peu de connaissances en sciences occultes, et son talisman ne s'ornait que de 4 des 13 chrysolites qu'il aurait pu compter. Jamais l'homme n'avait eu de véritables contacts avec son ange gardienne, et jamais il n'en aurait; mais c'était la première fois qu'il se sentait abandonné par elle.

— Tu es une envoyée de la Balance. Les nymphes des forêts n'ont certainement pas peur de cet endroit. Dis-moi que tu es là, par la grâce du ciel!

Évidemment, Delnoïs ne reçut aucune réponse, et ce silence qui perdura lui glaça le sang. Une forêt ne fourmillait-elle pas habituellement de bruissements divers?

Delnoïs sortit son talisman de sous sa chemise, en frôla son front, sa bouche, puis l'embrassa avant de le presser contre son cœur.

— J'implore les 12 Gardiens, et je t'implore, toi, Zodiak. Ne m'abandonnez pas ici.

Delnoïs porta à nouveau l'étoile d'argent à ses lèvres et embrassa un à un les quatre petits cristaux verts. Les chrysolites avaient le pouvoir précis d'éloigner les démons et les êtres malfaisants.

Son talisman bien en main, le bébé calé au creux de son autre bras, Delnoïs se remit en marche. Mais voilà qu'il trébucha sur une racine qui s'enroula autour de sa cheville. Tombant à plat ventre, le choc lui fit relâcher l'étreinte de son bras. Le bébé boula un peu plus loin devant lui. Delnoïs étira le bras, frôla son fils du bout des doigts, mais fut aussitôt tiré en arrière par la racine. Se retournant sur le dos, il assena de son pied libre une volée de coups qui n'eurent aucun effet sur l'appendice de l'arbre. Quand il reporta son attention sur le bébé, Delnoïs vit qu'une autre racine rampante était sur le point d'agripper son fils.

— Non ! hurla-t-il.

Et étrangement, ce cri de rage pétrifia la racine qui le retenait. Le libérant, elle alla se recroqueviller sous la souche de son arbre. Delnoïs attrapa son fils, bondit sur ses pieds et, malgré une douleur cuisante à la cheville, s'élança comme un dératé. Il ne chercha même pas à savoir dans quelle direction il était préférable d'aller. Sa course fut d'ailleurs rapidement stoppée. Une branche avait accroché la besace qu'il portait sur la hanche. Delnoïs tira dessus de toutes ses forces, déchirant la toile du sac. Il saisit au vol une bouteille de lait qui en tombait et, évitant de se laisser piéger par d'autres branches animées, il reprit sa course folle.

☾

Beaucoup plus tard — mais à quel point, Delnoïs n'en avait aucune idée —, il tournait toujours en rond. La nuit était tombée et le pauvre homme n'avait pas le moindre indice sur la façon dont il aurait pu s'orienter.

— Je suis un natif de l'Air, maugréa-t-il à voix haute. Si j'avais trois chrysolites de plus au cou, je me transformerais en cheval ailé et je m'envolerais au-dessus de cette forêt maudite !

C'était à ses deux plus vieux que Delnoïs avait pensé en décidant de conduire son plus jeune fils dans cet endroit. Si la disgrâce s'abattait sur sa maisonnée, ces petits n'auraient jamais la chance d'accumuler leurs pierres de naissance et d'acquérir les pouvoirs magiques qui faisaient cruellement défaut à leur père. Il ne faisait que son devoir en assurant la sécurité et l'avenir de ceux de ses enfants qui en avaient un.

Mais maintenant que la panique des premières heures cédait sa place au désespoir et aux doutes, Delnoïs n'était plus aussi certain de la convenance de son action. Quand le bébé se remit à pleurer dans ses bras, les nerfs à fleur de peau, il ramassa un caillou et le projeta contre un orme. L'arbre n'eut aucune réaction. L'homme se demanda même s'il n'avait pas halluciné les attaques répétées qu'il avait subies. Ou, peut-être, ce végétal pouvait lire ses pensées. Il lui tendait un piège, attendant qu'il s'approche pour enrouler ses racines autour de lui et le garder à jamais prisonnier.

Des idées de ce genre se multiplièrent dans la tête de Delnoïs jusqu'à ce que la fatigue l'emporte sur la prudence. Il se laissa choir contre l'orme et sortit de sa poche la bouteille de lait récupérée de justesse. Tout en nourrissant son enfant, il s'attarda pour la première fois à son visage. « C'est vrai qu'il est beau », se dit-il avec un pincement au cœur.

— Gémeaux, Poissons et Capricorne, si je ne reviens pas, prenez soin de ma famille, conjura-t-il à mi-voix.

Delnoïs était épuisé. Ses yeux se fermaient malgré lui. Mais pouvait-il se permettre de dormir dans un tel lieu? D'étranges bruits ne s'éveillaient-ils pas à l'instant même où il allait céder au sommeil? Comme si l'air lui-même se froissait. Heureusement, les chrysolites pouvaient le protéger contre les êtres démoniaques.

Delnoïs souffla trois fois sur chacune des quatre pierres vertes de son talisman.

— Balance, ma déesse, ta puissance est mon abri, récita-t-il rapidement. Éloigne de moi les mauvais esprits.

Une douce brise se leva autour de lui, colorant l'air d'un vert doré à peine perceptible. Afin de dissimuler son fils aux regards des créatures de la forêt, l'homme le glissa entre les pans de son manteau, avant d'étirer la chaîne de son talisman pour la placer sur le petit ventre. Delnoïs lutta ensuite pour garder les yeux ouverts. Il savait que l'effet de sa magie ne durerait que quelques minutes.

Quand le faible vent qu'il avait créé se coucha, l'homme projeta de nouveau son haleine sur les chrysolites et débita une fois de plus la formule protectrice. Mais bientôt, il succomba au sommeil.

# Chapitre 9

*Gemme, empire de Nusakan*
*5992 après Zodiak*
*Premier décan du Sagittaire (saison de Feu)*

Ce ne fut que quatre jours après l'apparition de la nébuleuse de Meriëm qu'Oshüa reprit suffisamment ses esprits pour être en mesure de quitter son lit. Des souvenirs de ce qui s'était passé cette nuit-là lui revenaient par bribes, mais s'effaçaient dès qu'il tentait d'y réfléchir plus profondément.

Il avait célébré une naissance… ou deux? Un natif du Scorpion ou du Sagittaire?

— Par les Douze! grogna-t-il en poussant la porte de sa demeure, aveuglé par les forts rayons du soleil.

Sur son terrain envahi d'herbes de toutes sortes, vêtu d'un informe sous-vêtement, il marcha tant bien que mal jusqu'à son puits. Il devait boire de l'eau, Kiffa ne manquerait pas de le lui seriner.

— Comment ai-je pu me soûler à ce point? grommela le vieil homme en tirant à lui la chaudière qui pendait au bout d'une longue corde. Ce ne serait pas arrivé si tu étais une naïade, jolie Kiffa. Leurs améthystes protègent de l'ivresse, non?

Comme tout les devins, celui de Gemme avait la faculté de voir et d'entendre son ange gardienne, pouvoir que très peu d'hommes ou de femmes possédaient. Oshüa avait pris l'habitude de parler à voix haute, même lorsqu'il était seul. Ce qu'il était la plupart du temps, les devins étant tenus d'être célibataires et sans enfants.

— Tu n'y vas pas d'une remarque cinglante, ma jolie? Allons, montre-toi, Kiffa, ne sois pas susceptible! Je ne te reproche rien! ajouta Oshüa en s'abreuvant directement à la chaudière d'eau bien froide.

Le silence demeurait. Le vieil homme, encore un peu embrouillé, commençait à sentir que quelque chose n'allait pas. Malgré les chauds rayons du soleil de Feu, un frisson lui parcourut l'échine. Il suait aussi à grosses gouttes… comme si l'envoyée du Verseau n'était plus là pour rafraîchir l'air autour de lui.

— Kiffa? appela-t-il d'une voix ténue à cause de l'appréhension. Par Zodiak, où es-tu passée? Je ne t'échangerais contre personne, pas même pour un envoyé du Feu!

« C'est impossible, pensa le devin, elle ne peut pas être disparue! Serais-je mort? »

Alors qu'Oshüa se laissait lourdement glisser le long du muret de pierre du puits, il se remémora la prédiction qu'il avait faite pour la fille nouveau-née de l'empereur.

*Cette enfant évitera la collision entre la Terre et l'étoile de Feu.*

Le devin se souvint aussi de l'obscurité qui régnait dans la pièce où les sages-femmes et l'empereur l'attendaient. Habituellement, à la naissance d'un enfant, on allumait lampes et bougies en signe de joie… Il est vrai que l'impératrice était morte en couche, mais tout de même… Ce n'était pas seulement de la tristesse qui baissait les regards au sol… Élona, dissimulée tout au fond de la chambre, une peur coupable l'obligeant à retenir son souffle… dans ses bras… Oui, il y avait bien un deuxième enfant. Que lui avait-on caché?

— Votre Augure! entendit-il crier depuis le sentier qui menait à sa modeste demeure.

Poussant des coudes le muret de pierre, le devin se remit sur pied et remonta sa culotte sur son ventre plantureux, comme si ce geste pouvait lui redonner un peu de dignité.

— Devin Oshüa! Evanliak de Gemme sollicite votre présence au palais de toute urgence!

— Le frère cadet de l'empereur? s'étonna le devin. Il n'a pas mis les pieds dans la cité couronnée depuis l'année des épousailles d'Esylvio.

Le jeune serviteur aspira bruyamment une grande bouffée d'air.

— N'êtes-vous donc au courant de rien, Votre Augure? L'empereur a été assassiné!

— Ce n'est pas possible, bredouilla le devin. Kiffa m'a toujours assuré qu'Esylvio avait le meilleur ange gardien qu'un protégé du Sagittaire peut avoir.

— Et ce n'est pas tout, Votre Augure. Des cinq sages-femmes qui ont passé la nuit aux côtés de l'impératrice, quatre ont été retrouvées mortes, étendues à même le plancher de la chambre où reposait la dépouille d'Izoëlle. Et la cinquième, Élona, la femme au visage singulier, est disparue pendant trois jours entiers avant de réapparaître au palais pour prendre soin de la princesse orpheline.

— Par tous les astres de l'Univers !

— Il faut vous habiller, Votre Augure, et me suivre au palais. Un carrosse vous attend sur la route. Evanliak compte sur vous pour lire l'esprit d'Élona. Il la soupçonne d'être au fait de ce qui a bien pu se passer.

À la pensée de ce voyage de près d'une heure sur les routes cahoteuses qui le mèneraient au palais, l'estomac du devin se retourna. Et l'idée de s'éloigner de la sécurité de son chez-soi sans Kiffa le remplit soudain de terreur.

— Je reviens, articula-t-il en se dirigeant vers sa demeure.

Le jeune homme eut beau patienter toute la journée, le devin ne revint pas. Ayant fermé sa porte à double tour, Oshüa avait fourragé dans tous les coins de sa maison jusqu'à mettre la main sur un couteau bien aiguisé. L'arme au poing, il s'était adossé contre la porte d'entrée, craignant que des démons ne la défoncent pour s'en prendre à lui.

— Kiffa, répétait-il telle une litanie.

L'absence inexpliquée de la déva allait le rendre fou avant que la mort ne vienne. Malgré la nuit, il n'alluma ni lampe ni bougie. Il ne parvenait pas à s'enlever de la tête que cette nuit serait sa dernière sur Terre, et il sursautait chaque fois qu'un bruit, le hululement d'un hibou ou le jappement d'un chien, le surprenait. Ayant accompli son destin, qui était d'être devin, il n'aurait pas à se réincarner dans le corps d'un animal : il irait directement au ciel se mêler aux étoiles. Mais cette idée ne le réjouissait nullement.

— Mon heure n'est pas arrivée, Verseau, maugréa-t-il. Je l'aurais vu dans les astres. Mon heure n'est pas arrivée…

Oshüa avait du mal à rassembler ses pensées. Il était toutefois de l'avis d'Evanliak : Élona cachait quelque chose. Mais quoi ? Cette énigme le tracassait, mais pas au point de lui faire quitter la sécurité de son foyer pour se rendre au palais afin de lire l'esprit de cette femme. Le devin ignorait tout du destin d'Élona. Puisqu'elle avait plus de 40 ans, c'était son prédécesseur qui avait célébré sa naissance.

Oshüa se leva et, jetant des coups d'œil paranoïaques derrière son épaule, il se déplaça vers une armoire où il attrapa plusieurs chandelles et un pot rempli d'une terre rougeâtre. Il tressa sa barbe afin qu'elle ne le gêne pas et, s'agenouillant, il traça un cercle autour de lui. Tout autour, il déposa les bougies qu'il alluma puis, se penchant autant que la graisse de son ventre le lui permettait, il souffla sur cette terre en tournant lentement sur lui-même. Tandis qu'il faisait danser les flammes en les agaçant du mouvement de ses mains, il invoqua sa Gardienne. Constatant que sa prière demeurait sans réponse, il s'empourpra jusqu'à la racine des cheveux et reprit une position verticale en sifflant comme un phoque.

— Les dieux se moquent de moi! s'indigna-t-il. Qu'avez-vous fait de ma Kiffa? J'exige qu'on me la rende sur-le-champ!

Oshüa s'empressa vers sa haute bibliothèque pour fouiller parmi les vieux grimoires. L'un d'eux recelait sûrement une formule plus puissante qui l'aiderait à entrer en contact avec le Verseau. Furieux, il lança plusieurs livres au sol avant de s'arrêter subitement. Il alla alors chercher une échelle et grimpa jusqu'à pouvoir atteindre la plus haute rangée de livres. Là étaient classés les grimoires que son prédécesseur avait noircis des prédictions faites lors des naissances des habitants de la cité de Gemme, de l'an 5898 à l'an 5951.

En équilibre précaire sur un des derniers barreaux de l'échelle, le devin, fébrile, se mit à tourner les pages d'un de ces grimoires. Il aurait dû prendre le temps de redescendre et aller s'installer à sa table, mais il sentait qu'il était sur le point de mettre le doigt sur quelque chose d'important. Vacillant, il s'accrocha à l'échelle d'une main. Ne tenant plus le lourd ouvrage que de l'autre, il continua à lire ce qu'il avait sous les yeux. L'information qu'il recherchait trouvée, il lâcha un cri triomphant.

*L'an 5949 après Zodiak. Jour 5 du premier décan du Taureau. Élona Liëlle de Gemme. Native de la Terre. Un jour, deux enfants viendront au monde avec un énorme secret. Sur ces enfants tu veilleras, ainsi que sur leur secret. Car s'il est éventé avant son heure, ce secret pourrait avoir de bien tristes répercussions.*

Une hypothèse ne tarda pas à prendre d'assaut l'esprit du devin. La sage-femme avait-elle mis hors d'état de parler tous ceux qui avaient assisté à l'accouchement de l'impératrice ? Tous… y compris l'empereur ?

Le pied d'Oshüa glissa, et même s'il lâcha le livre pour se raccrocher à l'échelle des deux mains, la chute était inévitable.

— Kiffa ! hurla-t-il d'une voix paniquée.

L'atterrissage, ventre contre sol, lui coupa la respiration et se répercuta en vagues douloureuses dans tout son corps.

— Par tous les astres de ce foutu Univers ! râla-t-il. Pourquoi est-ce que vous ne me tuez pas tout de suite qu'on en fi…

L'étagère massive, à laquelle le devin s'était agrippé, lui tomba dessus, le tuant sur le coup. Le grimoire, lui, alla heurter une bougie.

En moins d'une minute, un demi-siècle de prédictions fut réduit en cendre.

# Chapitre 10

*La forêt des oubliés, empire d'Éridan*
*5992 après Zodiak*
*Premier décan du Sagittaire (saison de Feu)*

L'aube colorait la forêt de teintes grisâtres lorsque Delnoïs ouvrit subitement les yeux. Il était toujours assis contre l'orme. Devant lui se tenait une silhouette habillée de gris, ses pieds recouverts par la toge et sa figure cachée dans l'ombre d'une large capuche. Et dans ses bras...

Delnoïs sauta sur ses jambes.

— Vous avez bien fait de nous l'amener, le rassura l'inconnu.

Les traits de son visage n'étaient pas visibles, mais à sa taille et à sa voix, Delnoïs devinait qu'il ne devait pas avoir plus d'une douzaine d'années. Un nébuleux, supposa-t-il.

— Quel genre de vie aura mon fils ? osa-t-il demander d'emblée.

Sans trop savoir pourquoi, il eut l'impression que sa question arrachait un sourire au garçon, qui ne répondit qu'au bout de quelques secondes.

— Il honorera Zodiak. Il apprendra la politesse et l'obéissance, en plus d'accomplir les corvées qu'on lui confiera. Il n'aura accès qu'à un minimum de connaissances. À l'âge de 19 ans, à moins d'être désigné pour rester ici afin de poursuivre son apprentissage et être enseignant à son tour, il sera vendu comme esclave.

L'enfant vêtu de gris allait tourner les talons. Delnoïs l'arrêta.

— Puis-je lui choisir un prénom?

— On lui donnera celui qui lui conviendra.

— Et… et si je voulais le récupérer à ses 19 ans? Combien me faudrait-il débourser?

— Nous parlons d'un garçon qui n'a aucun destin. Je ne peux pas juger de sa valeur aujourd'hui. Un conseil: oubliez-le. Et quittez au plus vite cette forêt avant que même votre ange gardien ne vous y abandonne.

Prenant à témoin les centaines d'arbres qui l'encerclaient, Delnoïs s'exclama:

— Mais je ne sais plus du tout par où je suis venu !

Ne tenant plus l'enfant que d'un bras, le jeune inconnu leva l'autre, et Delnoïs dressa les siens pour parer un éventuel coup. Puis, il attrapa ce que le garçon lui lançait, une petite bourse de cuir ocre remplie de pièces sonnantes.

— Les arbres ont su vous guider jusqu'ici, ils vous mèneront sur le chemin du retour. Le temps presse. Surtout, ne leur résistez pas !

Une lumière aveuglante fusa du garçon. Avant même que Delnoïs ne comprenne ce qui se passait, il se sentit arraché au sol par les branches d'un arbre. Le nébuleux tourna les talons et s'enfuit, disparaissant aussitôt comme si la forêt l'avait avalé.

☾

Après se l'être passé d'un à l'autre telle une vulgaire balle, les arbres déposèrent Delnoïs à l'orée de la forêt. Ce dernier s'empressa de parcourir la courte distance qui le séparait de la route au pas de course. Émergeant du boisé, il fut aveuglé par le soleil. Puis, ses pupilles s'accoutumèrent à cette lumière vive.

— Tu es là? demanda-t-il. Oui, tu es là, chère dryade, soupira-t-il de soulagement. Je perçois de nouveau ta présence.

L'ange gardienne encercla Delnoïs de ses bras.

— J'ai eu tellement peur pour toi, murmura-t-elle.

Delnoïs n'eut pas conscience de cette étreinte, mais, malgré la forêt qui s'étendait toujours de chaque côté de lui, son angoisse s'allégea. Tandis qu'il cherchait des yeux un indice sur la direction à prendre pour retourner chez lui, la dryade s'allongea sur le chemin et souffla de toutes ses forces sur la terre sèche. Quelques grains de sable s'élevèrent en poussière. La nymphe des forêts recommença à plusieurs reprises, jusqu'à ce que Delnoïs, les sourcils froncés, se décide à suivre ce mystérieux petit vent. Sur le point d'atteindre le plateau de la colline qu'il gravissait, il se dit que, de là, il verrait peut-être Deneb.

Mais une fois au sommet, le protégé de la Balance se tétanisa, pris de terreur. Une dizaine de grosses bêtes noires venaient de surgir depuis l'autre versant de la colline. Trouvant Delnoïs sur leur chemin, elles s'immobilisèrent elles aussi. Il s'agissait d'étranges chevaux sans pelage ni crinière. Une peau luisante, noire et tachetée d'orange, recouvrait tout leur corps. Agitant sa queue de lézard, le chef du groupe se dressa sur deux pattes avant de se changer en homme.

« Je suis sorti de la forêt des oubliés, se rappela Delnoïs. Il faut que j'arrête de m'imaginer le pire. »

Les créatures en face de lui n'étaient pas des bêtes sauvages, mais des *caballems*, des natifs du Feu qui avaient le pouvoir de se transformer en salamandres, des chevaux ignés. Les véritables chevaux sauvages avaient, eux, disparu de la Terre depuis plusieurs siècles.

Le caballem qui avait repris sa forme humaine portait une longue cape noire boutonnée au niveau du cou. D'un rouge écarlate, une courte houppelande de cuir lui couvrait les épaules. Il n'avait pas plus de 30 ans. Il tenait néanmoins à la main une canne de fer au pommeau de verre sphérique où semblaient se mouvoir des flammes. Sans doute était-ce un objet magique. Il n'en avait certes pas besoin pour s'appuyer.

Delnoïs fit un pas vers cet homme, cependant que son ange gardienne lui soufflait sur la nuque de toutes ses forces. Sans savoir pourquoi, il sentit ses cheveux se hérisser et la peur lui mordre le ventre à pleines dents.

— Cours Delnoïs ! le somma la nymphe des forêts. Ne reste pas là !

« Du calme, Delnoïs, se serina l'homme en lui-même. Les caballems sont des gens éduqués, les natifs du Feu généralement plus que les autres, et celui-là est bien mis. Ce ne sont visiblement ni des paladins ni des détrousseurs. Je n'ai d'ailleurs rien qui pourrait les intéresser. Ils n'ont aucune raison de me vouloir du mal. »

Pourquoi, dans ce cas, était-il effrayé au point d'être incapable de proférer un seul mot ?

— Messire, finit-il par saluer le caballem d'une voix chevrotante. Vous êtes sûrement en mesure de me rassurer. Suis-je bien sur la route qui va à Deneb ?

L'inconnu tapota le sol du bout de son bâton. Piaffant, les salamandres qui se tenaient toujours derrière lui s'approchèrent d'une démarche ondulante. Elles encerclèrent Delnoïs avant de prendre une à une leur corps d'homme. Tous étaient drapés dans le même large vêtement à capuchon rouge qui dissimulait une bonne partie de leur visage.

— Deneb ? répéta celui qui ne pouvait être que le meneur de cette petite bande, dévoilant des dents fines et pointues.

Il semblait réfléchir à la question.

— Qu'importe, conclut-il rapidement, puisque ce n'est pas là que vous irez.

Ces hommes étaient-ils des vigiles de la Couronne d'Éridan ? Delnoïs n'avait pourtant enfreint aucune règle…

Les longs cheveux roux du chef furent soudain soulevés par un coup de vent qui n'avait sévi nulle part ailleurs. Il haussa un sourcil amusé.

— Un natif de l'Air, marmonna-t-il pour lui-même.

— Excusez mon ange gardienne, s'empressa de dire Delnoïs. Elle est prompte à me défendre, mais c'est que je lui ai donné matière à se méfier, dernièrement. Je ne représente cependant aucune menace pour vous ou pour qui que ce soit, je vous assure.

Le caballem, qui avait au doigt une grosse bague d'argent surmontée d'un onyx noir, retira la pierre de son écrin et projeta devant lui la poudre sombre que contenait le bijou. Dès lors, l'ange gardienne de Delnoïs devint visible aux yeux de tous. À l'image de la Balance, de petits cristaux verts recouvraient son corps replet telle une robe étincelante. Ses yeux en amande étaient aussi verts que les pierres, et ses oreilles pointaient à travers d'épais et très longs cheveux bouclés. Fixant la nymphe des forêts d'un regard féroce, le roux hurla une formule qui fit jaillir du feu directement de sa bouche. Ces flammes allèrent tout droit s'enrouler autour du corps de la dryade. S'arrachant enfin à la contemplation de son ange gardienne, Delnoïs se lança vers elle.

— Non! s'écria-t-il. Laissez-la!

Mais l'intense chaleur des flammes ne lui permit pas de l'approcher.

— Delnoïs, sauve-toi!

Plaquant un bras devant ses paupières, le protégé de la nymphe des forêts recula de quelques pas. Quand il put de nouveau

regarder, il vit les flammes attirer sa protectrice jusque dans un petit médaillon que
l'homme portait au cou, sur la même chaîne
qu'un talisman dont toutes les branches de
l'étoile, sans exception, s'ornaient d'un onyx.

— Où est l'enfant ? demanda le redoutable
magicien à Delnoïs.

— L'enfant ? Je... Un jeune garçon me
l'a pris... Ce bébé n'est qu'un nébuleux,
Messire... Je l'ai conduit dans la forêt des
oubliés.

— Retournez le chercher.

— Quoi ?

— Votre charmante copine ne sera libérée
que lorsque l'enfant sera à moi.

# Chapitre 11

*Le firmament, constellation de la Vierge*
*5992 après Zodiak*
*Premier décan du Sagittaire (saison de Feu)*

L'antre de la Vierge avait été établi au cœur d'un astre de cornaline rose aux parois intérieures polies. Tout comme les nombreux fauteuils qui meublaient l'endroit, son sol était recouvert de milliers de plumes blanches. Telle une neige légère, ces plumes tombaient du plafond sans discontinuer. Au centre de l'astre se trouvait l'Œil de la Vierge, une cornaline de la taille d'un puits dans laquelle les anges pouvaient voir ce qui se passait sur la Terre.

Debout devant le puits d'images, Auva observait Kaus. Le centaure était évidemment auprès d'Ychandre de Sadira, son nouveau protégé. La période du Sagittaire débutait à peine, mais la canicule était déjà présente dans l'empire d'Éridan. Agenouillé près du berceau, le centaure agitait la queue, chassant les mouches qui embêtaient l'enfant et créant pour lui un doux vent frais.

Auva avait appris à connaître Kaus. Malgré le visage de marbre qu'il arborait en toute occasion, elle savait que la mort d'Esylvio l'avait fortement ébranlé. En un coup d'œil, elle comprit aussi qu'il s'était d'ores et déjà attaché à Ychandre.

L'ange toucha la cornaline. Les images que projetait le cristal rose changèrent. Plusieurs jeunes femmes de Sadira se mirent à défiler devant l'ange gardienne. Puis, leurs traits se brouillèrent.

Levant la tête derrière son épaule, Auva croisa le regard bleu et maternel de la Vierge. La poussière de cornaline faisait briller la longue chevelure de jais de la Gardienne.

— Que cherches-tu, ma douce Auva ? La saison de la Vierge ne reviendra que dans neuf lunes ! L'enfant qui te sera alors attitré n'est probablement pas encore conçu !

D'un tapotement du doigt, Auva fit jaillir de la pierre translucide des images d'une jeune femme qui jouait de la harpe dans un grand salon ensoleillé. Elle chantait, les yeux fermés et le sourire aux lèvres.

— Regardez cette femme, quémanda Auva à sa maîtresse. Elle s'est mariée il y a quelques semaines. Peut-être que…

La Vierge s'approcha.

— Une femme au service de la riche famille du petit Ychandre, constata-t-elle. Auva, nous ne vous envoyons pas sur Terre pour que…

— Je sais, Maîtresse.

— Qu'y a-t-il, au juste, entre toi et ce centaure ?

Il fallut quelques secondes à l'ange pour répondre, et elle le fit d'une voix faible, en baissant la tête.

— Rien, à vrai dire.

Et ce ne fut qu'en l'exprimant tout haut qu'Auva en prit vraiment conscience.

— Kaus est un ange gardien des plus consciencieux, Maîtresse. Il ne levait les yeux de sur son protégé que dans de très rares moments. Mais l'empereur de Nusakan aimait tendrement sa femme. Kaus et moi nous sommes donc retrouvés souvent très proches l'un de l'autre.

— Profite de ce petit répit, Auva. Ton prochain protégé vivra peut-être 100 ans.

Imprègne-toi de la cornaline, éloigne la mélancolie et vis l'instant présent.

La Vierge allait partir, mais l'ange la retint d'une remarque.

— Vous me cachez quelque chose, Maîtresse.

La grande femme ailée hésita.

— Je vous en prie, dites-moi ce que c'est !

— La mort de l'impératrice de Nusakan n'était pas prévue par les astres, avoua la Vierge à sa créature. Izoëlle aurait dû vivre.

— Mais… pourquoi ?

— Sur les recommandations du Sagittaire, Zodiak a jugé bon de vous séparer, Kaus et toi.

Interdite, l'ange demeura sans voix.

— L'amour n'est pas pour les créatures célestes, Auva. Ce sentiment n'existe que sur Terre. J'ai noté par le passé que certains anges gardiens, après y avoir été longtemps exposés, croient eux aussi en ressentir les frémissements. Les anges y sont d'ailleurs plus sensibles que les autres. Mais ce n'est qu'une illusion, Auva.

— Une si douce illusion, murmura l'ange.

— Et qui fait faire de terribles bêtises. Les anges gardiens sont dépêchés sur Terre pour veiller sur les hommes, et c'est tout. Tâche de ne jamais l'oublier. Leur vie est entre vos mains.

# Chapitre 12

*La forêt des oubliés, empire d'Éridan*
*5992 après Zodiak*
*Premier décan du Sagittaire (saison de Feu)*

Cette fois, lorsque Delnoïs s'engouffra dans la forêt des oubliés, les arbres, sans pourtant s'arracher à la terre, s'éloignèrent à son passage, lui traçant un sentier qu'il suivit pendant un long moment. Il ignorait ce qui l'attendait au bout du chemin, tout comme il ne comprenait pas ce qu'un groupe de natifs du Feu voulaient à son fils nébuleux. Mais il savait qu'il devait retrouver son ange gardienne. Les quelques heures passées sans elle avaient été les plus pénibles de sa vie, et supporter encore longtemps cette sensation constante de danger lui semblait impossible. Il avait l'impression qu'un rat tournoyait dans son ventre en lui grignotant les tripes.

Puis, aussi soudainement que s'il était apparu de nulle part, le jeune nébuleux en toge grise se dressa devant lui sur le sentier. Il se tenait les bras croisés, la main droite enfoncée dans sa manche gauche et inversement.

— J'ai changé d'avis, lui signala Delnoïs d'entrée de jeu. Je veux reprendre mon fils.

— Partez d'ici pendant qu'il est encore temps, lui conseilla le garçon.

— Pas sans mon fils.

— Je suis désolé, répondit le nébuleux, mais je ne peux pas vous laisser le livrer aux venimeux.

— Les venimeux? répéta Delnoïs en déglutissant avec peine.

Les venimeux étaient un groupe occulte et élitiste de natifs du Feu particulièrement puissants et sans pitié. Leur doctrine voulait que les protégés du Bélier, du Lion et du Sagittaire soient supérieurs au reste de l'humanité. Au cours des siècles, cette pensée avait réussi à faire son chemin dans l'esprit de tout un chacun, même si la majorité prônait des valeurs égalitaires et n'aurait jamais admis désirer mettre au monde des enfants du Feu plutôt que de l'Eau, de la Terre ou de l'Air. Le nom des venimeux venait du fait que la morsure des salamandres, les chevaux ignés en lesquels les caballems natifs du Feu pouvaient se transformer, était venimeuse et potentiellement mortelle.

— Les venimeux n'existent plus depuis près d'un quart de siècle, bredouilla Delnoïs.

Malgré cette remarque, il comprenait maintenant que ceux qui avaient capturé son ange gardienne ne pouvaient qu'être des venimeux.

— Ils ont toujours été là, rectifia le nébuleux. Attendant sa venue dans l'ombre, tentant de se faire oublier.

— La venue de qui?

— Je vous implore une dernière fois, mon brave. Quittez cette forêt. Votre fils est en sécurité ici.

Delnoïs aurait voulu suivre le conseil de l'enfant. L'idée que son fils se retrouve entre les mains des venimeux et serve d'une quelconque façon leurs intérêts lui donnait envie de vomir. Mais l'envie de récupérer son ange gardienne était plus forte, et même la honte de laisser faire une telle chose en fut éclipsée.

— Rendez-moi mon fils, insista-t-il d'une voix sourde, ses doigts agrippant la manche du garçon.

Une lumière fusa à nouveau de ce dernier, qui retira facilement son bras de la poigne de Delnoïs. L'homme ferma les yeux, et son visage se tordit dans l'attente de son sort.

— Zodiak sera bon envers vous, Delnoïs, affirma le jeune nébuleux.

Delnoïs tomba au sol, raide mort.

☾

À Deneb, dans les minutes qui suivirent, un chaton pénétra dans la maison de Mahélène et de Delnoïs. Après avoir léché le visage du garçonnet et celui de la fillette, il alla se coucher en boule sur les genoux de Mahélène.

— Maman ! s'exclama le garçon. Pouvons-nous le garder ? Lorsque papa reviendra, il n'y verra aucune objection.

Mahélène sonda longuement les yeux que l'animal dardait dans les siens.

— Papa est déjà là, murmura-t-elle.

# Chapitre 13

*La forêt des oubliés, empire d'Éridan*
*6001 après Zodiak*
*Deuxième décan du Verseau (saison d'Air)*

Peu importe dans lequel des cinq empires de la Terre se trouvaient les forêts des oubliés, les différentes saisons n'avaient que très peu d'emprise sur elles. Alors qu'ailleurs les arbres avaient perdu leurs feuilles et que le sol s'était couvert de givre, et même parfois de neige, c'était comme si le vent et le froid, à l'instar de la chaleur et de la pluie, se tenaient loin de ces lieux maudits, s'engouffrant à peine entre les arbres tourmentés qui cachaient les nébuleux aux yeux du reste du monde.

L'orphelinat d'Éridan était pour sa part divisé en six bâtiments construits de troncs d'arbres. Le temple, sous la supervision de maître Lynx, professeur d'astrologie, était un endroit consacré à la vénération de Zodiak et de ses demi-dieux. Cette construction était plus imposante que la cabane où les apprentis recevaient l'enseignement limité de leurs éducateurs, des nébuleux plus âgés qui, à l'âge de 19 ans, avaient été choisis pour passer toute leur vie à l'orphelinat.

Les enfants étaient initiés à l'astrologie, ce qui leur permettait de prier adéquatement le dieu suprême. Un professeur du culte physique leur apprenait quant à lui à prendre soin de leur corps, à devenir forts et endurants, et la maîtresse-professeure-apothicaire leur inculquait l'art de soigner les blessures superficielles à l'aide de plantes. Pour qu'ils soient aptes à servir leur futur propriétaire, on enseignait aussi aux nébuleux la lecture, le calcul et l'histoire. Mais les rudiments seulement. Les disciplines sur lesquelles on mettait l'accent étaient les convenances, l'entretien de maison, et ce qu'on appelait les techniques de survie. Les nébuleux apprenaient à regarder où ils posaient les pieds, à interpréter les signes de la nature et de ce qui les entourait, à deviner les intentions des autres, afin d'être toujours sur leurs gardes. Bref, les sans-destins apprenaient à survivre en absence d'un ange gardien.

Les nébuleux savaient repriser les vêtements, récurer les planchers et laver le linge. Quant à la confection des repas, à part pour la préparation de l'infecte bouillie qu'ils mangeaient jour après jour, ne bénéficiant d'aucun autre travail pratique, ils ne savaient cuisiner qu'en théorie. Les enfants apprenaient uniquement de la bouche d'une maîtresse-professeure qui, pas plus que ses élèves, n'avait eu au cours de sa vie l'occasion de concocter ou de goûter un plat autre que la bouillie quotidienne. Le bâtiment qui abritait le réfectoire était donc de très modestes dimensions, la cuisine étant minuscule et les mangeurs ne s'attardant jamais aux tables.

Les trois autres bâtiments étaient des dortoirs. Celui des filles était séparé de celui des garçons par la maison des maîtres-professeurs, une petite cabane qui logeait les cinq hommes et les deux femmes.

Les nébuleux, autant les enseignants que leurs élèves, sortaient du lit deux heures avant le soleil afin de vaquer à leurs corvées.

Au lever de l'astre diurne, ils se rassemblaient dans le temple et priaient une heure durant. Ils prenaient ensuite un repas, le seul de la journée, avant de se rendre en classe. À midi, ils priaient de nouveau pendant une heure, puis retournaient en cours, pour n'en ressortir qu'au coucher du soleil. Une autre heure pour les apprentis et deux pour leurs enseignants étaient consacrées à la prière avant que tous ne s'endorment, épuisés.

☾

Le fils de Mahélène et de Delnoïs, affublé du nom de Hibou, avait maintenant neuf ans. D'une taille au-dessus de la moyenne pour son âge, les cheveux d'un brun mordoré à l'ondoiement subtil, et les yeux bleus, Hibou portait, comme tous les pensionnaires de l'orphelinat, une paire de sabots et une longue toge grise dont le capuchon gardait dans l'ombre son visage aux traits agréables. Les nébuleux apprenaient dès leurs plus jeunes années à réprimer leurs propres envies pour veiller à ce que les désirs des autres soient comblés. Mais Hibou, lui, ne s'était jamais résolu à un tel sort. Il s'acquittait toujours des corvées qui lui étaient confiées. Cependant, il le faisait vite, sans s'appliquer et sans en retirer le plaisir du devoir accompli. Comme tous les apprentis, il passait trois heures chaque jour à prier Zodiak à genoux. Toutefois, souvent, au lieu de remercier le dieu suprême pour le gîte et le couvert ou de lui demander conseil afin d'être un meilleur serviteur, l'enfant l'implorait, en secret bien sûr, de lui offrir un destin.

« Peut-être vous êtes-vous simplement trompé, allait-il parfois jusqu'à supposer. Il n'y aurait pas de mal à le reconnaître. »

Et Hibou, gardant les yeux ouverts une bonne partie de la nuit, ce qui lui avait valu son sobriquet, ne s'endormait généralement que très tard, espérant toujours s'éveiller au matin dans un autre lit, quelque part dans une des belles cités d'Éridan.

☾

La veille, étant allé puiser de l'eau à la rivière, Hibou avait été agrippé fermement par les branches d'un saule. Heureusement, un plus vieux, envoyé par là couper quelques bûches, avait pu le libérer grâce à sa hache.

— Si ce sont bien des âmes de nébuleux qui se trouvent dans ces arbres mouvants, pourquoi nous veulent-ils du mal? demanda le jeune garçon au maître-professeur Corbeau.

À 22 ans, maître Corbeau était responsable des cours de lecture et d'histoire. Ce matin-là, il s'apprêtait à donner une leçon pour la toute première fois. Les raisons qui lui avaient fourni son nom ne manquaient pas. Ses cheveux, qu'il portait aux épaules et qui dépassaient parfois de son capuchon, étaient d'un noir de jais, tout comme ses yeux vifs et intelligents. Il avait des traits forts, un nez mince mais imposant, un peu crochu, qui n'enlevait pourtant rien à son charme mystérieux.

— Ce sont effectivement les nôtres qui se réincarnent dans les arbres, les plantes et les rochers de la forêt, répondit le jeune homme. Je suis désolé, mon enfant, mais je n'ai aucune explication.

Ce genre d'incident se produisait depuis quelques années et, étrangement, Hibou en était la victime plus souvent qu'à son tour.

En classe, ayant déjà compris que Corbeau accueillait plus chaleureusement questions et interventions que ses collègues, une élève avança :

— Et si le saule avait simplement voulu empêcher Hibou de tomber dans la rivière ?

— Ce n'est pas impossible, Martre, lui accorda Corbeau.

— Si, c'est impossible, se rebiffa Hibou. Je suis loin d'être maladroit. Je suis bon pour marcher en forêt sans l'aide d'un ange gardien. Ce n'est pas une petite couche de givre qui m'aurait fait glisser.

— Je ne peux que vous conseiller de redoubler de prudence, de ne pas sortir seuls la nuit et surtout d'éviter de vous approcher des arbres marqués d'une croix rouge, conclut Corbeau. Ces croix identifient les arbres qui ont été surpris à avoir des gestes violents.

— Sommes-nous des gens mauvais ? s'enquit Hibou, qui n'aurait jamais osé interroger ainsi un autre maître-professeur.

« Pourquoi toujours tout ramener à vous ? aurait grogné Bison, le maître des convenances. Vous n'êtes qu'un grain de poussière dans l'Univers. Ne l'oubliez pas. »

Corbeau se mâchouilla la lèvre inférieure de ses incisives, comme s'il hésitait à dévoiler un secret.

— Est-ce pour protéger ses sujets de nous que Zodiak nous a éloignés d'eux? insista Hibou.

— Ce que je vais vous raconter ne l'est habituellement qu'aux plus vieux, dit finalement maître Corbeau. Les nébuleux n'ont accès qu'à de rares connaissances, et ce que nous savons du monde extérieur est infime. Mais nous savons qui est véritablement le dieu Zodiak. Et pour comprendre qui vous êtes, il vous faut le savoir aussi.

Les élèves se jetèrent des regards en biais, étonnés. Tous savaient qui était Zodiak! S'ils savaient une chose, c'était bien celle-là. Certains d'entre eux avaient les genoux en sang à force de le prier.

— À l'origine, commença le jeune professeur, les hommes partageaient la Terre avec les animaux, mais avec les *elvikas* également. Ces créatures mi-humaines présentaient des caractéristiques animales ou minérales. Le bas du corps des centaures était celui d'un cheval, les fées avaient des ailes de papillon, les anges, des ailes d'oiseau et les nymphes étaient couvertes d'améthystes ou de chrysolites. Comme les animaux, les elvikas habitaient les forêts, les déserts, les montagnes, les rivières ou les océans.

Fascinés par ce récit, les enfants n'en étaient pas moins de plus en plus perplexes. Leur maître-professeur ne devait-il pas leur parler du dieu suprême ? Zodiak vivait au ciel, et non sur Terre…

— À cette époque, enchaîna Corbeau, il n'y avait qu'un seul empire, celui d'Andrev Zodiak d'Errakis. Cet empereur possédait donc la Terre entière, et son palais avait été construit sur le territoire le plus convoité, celui où les ressources abondaient et où le climat était le plus clément : l'empire de Nusakan. L'empereur Andrev était le plus puissant magicien que la Terre ait porté. Fervent adepte d'alchimie et d'arts divinatoires, il était un dirigeant adoré du peuple, un homme bon, qui n'avait pour ambition que le bien-être de tous, les elvikas compris. Ces derniers ne pratiquant aucune forme de magie, plusieurs refusaient de les considérer comme leurs égaux. N'étant qu'à moitié humains, ils se voyaient qualifiés d'erreurs de la nature, ce que signifiait d'ailleurs le mot elvika.

» Un beau jour, l'empereur fit venir un certain nombre de ces créatures au palais, ce qui engendra la colère du peuple. Les elvikas travaillaient pour lui, et il les estimait au même titre que ses amis. Quelques-uns occupaient même des postes importants.

» Puis vint le conseil où Andrev affirma publiquement que les hommes n'avaient pas entièrement l'ascendance sur leur vie. Il disait que là-haut, dans le ciel, les astres influençaient leur destinée à tous. Cette déclaration controversée ne contribua pas à redorer le blason de l'empereur. Il s'entêta pourtant à répéter que si les hommes arrivaient à déchiffrer ce que les astres cherchaient à leur dire, ils pourraient savoir ce que la vie attendait d'eux. La Terre entière prit Andrev Zodiak d'Errakis pour un fou.

Dans la salle de classe de l'orphelinat, on aurait pu entendre une mouche voler. Le dieu Zodiak, un fou?

— Andrev tomba amoureux d'une elvika, et c'est en grande pompe qu'il annonça qu'il en ferait son épouse, et qu'elle deviendrait par conséquent impératrice du monde. Le courroux du peuple, mais surtout des nobles et des gens importants qui gravitaient autour d'Andrev, se décupla. On eut peur que les elvikas envahissent les cités. On essaya de raisonner l'empereur par tous les moyens, mais en vain. Il fut donc décidé qu'Andrev Zodiak d'Errakis devait être détrôné, et sa tête fut mise à prix.

Les yeux s'arrondirent, et maître Corbeau retint un sourire, se prenant à penser qu'il se trouvait maintenant devant une classe entière de hiboux.

— Heureusement, enchaîna-t-il, l'empereur eut vent de ce qui se tramait. Sans doute l'avait-il lu dans les étoiles. La nuit même de leurs noces, sa jeune épouse et lui quittèrent le palais escortés de 12 gardiens elvikas : un homme cornu, un minotaure, un couple de siamois, un homme-crabe, un sphinx, une ange, un homme-scorpion, un centaure, un satyre, une déva, une dryade et une naïade. Ces trois dernières étant respectivement une fée des airs, une nymphe des forêts et une nymphe des eaux.

— De quelle créature Zodiak était-il amoureux ? s'enquit Hibou.

— On n'interrompt pas son maître quand il parle, lui rappela Corbeau. À moins que sa sécurité ne soit en danger. Un danger me guetterait-il, garçon ?

— Non, Maître-professeur. Pardonnez le si grand intérêt que suscitent chez moi vos paroles.

Cette fois, Corbeau ne put s'empêcher de sourire franchement à l'enfant.

— Bien. Pour répondre à ta question, si un livre a un jour fait mention de la race de Meriëm, il a été détruit ou perdu depuis. Même dans les cités, les hommes ne savent qu'une chose : cette nuit où elle s'enfuit avec Andrev, Meriëm portait un collier de perles d'obsidienne et les longs voiles blancs dans lesquels elle venait de s'unir à l'empereur. On raconte que le couple et leurs gardiens furent poursuivis jusqu'au sommet des montagnes d'Androma, si loin et si longtemps qu'ils n'eurent d'autre choix que de se réfugier au ciel.

Maître Corbeau fit une pause, et la question qu'il attendait ne tarda pas à fuser de la bouche de Hibou.

— Comment ont-ils pu monter au ciel ?

— Zodiak était un éminent alchimiste, ne l'oubliez pas. Il avait découvert le secret de la vie éternelle, et il en fit profiter son épouse et les 12 amis elvikas qui lui restèrent fidèles jusqu'à la fin.

— Quel est le secret de la vie éternelle? l'interrogea une fillette.

— Je l'ignore, vous vous en doutez bien, mais elle n'est possible qu'au ciel. Et c'est l'ascension de Zodiak et de ses amis qui créa la nébuleuse de lumière verte et rouge qui se montre maintenant chaque année à la même date.

— Pourquoi prions-nous Zodiak et ses Gardiens, et jamais son épouse?

— Meriëm n'a pas pu gagner le ciel, expliqua maître Corbeau. Elle a été enlevée et séquestrée avant l'ascension, se voyant contrainte de demeurer sur Terre.

— Elle est morte, alors?

— C'était il y a 6000 ans, et la vie éternelle n'est possible qu'au ciel, répéta Corbeau en réponse à cette question. Sur Terre, poursuivit-il, une guerre sanglante éclata. Cinq empereurs se disputèrent le monde à coup de glaives et de maléfices. Ils ne signèrent un pacte de paix, le traité des Cinq, qu'au bout de plus de 100 ans de combats. Durant cet intervalle, les elvikas avaient été exterminés dans la mêlée.

— Dans les cités et les villages, les hommes vivent à nouveau en paix ? s'inquiéta une petite fille.

— Oui, la rassura Corbeau. Et du haut du ciel, le dieu Zodiak et ses 12 Gardiens veillent à ce qu'il en soit toujours ainsi. Chaque fois qu'un enfant vient au monde, un ange gardien à l'image d'un des 12 elvikas est envoyé sur Terre pour le protéger. Zodiak a également décrété que la magie était trop dangereuse pour que n'importe qui en use à sa guise. Il a donc décidé que les hommes devraient étudier et acquérir de grandes connaissances pour perfectionner cet art. Tous ne peuvent désormais produire sorts et enchantements qu'en les tirant d'une seule pierre, celle qui est associée à la saison de sa naissance. Personne, depuis, ne peut combiner les effets de toutes les variétés de cristaux magiques et posséder ainsi une puissance qui pourrait s'avérer aussi destructrice que par le passé.

Une question était maintenant sur toutes les lèvres, mais soumis par des années d'abnégation, les élèves se retenaient de la poser.

— Chaque année, continua maître Corbeau, lorsque la nébuleuse de Meriëm se montre, Zodiak ne la quitte pas des yeux. Et en signe de respect pour son chagrin, tous les Gardiens sans exception gardent les paupières closes. Les enfants qui, comme nous, naissent au cours de cette nuit-là ne reçoivent la protection d'aucun ange gardien. L'absence de la marque d'un des demi-dieux sur leur chair les prive également de destin. N'ayant pas accès à l'apprentissage de la magie, leur vie est vouée au service des autres.

Le professeur parcourant la salle des yeux, silencieux, une petite fille se décida :

— Par notre condition d'esclave, c'est le mal que les hommes ont fait à Zodiak que nous rachetons ?

— Ce qu'on vous a appris porte effectivement à le croire, je le sais, répondit Corbeau en ne desserrant pas complètement les mâchoires. Mais cette nuit-là, ce n'est pas pour vous punir que Zodiak vous ignore. Il est tout simplement incapable de regarder vers la Terre. Comment pourrait-il être témoin des fêtes somptueuses que les hommes organisent chaque année lors de la nébuleuse de Meriëm ? La plupart ne s'en souviennent même pas, mais à l'origine, cette fête célébrait la séparation de l'empereur d'avec la créature inhumaine qui lui avait pris son cœur.

— Si Zodiak ne nous déteste pas, pourquoi ne demande-t-il pas au Sagittaire ou au Scorpion de garder un œil sur nous, Maître-professeur ?

Le jeune homme observa la fillette d'un air triste. Une grande peine sembla l'affliger, comme s'il était lui-même responsable du sort de tous les nébuleux. Puis, son expression changea. Elle devint plus mystérieuse encore qu'à l'habitude. Corbeau marcha lentement vers la porte entrouverte, inspecta le couloir puis, sortant une main de sa longue manche grise (les nébuleux ne montraient leurs mains que si elles servaient à quelque chose), il ferma le battant. Cachant rapidement ses doigts sous le vêtement, il revint vers ses élèves en chuchotant :

— Je vais vous dire ce que je crois, les enfants. Vous êtes les favoris de Zodiak. Il a confiance en vous. Vous êtes, en quelque sorte, des anges gardiens humains, envoyés sur Terre pour veiller sur vos semblables. N'y a-t-il pas plus grand honneur ?

Les têtes s'enfoncèrent légèrement dans les épaules. Les enfants craignaient que de telles paroles ne leur vaillent les foudres du dieu suprême. Même celui qui les avait proférées jeta un coup d'œil nerveux vers le haut.

— Ses favoris ? répéta Hibou lorsqu'il fut évident qu'aucune punition divine ne viendrait.

Il aurait tellement voulu y croire !

— Oui, confirma maître Corbeau, gardant le ton de la confidence. Mais jamais vous ne devrez révéler votre véritable nature devant vos maîtres ou qui que ce soit d'autre. C'est clair ?

— Nous nous contenterons de servir, clamèrent à l'unisson les quelque 30 voix de la classe.

— D'ailleurs, tout ce que je vous ai dit aujourd'hui devra rester entre nous, nous sommes d'accord ?

— Oui, Maître-professeur.

— C'est bien, mes enfants. Bon, il est tard. Lors de votre dernière prière du jour, quand vous invoquerez la grâce de Zodiak, n'oubliez pas de le remercier pour tout l'amour dont il vous comble.

# Chapitre 14

*Le firmament, constellation du Sagittaire*
*6001 après Zodiak*
*Troisième décan du Poissons (saison d'Eau)*

Le Sagittaire se tenait debout devant son Œil. À demi incrustée dans une paroi de l'antre, l'énorme citrine octogonale lançait en tous sens des reflets cuivrés que le centaure semblait tenter de chasser à grands coups de queue. Les deux mains posées sur la pierre magique, les narines dilatées, le Gardien du Feu était complètement absorbé par des événements qui avaient cours à Sadira. L'air y était brumeux, mais la pluie faisait une pause.

Dans le jardin d'une riche villa, un garçon de neuf ans malmenait ses compagnons de jeu d'une épée en bois. Il avait sur la tête une couronne de fer maladroitement peinte en or. À quelques pas de lui, son ange gardien l'observait, une expression indéchiffrable sur le visage. À la naissance d'Ychandre, le devin de la cité avait clairement annoncé son destin. L'enfant, fils d'un haut seigneur, savait qu'il régnerait un jour sur Nusakan, le plus grand empire de la Terre. Et les autres le savaient aussi. Personne n'osait défier Ychandre de Sadira. Même ses parents lui passaient la plupart de ses caprices.

Un peu plus tard cet après-midi-là, une fillette fut prise à voler des biscuits sur une rue achalandée de Sadira. Le Sagittaire n'avait pas cessé d'épier Ychandre, qui s'était caché, avec le reste de sa petite bande, derrière un tas d'ordures qui jonchait la ruelle attenante à la pâtisserie. Craignant plus encore le rouleau du pâtissier que les lointaines représailles du futur empereur, la voleuse dénonça ce dernier. Ychandre l'avait obligée à commettre ce forfait, la menaçant de la bannir de la Terre dès qu'il en aurait le pouvoir. Tiré par une oreille et reconduit chez lui par le gros homme qui sentait la vanille, Ychandre, humilié, fut privé de dîner et envoyé dans sa chambre sans même avoir pu goûter les biscuits dont il avait tant envie.

Le Sagittaire fulminait. Courroucé, il étudia quelques autres cas qui posaient problème, avant de reporter son Œil sur Sadira, où la nuit venait d'étendre sa noirceur. Furieux, Ychandre tournait en rond dans sa chambre, frappant de son épée, qu'on avait omis de lui retirer, tout ce qui avait le malheur d'entrer dans son champ de vision. Des plumes blanches finirent par voler autour de lui, arrachées à son oreiller. Le garçon retrouva alors le sourire.

— Je sais comment me venger de cette traîtresse qui m'a fait condamner au cachot! s'exclama-t-il.

Il jeta au sol une petite figurine de verre à l'effigie de la Vierge, la Gardienne de la fillette qu'il tenait responsable de son infortune. Puis, il lui brisa les ailes d'un coup de pied.

— Sacrilège, grommela le Sagittaire entre ses dents.

Ychandre porta les mains à sa nuque, détacha la chaîne de son talisman et le posa sur le plancher, devant lui. Reçue lors de son premier jour de classe, l'étoile d'argent remplaçait le mince lacet de cuir attaché à son cou par le devin de Sadira, et s'ornait en son centre de sa citrine de naissance. Une fois diplômé du collège de la cité, Ychandre en obtiendrait cinq autres. Il aurait alors la possibilité d'exercer la magie. Il avait déjà commencé à apprendre les bases de certaines sciences occultes, mais la possession d'un seul cristal ne lui permettait d'activer aucune force surnaturelle.

— À quelle sottise va-t-il encore s'adonner ? bougonna le centaure depuis le ciel.

De son arme de bois, l'enfant termina d'éventrer son oreiller et rassembla les plumes en un cercle autour de lui.

— Une simple protégée de la Terre a osé défier ma grandeur ! rumina-t-il en s'agenouillant.

Le Sagittaire piaffa.

— Si c'est une incantation que tu t'apprêtes à faire, petit polisson, elle est vouée à l'échec !

Mais Ychandre, toujours hors de lui, s'imaginait bel et bien le contraire. Il était le futur empereur ! Le plus puissant magicien du monde !

Le Gardien du Feu dirigea son attention sur Kaus. Que faisait donc l'ange gardien de ce jeune imbécile ? Dos à Ychandre, le centaure regardait par la fenêtre, l'esprit apparemment ailleurs.

Le garçon se mit à psalmodier des formules interminables, remplies d'aberrations et d'incongruités. Kaus lui jeta un coup d'œil distrait avant de se perdre à nouveau au-delà de la chambre. L'ange gardien en oublia de refréner sa queue, qui, agitée, fit voleter quelques plumes. Ce mouvement ancra Ychandre dans l'idée qu'il était capable, même avec une seule citrine, de faire de la magie.

— Sagittaire, Gardien du Feu, enflamme ces plumes ! dicta-t-il en remuant les doigts devant elles.

— Enflamme ces plumes ? s'outra le Sagittaire depuis son antre. Ce petit insolent ose donner des ordres à un demi-dieu ?

Après une série d'essais infructueux, Ychandre s'interrompit pour aller arracher une bougie à son chandelier mural. Se remettant à genoux, les yeux fermés, il invoqua son Gardien de plus belle. La queue remuante de Kaus faisait toujours danser les plumes légères. L'une d'elles, frôlant la bougie, prit feu et alla se poser sur la tête de l'enfant. Percevant une vague chaleur, Ychandre ouvrit les yeux et se réjouit, certain que sa citrine avait produit une étincelle de magie.

— Kaus ! hurla le Sagittaire.

À cet appel céleste, le centaure se tourna enfin vers son protégé, qui se mit à crier dans l'instant comme un cochon qu'on égorge. Affolé, le garçon bondit sur ses pieds, laissant tomber la bougie, qui incendia d'autres plumes. Le feu se propagea rapidement à une couverture qui traînait au sol.

Kaus s'empressa vers Ychandre et étouffa de ses mains le feu qui, grillant la belle chevelure blonde du garçon, lui léchait déjà les oreilles. Les plumes se consumèrent d'elles-mêmes, mais le centaure dut piétiner de ses sabots les flammes déjà hautes qui brûlaient la couverture. Les voyant s'éteindre sans son intervention, Ychandre demeura muet un long moment.

— Merci, centaure, murmura-t-il finalement.

Tandis que la mère d'Ychandre pénétrait dans la pièce, suivie de deux serviteurs de la maison, le Sagittaire leva les yeux vers le firmament. Après avoir examiné plusieurs des corps célestes, son regard allant d'une constellation à une autre, il secoua la tête et piaffa sur le sol de citrines.

— Tout a été prévu ainsi, maugréa-t-il, incrédule. Cet enfant n'a pourtant pas la carrure pour devenir empereur !

— Il est encore très jeune, entendit le Gardien dans son dos.

Faisant face à l'intruse qui venait d'apparaître dans son antre, il salua la demi-déesse d'un bref mouvement du chef.

— Les enfants font tous des bêtises, Sagittaire.

Le centaure blond n'aimait pas le sourire que la Vierge avait dans la voix lorsqu'elle lui parlait. Il avait chaque fois l'impression qu'elle se moquait de lui.

— D'innocentes bêtises, oui, mais celui-là a bien failli finir en torche humaine ! Quoi qu'il en soit, nous ne pouvons pas aller à l'encontre des astres.

— Avec Kaus à ses côtés, Ychandre accomplira ce pour quoi il est né. Pour ma part, ajouta l'ange, je n'ai aucune inquiétude à ce sujet.

— Eh bien moi, je commence justement à douter de Kaus, riposta le centaure. Il a

préservé ce garçon de la moindre égratignure !
Ychandre n'a jamais eu ne serait-ce qu'un
hématome ! Il en est venu à se croire invin-
cible. Et maintenant qu'il risque vraiment sa
vie, Kaus tarde à réagir. L'enfant a failli brûler
vif ! Kaus est de plus en plus distrait, et vous
et moi savons ce qui l'affecte.

L'expression dans les yeux de l'homme-
cheval était aussi dure que sa physionomie. La
créature barbue était rustre, mais dégageait
malgré tout un charme qu'aucune humaine
sur Terre n'aurait pu ignorer.

— J'ai fait comme Zodiak l'a exigé à la
suite de vos conseils, se défendit la Vierge.
Auva a été expédiée dans le lointain empire
de Kaziops. Les chances que Kaus et elle
se croisent à nouveau sont pratiquement
inexistantes.

— Le mal est fait, très chère.

— Et vous m'en tenez personnellement
responsable, c'est cela ?

— Vous l'êtes.

Les lèvres roses de la femme ailée se ser-
rèrent, et le Sagittaire enchaîna de sa voix
grave et profonde :

— Certains anges gardiens sont en fonction depuis beaucoup trop longtemps. Ils tendent de plus en plus à ressembler aux êtres terrestres. Il faudrait songer à les retirer du circuit.

— Nous avons créé les anges gardiens à la seule fin de veiller sur les humains. Si l'un d'eux passe plus d'une année sans protégé…

— Il disparaîtra.

— Comment pouvez-vous seulement y penser ?

— Nous en débattrons au prochain constel, ma chère.

# Chapitre 15

*Gemme, empire de Nusakan*
*6002 après Zodiak*
*Premier décan du Cancer (saison d'Eau)*

Le ciel déchargeait ses torrents d'eau sur la cité couronnée de Nusakan. Malgré l'après-midi qui commençait à peine, les nuages noirs tenaient en échec la lumière du soleil. Ce fut donc dans une pénombre que les lampes à huile de la pièce ne suffisaient pas à chasser complètement que la jeune princesse et ses deux dames de compagnie vaquaient à leurs travaux d'aiguille. Aloïce et Essanie étaient des cousines éloignées de Saraléane, et aussi ses meilleures amies. L'empereur Evanliak les avait fait venir au palais dès leur trois ans, et depuis, elles ne quittaient pas l'héritière d'une semelle. Si la destinée d'Aloïce était justement de veiller à ce qu'il n'arrive rien à sa cousine jusqu'à l'accomplissement de son propre destin, celui d'Essanie, aussi vague qu'insignifiant, parlait d'un animal qu'elle sauverait un jour de la mort.

— Les saisons d'Eau sont toujours d'un tel ennui, se plaignit la rousse Aloïce, qui préférait de loin jouer à chat ou à saute-mouton dans les grandioses jardins du palais.

— Je suis une protégée de l'Eau, ne l'oublie pas ! la tança Saraléane d'un ton badin. Moi, j'aime bien les orages.

Cette remarque fut ponctuée d'un grondement de tonnerre qui fit sursauter les trois fillettes de neuf ans.

— Aïe ! s'écria Saraléane.

La princesse s'était piqué l'index avec son aiguille, cependant qu'un éclair zébrait le ciel, illuminant la pièce aux larges fenêtres.

— Encore ? s'étonna Essanie en saisissant le doigt de la princesse pour en éponger doucement le sang de son mouchoir.

— J'en ai assez de ce foutu linge de table ! s'emporta Saraléane en lançant son ouvrage au sol.

— À ce rythme, se moqua Aloïce, votre trousseau ne sera jamais prêt le jour de vos noces, Votre Altesse.

Saraléane aimait Aloïce autant qu'une sœur, et ne prenait jamais ombrage de ces commentaires, même lorsqu'ils frisaient l'impolitesse. Se redressant, elle déclara :

— Jouons la scène du mariage de l'impératrice Siann et de l'empereur Ulzic.

Comme chaque fois qu'il était question de leurs ancêtres, le rôle du vieux devin gâteux qui avait uni les époux revint à la douce et blonde Essanie, et celui de l'empereur, à Aloïce. Saraléane courut enfiler une longue robe blanche trop grande pour elle, puis Essanie entrelaça les tiges de quelques fleurs sur le diadème d'or qui avait véritablement appartenu à l'impératrice Siann. Une fois les paroles sacrées prononcées, Aloïce agrippa la taille de la princesse et l'entraîna dans une parodie de danse nuptiale. Saraléane ne tarda pas à s'enrouler les pieds dans ses jupons et, faisant perdre l'équilibre à son amie, s'étala sur elle de tout son long.

— Nous en sommes déjà à la nuit de noces ? se gaussa Aloïce.

Cette remarque vit Essanie s'empourprer, et elle s'élança vers l'héritière pour l'aider à se remettre sur pied. Mais Saraléane s'était déjà relevée, l'air furieux.

— J'en ai assez de cette stupide histoire !

— Il faudrait en apprendre une nouvelle, suggéra Aloïce en mettant de l'ordre dans ses boucles rousses. La bibliothèque regorge de livres relatant la vie des chevaliers.

— Des histoires sur la guerre des Cinq empires ? grimaça Essanie.

— Regarde plus loin que le bout de ton nez, pour une fois ! la somma vertement Aloïce. Les chevaliers partaient guerroyer des saisons entières, laissant derrière eux de jeunes épouses éplorées. Les récits de certaines de leurs vies sont de magnifiques histoires d'amour.

S'étant départie de sa robe de mariée, Saraléane allait soulever une petite cloche d'or, mais le rire d'Aloïce arrêta son geste.

— Ne dérangez pas les servantes, Votre Altesse. Allons-y nous-mêmes, proposa-t-elle. Ce sera amusant.

— Dans les souterrains ? couina Essanie de sa voix de souris. Mais c'est interdit !

☾

Pour se débarrasser du garde qui surveillait l'escalier menant aux pièces souterraines, Aloïce n'eut qu'à lui faire croire qu'une jeune femme le demandait aux cuisines. Elle savait que le gros homme, n'y trouvant pas cette personne, en profiterait pour s'empiffrer avant de revenir à son poste.

Se tenant par la main, les trois jeunes filles longeaient le couloir sombre qui déboucherait bientôt sur la bibliothèque du palais. Les murs n'étaient évidemment percés d'aucune fenêtre, mais, venant d'en haut, le bruit de la pluie frappant sur les vitres était assourdissant. À chaque coup de tonnerre, Essanie tressaillait et suppliait Aloïce de faire demi-tour. La fillette craignait plus encore l'orage et les rats, qui ne manqueraient sûrement pas de se faufiler entre leurs jambes, que la colère de l'empereur. Saraléane n'était guère plus rassurée, mais elle tentait avec un certain succès de paraître aussi aventureuse qu'Aloïce.

— Cesse de gémir! ordonna-t-elle à la blondinette. Ton ange gardienne est là.

Essanie n'avait pas l'habitude de rétorquer à qui que ce soit, surtout pas à la princesse héritière, mais elle souligna tout de même, la voix tremblante :

— Que peut une douce naïade contre une cohorte de créatures des ténèbres ?

Remarque à laquelle la princesse riposta :

— Mon homme-scorpion va les massacrer une après l'autre, tes créatures des ténèbres !

À cette évocation du sans doute très paresseux ange gardien de Saraléane, Aloïce glissa un regard entendu à Essanie, arrivant à lui arracher une moue amusée.

Lorsque Saraléane s'empara de la torche accrochée à la porte de la bibliothèque, la rousse la lui prit des mains.

— Laissez, Votre Altesse, je vais m'en occuper.

Essanie, qui n'avait eu besoin que d'une seconde pour imaginer la totalité des livres anciens s'enflammant au passage de la maladroite Saraléane, soupira de soulagement. Puis, la porte craqua sous la poussée d'Aloïce, dévoilant l'immense et incroyable pièce. Devant les yeux des trois jeunes filles s'étiraient au moins 50 longues rangées de livres. Et à travers les grimoires, les récits de vie, les recueils de contes et les encyclopédies se trouvaient aussi divers objets. Ici, un crâne de cheval et, juste à côté, une boule de cristal sur un socle d'os. Plus loin, des bouteilles de verre, vides ou pleines, aux formes et aux couleurs éclectiques. Au hasard d'autres rangées, les fillettes découvrirent des statuettes représentant des Gardiens, des anges gardiens et des chevaux. Le Lion, le Sagittaire, le Bélier et leurs envoyés, les sphinx, les centaures et les hommes-boucs, tout comme les chevaux ignés, étaient plus nombreux que les autres. Rien de bien étonnant, compte tenu du fait qu'au cours des deux derniers siècles, seuls des natifs du Feu s'étaient assis sur le trône de Gemme. Les murs de la bibliothèque étaient quant à eux couverts de cartes géographiques, de cartes du ciel, de formules magiques ou mathématiques, et de notes diverses. Sans trop s'en rendre compte, la princesse et ses dames de compagnie avaient fait le tour de la grande pièce sans souffler le moindre mot. Elles se trouvaient maintenant devant un haut miroir sur pied que Saraléane venait de départir de sa bâche.

— Qu'il est beau ! s'extasia la princesse devant l'objet décoré de milliers de pierres colorées. Il me le faut dans ma chambre !

— Voyons, la rembarra Aloïce. Si l'empereur apprend que nous sommes descendues ici, nous sommes toutes trois bonnes pour le cachot.

— Mon oncle chéri ne m'a jamais rien refusé.

— Oubliez ce miroir, lui conseilla sa cousine en s'éloignant, Essanie sur ses talons.

Saraléane demeura un moment face à la psyché, admirant son propre reflet dans la pénombre. Puis, entendant tout à coup des pas furtifs de l'autre côté du mur, juste derrière le miroir, elle alla y coller une oreille. La princesse sentit alors une vive douleur à la tête. Elle ne dura qu'une seconde. Projetée vers l'arrière, elle heurta une étagère et s'écroula sur le plancher. Aux bruits que causa cette chute, Aloïce et Essanie accoururent, la dernière cramponnée au bras de la première, qui faillit marcher sur le corps de la princesse héritière.

— Homme-scorpion! s'indigna Aloïce. Tu n'as pas honte? C'est la future impératrice de Nusakan qui est dans les pommes! Il faudrait peut-être commencer à faire ton boulot avec un peu plus de sérieux!

— Par pitié, Aloïce, vas-tu te taire ? marmonna Essanie, plus pâle que jamais. Elles vont nous entendre !

— Il n'y a pas de créatures des ténèbres sous le palais, riposta Aloïce. Les adultes ont inventé cette histoire pour nous tenir éloignées d'ici.

— Et pourquoi cet endroit nous serait-il interdit s'il n'était pas dangereux ?

— Cesse de gémir. Saraléane est tout simplement tombée. Comme d'habitude.

# Chapitre 16

*La forêt des oubliés, empire d'Éridan*
*6002 après Zodiak*
*La nuit de la nébuleuse de Meriëm*

Zodiak avait de nouveau quitté la Terre des yeux. En cette nuit obscure, la lumière verdâtre de la nébuleuse ne chatouillait que le faîte des arbres, sans atteindre le sol de la forêt des oubliés. Quelques jours plus tôt, quatre professeurs étaient partis de l'orphelinat avec les apprentis qui fêtaient leurs 19 ans. Tous les autres priaient en plein air autour d'un immense feu, et ils prieraient jusqu'à ce que le Sagittaire ouvre les yeux sur la saison de Feu. Sur le brasier de branches de frênes et de feuilles de noisetiers se consumait la dépouille d'un cerf aux bois majestueux sacrifié au dieu suprême.

Élèves et mentors, tous étaient agenouillés sur un tapis de branches d'orties qui entourait l'offrande. Malgré l'épaisseur de sa toge,

Hibou sentait les piquants de la plante urticante sous ses genoux. Cette douleur, il s'en accommodait, mais l'odeur du cerf tourmentait tant et si bien son estomac qu'il peinait à se concentrer sur la litanie à répéter.

— Je vous adore avec le plus profond respect, et me soumets à vous dans la plus grande confiance, clamait l'assemblée. J'ai pour unique volonté celle de vous appartenir et de vous servir, ainsi que le maître auquel les astres jugeront bon de m'offrir.

Hibou, lui, priait silencieusement son ventre de se taire. Sous le regard menaçant de maître Lynx, le professeur d'astrologie, il ajouta finalement sa voix aux autres :

— Donnez-moi la force et la vertu, et si votre juste colère doit retomber sur moi, qu'il en soit ainsi, et que soient vengées les injures des hommes à votre endroit. Ô dieu suprême, vous qui avez détourné les yeux lors de mon humble naissance, puisse ma vie de soumission panser le mal qui vous a été fait en cette triste nuit.

Puis soudain, encerclant les sans-destins, les esprits des morts emprisonnés dans les arbres, les fougères et les cailloux mêlèrent

leurs terrifiants gémissements à cette sup-
plique. Beaucoup de nébuleux frémirent de
peur, et plusieurs parmi les plus jeunes ne
purent retenir leurs larmes.

☾

Ce ne fut qu'une heure avant l'aube que les
nébuleux se dirigèrent enfin vers leur dortoir.
Dans le noir, trois garçons d'une douzaine
d'années y attendaient Hibou. Leurs mains
jaillirent de leurs manches. Un coup au ventre
jeta l'enfant sur les rotules, puis on lui empoi-
gna les bras pour le traîner vers la rivière.

— Que me voulez-vous ? lança Hibou à
ses agresseurs.

Les lamentations des esprits ne cesseraient
qu'au lever du soleil, et couvrirent donc ce cri
et ceux qui suivirent lorsque le garçon discerna dans la pénombre le grand saule mar-
qué d'une croix rouge. Bien vite, il se retrouva
prisonnier des multiples branches pendantes.
Les garnements s'enfuirent, l'abandonnant à
son sort.

— Pourquoi ? hurla Hibou avant qu'une
branche ne le bâillonne.

Une autre entoura son cou et se resserra, jusqu'à ce que le garçon ne puisse plus respirer. Il se débattait. La ramure de l'arbre lui égratignait le visage et les mains, et déchirait sa toge. Les mouvements de Hibou devinrent moins vifs. Il sentait que son cœur ralentissait. Soudain, ce fut comme si une lumière surgissait à même son crâne.

Hibou se retrouva étendu sur le sol. Il aspira une longue goulée d'air qui lui irrita la gorge. Puis, malgré le bourdonnement de ses oreilles, il perçut des pas. On courait vers lui.

«Non!» voulut-il crier, mais seul un râle lui échappa.

— Hibou! s'épouvanta maître Corbeau en l'aidant à se redresser. Que fais-tu ici? Pourquoi t'être approché de cet arbre?

— Je me suis égaré dans le noir, Maître-professeur.

— Tu mens très mal, Hibou. Apprends à le faire de façon plus convaincante.

— Mais…

— Un mensonge n'a de conséquences que s'il est découvert, Hibou.

Ce que disait le jeune professeur d'histoire et de lecture allait parfois à l'encontre de tout ce que le nébuleux entendait de la bouche des autres maîtres.

— Va au lit, maintenant, ordonna Corbeau en le prenant par les épaules pour le diriger vers le dortoir. Tu dois te lever dans moins de deux heures.

Hibou jeta un regard derrière lui. À la place de l'arbre possédé, il trouva un large trou dans la terre, d'où fusait une vive lumière blanche, pareille à celle qu'il avait cru venir de l'explosion de sa tête. Mais le temps d'un clignement d'œil abasourdi, cette lumière s'éteignit.

☾

Dans le dortoir des garçons, tous dormaient, épuisés, sans doute depuis l'instant même où leur tête avait touché leur paillasse. Mais la douleur de Hibou était cuisante, et la peur l'était encore tout autant. Il se mit à fixer le plafond. Il savait qu'au moment de leur mort, les âmes des hommes des cités et des villages gagnaient le ciel, où elles se fondaient parmi les étoiles. Si leur mission terrestre n'était pas remplie, ils se réincarnaient dans des corps d'animaux afin d'œuvrer à ce que leur destin s'accomplisse. Ce n'était qu'ensuite qu'ils avaient droit au repos du ciel. À sa mort, l'âme de Hibou reviendrait pour sa part hanter cette forêt. Jamais il ne se réincarnerait en animal. Était-ce pour parer à cette injustice qu'on donnait des noms de bêtes aux nébuleux? Hibou, une fois de retour dans la forêt, ne s'en échapperait plus. Dans quelle variété d'arbre revivrait-il? Un chêne, peut-être. Ou un érable. Il espérait en tout cas ne pas se retrouver coincé à l'intérieur d'une roche dure et froide.

Des voix étouffées, venues de l'extérieur, tirèrent Hibou de ses songeries.

« Évitez de rêvasser, disait souvent le maître-professeur des convenances. Un tel agissement attire les mauvais esprits de la forêt. Ils viendraient pour prendre ces rêves sur lesquels vous n'avez aucun droit. » C'était l'explication qu'avait trouvée maître Bison à la propension qu'avaient les arbres à s'en prendre principalement à Hibou.

Le garçon se recroquevilla sous sa couverture, mais garda les yeux grands ouverts. À travers les ronflements de ses condisciples, il devina que des adultes se querellaient dehors. Hibou crut reconnaître l'une des deux voix comme étant celle de maître Corbeau. Incapable de résister à la curiosité, il sortit de son lit et alla entrouvrir la porte du dortoir. Les battements affolés de son cœur lui emplirent les oreilles, et ce ne fut qu'une fois calmé qu'il pût entendre ce qui se disait. L'aube, qui commençait à colorer la forêt, lui permit de voir Corbeau, qui, tenant le maître des convenances par le collet, l'acculait contre un des murs extérieurs du dortoir des professeurs.

— Je sais que vous êtes derrière cette agression, vieux Bison! l'accusa le jeune homme.

— Comment osez-vous?

— Ce garçon tarde à se soumettre, il n'est pas aussi malléable que les autres, mais ce n'est pas une raison pour le donner en pâture aux démons!

— N'avez-vous pas remarqué, Corbeau, que ces démons hantent notre forêt depuis l'arrivée de ce garçon? Ce n'est pas un hasard s'ils l'attaquent si souvent! C'est lui qu'ils veulent. Et une fois qu'ils l'auront, nous serons débarrassés d'eux.

Corbeau ouvrit la bouche, d'où il ne sortit d'abord qu'un borborygme hébété.

— Dieu du ciel, vous êtes un monstre! finit-il par s'offusquer.

— Insurgez-vous tant que vous voudrez, Corbeau, mais ce garçon met la vie des autres enfants en danger. J'ai fait ce qui me semblait le mieux pour la majorité d'entre eux.

— Écoutez-moi bien, Maître Bison. Foutez la paix à Hibou, ou je vous livrerai moi-même aux démons de cette forêt.

Le maître-professeur des convenances n'avait pas pour habitude de s'en laisser imposer, sans compter qu'il était plus grand et plus costaud que Corbeau. Fut-ce quelque chose dans le regard du jeune homme qui le dissuada de formuler la moindre réplique? Toujours est-il que Hibou vit maître Bison regagner son dortoir sans se retourner, et il se dépêcha de faire de même.

L'enfant subit d'autres assauts de la part des arbres maléfiques, mais il apprit à les parer, et jamais plus on ne chercha à le jeter intentionnellement dans leurs griffes.

# Chapitre 17

*La forêt des oubliés, empire d'Éridan*
*6012 après Zodiak*
*La nuit de la nébuleuse de Meriëm*

Dans les jours de Feu qui avaient suivi la nuit de la nébuleuse de Meriëm de l'an 5992, 34 enfants avaient été confiés à l'orphelinat de l'empire d'Éridan. Aujourd'hui, maître Lynx, maître Bison, maître Loup et maître Corbeau avaient été désignés pour les conduire à la route qui menait à Sadira.

En cette nuit parfaitement noire, les apprentis qui faisaient halte dans le refuge construit entre cette route et l'orphelinat fêtaient leur 19e anniversaire. En cet honneur, au lieu de l'infecte bouillie habituelle, ils se délectaient de ragoût de lièvre et de beaux gros morceaux de pain frais qu'ils imbibaient avec bonheur d'une sauce onctueuse et bien assaisonnée. S'ils mangeaient assis à même le sol encore humide de la saison d'Eau, aucun ne songeait à s'en plaindre. Seul le regard affligé de maître Lynx, l'austère professeur d'astrologie, gâchait un peu ce moment. Même s'il s'efforçait de dissimuler ses sentiments dans l'ombre de sa capuche grise, les apprentis auraient pu croire qu'ils marchaient droit vers l'abattoir. Que savait maître Lynx de ce qui se passait au-delà de ces arbres, lui qui, à l'instar des autres professeurs, n'avait jamais mis les pieds hors de la forêt des oubliés ?

« Il lit les étoiles, se dit Hibou. N'empêche, il n'est qu'un nébuleux, comme nous tous. Il ne connaît que les rudiments des sciences astrales. Il ne sait rien de l'avenir. »

— C'est un véritable délice ! s'extasia soudain un jeune homme.

— Oui, merci Maîtres-professeurs. Nous n'en méritons pas autant, précisa Martre.

— Voilà, l'approuva Bison, le vieil homme intransigeant qui leur avait enseigné les usages de la bienséance. Certains de vos maîtres seront de braves gens, et peut-être votre dévouement sera-t-il parfois récompensé. Dans de pareils cas, il ne faudra surtout pas oublier de remercier avec toute l'humilité dont vous avez appris à faire preuve.

— Je me demande quel genre de personne sera mon maître, murmura Hibou.

Contrairement à plusieurs, terrifiés par ce qui les attendait, le grand jeune homme aux yeux bleu ciel était impatient de se lancer dans le vrai monde et de découvrir quelle serait sa vie.

— Ce n'est pas *votre* vie que vous allez découvrir demain, souligna le vieux Bison, comme s'il lisait les pensées de Hibou, mais celle de votre maître. N'oubliez pas cela.

« N'oubliez pas, n'oubliez jamais… » C'était là des mots que les enseignants de l'orphelinat répétaient sans se lasser. « C'est tout de même ironique, nous qui sommes les oubliés de Zodiak », fut la réflexion de Hibou.

— Moi, j'espère avoir un maître qui pourra se changer en cheval ! s'exclama Glouton en se léchant les doigts.

— Voyez-vous ça ! lâcha le maître-professeur des convenances en lui arrachant son bol de ragoût déjà presque vide. Es-tu en train de t'imaginer que ton maître te permettra de le monter?

Des rires égayèrent quelques visages, mais ceux-là furent à leur tour gratifiés d'un regard moralisateur.

— Les nébuleux n'ont pas d'espérance! gronda l'enseignant. Ne vous ai-je donc rien entré dans le crâne?

Le petit moment de réjouissances était bien terminé. Au bout d'une minute ou deux, Hibou osa briser le silence en s'adressant à maître Corbeau, jusque-là plus sérieux et silencieux qu'à son habitude.

— Nous savons que les véritables chevaux…, amorça Hibou, qui se fit aussitôt couper la parole par maître Bison.

— Nous savons! le singea-t-il, de plus en plus irrité. En voilà une façon de commencer une phrase! Personne n'a que faire de ce que vous croyez savoir!

Après une grimace repentante, Hibou interpella à nouveau le professeur de lecture et d'histoire.

— Maître-professeur, *vous nous avez dit* que les véritables chevaux avaient disparu de la Terre, se reprit-il. Auriez-vous l'amabilité de nous expliquer pourquoi ?

— Tu es bien curieux, Hibou, recommença à ruminer le vieux Bison en jetant un coup d'œil suspicieux à son jeune collègue. L'enseignement de maître Corbeau aurait-il dépassé les limites permises ?

— Non, Maître-professeur, répondit Hibou.

Il venait d'enfreindre une règle élémentaire, celle de ne jamais mentir. Et, on le lui avait seriné à de multiples occasions, les conséquences d'un simple mensonge pouvaient être terribles pour un esclave. « Un mensonge n'a de conséquences que s'il est découvert », lui avait aussi dit maître Corbeau, dont il évita le regard.

— Mange donc, Oiseau, avant que ton repas ne soit froid ! lui dicta maître Bison.

Le ragoût était un pur régal, or Hibou n'en avait pris que quelques bouchées, trop exalté par ce que demain serait. Il trempa son pain dans la sauce et le porta à ses lèvres, mais sa main retomba, le récit entrepris par le professeur Corbeau retenant toute son attention.

— Avant que Zodiak ne soit détrôné et que n'éclate la guerre des Cinq empires, les chevaux vivaient en troupeaux qui pouvaient se composer de 200 individus, à la grandeur de la Terre, d'Orion à Androma. Ces animaux étant gracieux, dociles, intelligents et robustes, les combattants en firent leurs montures de prédilection pour aller guerroyer. Un nombre incalculable de chevaux périrent sur les champs de bataille. Une fois la guerre achevée, les survivants furent mis à mort jusqu'au dernier. Les empereurs qui signèrent le traité des Cinq empires décrétèrent que s'il n'y avait plus de chevaux, il n'y aurait plus de chevaliers, et qu'ainsi il ne pouvait plus y avoir de guerre.

— C'est ridicule! ne put s'empêcher de lâcher Hibou.

— Bien sûr! rétorqua le maître des convenances. Mais est-ce à toi d'en juger?

— Non, Maître-professeur, admit Hibou en baissant la tête.

— Évitez de poser vos yeux là où vous ne devriez pas, en profita le vieux Bison pour leur radoter une fois de plus une de ses règles. Mis à part ce que votre maître attend de vous, rien ne vous concerne. Rien.

« Rien. » Un autre mot qui revenait très souvent dans la bouche du maître des convenances, le professeur avec lequel les élèves de l'orphelinat avaient passé le plus clair de leur temps.

— Zodiak lui-même, du haut du ciel, jugea ce massacre complètement insensé, enchaîna Corbeau, comme si personne ne l'avait interrompu. Et c'est pour cette raison qu'il permit à certains hommes, ceux qu'il estima dignes de ce privilège, de se transformer en chevaux. Il en créa quatre races bien distinctes. Depuis, les magiciens qui ont à leur talisman au moins 7 des 13 pierres sont appelés *caballems*. Les natifs de l'Air peuvent se changer en pégases, des chevaux ailés, tandis que les natifs de l'Eau acquièrent le pouvoir de devenir des chevaux marins, les hippocampes. Les natifs du Feu dont le talisman est suffisamment orné arrivent à prendre l'apparence de chevaux ignés, ou salamandres. Quant aux natifs de la Terre, leur métamorphose fait d'eux des chevaux cornus, aussi appelés unicornes.

Tout au long de cet exposé, les nébuleux avaient pris grand soin de garder les yeux au sol. Si quelques-uns, à la recherche d'une dernière bouchée de sauce, frottaient encore leur bol avec un morceau de pain, plusieurs s'étaient tout bonnement endormis, leur tête renversée vers l'arrière, tombée sur leur poitrine ou sur l'épaule de leur voisin. Cette constatation en fit rire certains, mais la longue journée de marche pour gagner le refuge avait été éreintante, et chacun, bâillant ou s'étirant, commençait à se dire qu'il ne tarderait pas à imiter les dormeurs.

La conversation se poursuivit un moment, quoique moins animée, et entrecoupée de silences. Quand le sommeil eut raison de plus de la moitié des jeunes nébuleux, les autres se mirent à fixer leurs bols vides d'un air suspicieux.

— Qu'est-ce… que…? bredouilla une voix ensommeillée.

Trois ou quatre bondirent sur leurs pieds, mais durent se rasseoir sans délai, étourdis.

— Ne vous inquiétez pas, dit maître Corbeau d'un ton apaisant.

— Vous nous avez empoisonnés? réussit à articuler Martre. Ils sont morts?

Maître Lynx s'accroupit face à la jeune femme et posa une main sur le genou qu'elle pointait vers lui telle une arme.

— Nous ne voulons que…

Hibou s'élança vers la porte, qu'il ouvrit d'un violent coup d'épaule. Loup, le musclé professeur du culte physique, se précipita aussitôt à ses trousses.

— Il n'ira pas bien loin, affirma maître Bison en allant se poster devant la porte, qu'il referma, au cas où un autre élève serait assez en forme pour leur réserver le même genre de surprise.

— Je n'en serais pas si sûr, répondit Corbeau en tendant le menton vers le bol de ragoût laissé par Hibou.

Il était pratiquement plein.

Soudain, au cœur de ce remue-ménage, d'étranges bruits parvinrent aux oreilles de ceux qui étaient encore conscients. Ce n'était que de petits crépitements, mais leurs grondements allaient croissant…

☾

Déjà loin de là, Hibou courait à perdre haleine. Il entendait, juste dans son dos, la respiration hachée de l'homme qui le pourchassait. Puis, comme éjectés de nulle part, de nombreux animaux passèrent en trombe devant lui. Les prédateurs — coyotes, loups et lynx — ne prêtaient aucune attention aux lièvres, campagnols et autres proies potentielles qui leur filaient sous le museau. Ils affluaient de partout, coupant le chemin à Hibou, l'obligeant à ralentir, puis à dévier de sa route. Mais il n'avait pas l'intention de s'arrêter. Cependant, une racine émergea subitement de terre. Lui saisissant une cheville, elle le fit tomber en pleine face. Le fugueur se retourna rapidement sur le dos et se mit à tirer sur sa jambe pour la libérer. Maître Loup en profita pour souffler un moment avant de promettre :

— Si tu reviens maintenant, aucune sanction ne sera prise contre toi.

Il tendit à l'apprenti une main arrachée à la longue manche de sa toge. Ce fut là que Hibou, écarquillant les yeux, comprit ce que les animaux fuyaient. Il était poursuivi, lui aussi. Jusque-là, le bruit avait été couvert par ses propres halètements, ceux du professeur, et les craquements des branches qui jalonnaient leur trajectoire.

Le feu !

Lisant l'effroi sur le visage de l'apprenti, le maître pivota vers l'arrière. Lâchant un cri paniqué, il se signa de l'étoile de Zodiak. Hibou l'imita, et l'âme qui le tenait sous son emprise le relâcha. La racine se délia et se renfonça dans le sol. Hibou se releva.

Dans un tourbillon d'orangé, de jaune et de rouge, les flammes se rapprochaient à une vitesse incroyable, pétaradant et crachant des étincelles.

— Cet incendie n'est pas d'origine naturelle, mentionna le professeur.

La terreur avait pris possession de ses traits.

— Des forces magiques sont derrière ce phénomène, conclut-il.

D'un même mouvement, les deux hommes décampèrent, la peur leur donnant des ailes. Le feu grondait maintenant comme une bête enragée, et les battements d'ailes de milliers d'oiseaux claquaient dans l'air comme des mâchoires. Le flot d'animaux en déroute devint un raz-de-marée, et le professeur fut fauché par un sanglier. Le choc ne le blessa pas gravement, mais le squelette noirci d'un arbre lui tomba sur le dos, l'empêchant de se relever. À son hurlement, Hibou se retourna, surprenant alors des flammes à ramper sur le corps de l'homme et à le dévorer tels des démons sans pitié. Et comme s'ils recrachaient son âme, une gerbe de feu fusa vers Hibou. Une fumée noire, effleurant le sol, se rua vers lui.

Hibou reprit sa course. Il croyait encore entendre les cris de son professeur. Il était pourtant impossible qu'il soit toujours vivant. «Ce sont les hurlements des âmes des défunts», finit-il par comprendre. Chassées des arbres par les flammes qui semblaient bondir d'un à l'autre, elles voltigeaient en tous sens, amas de fumée grise où se devinaient des silhouettes humaines.

Tout en fuyant, Hibou se frappait la tête et le corps des mains pour éteindre les tisons qui menaçaient de mettre le feu à ses cheveux et à sa toge. La chair brûlante, suffoquant, il s'écroula au sol et dut rouler sur le côté pour éviter d'être lui aussi broyé par la chute d'un arbre. Ce fut une des branches de cet arbre qui le saisit par un bras, le releva et le poussa droit devant.

« Cours ! » criaient les âmes de la forêt.

☾

Dans le refuge des nébuleux, maître Lynx, les narines palpitantes, s'évertuait à identifier l'odeur qui approchait.

— De la fumée ? s'enquit-il.

Maître Bison ouvrit la porte pour inspecter les environs. Comme s'il invitait ainsi le feu à entrer, un haut tourbillon de flammes s'engouffra aussitôt dans la cabane. Ceux qui n'avaient pas encore complètement sombré dans l'inconscience poussèrent des cris cauchemardesques, tandis que les trois enseignants se précipitaient vers l'unique fenêtre. Un seul d'entre eux réussit à s'échapper avant que les flammes n'embrasent totalement le refuge et n'en fassent s'écrouler les murs.

Les appels à l'aide devinrent des râles d'agonie.

☾

Hibou courait toujours. Il aurait pu jurer que ce meurtrier fait de flammes était là pour lui, qu'il le voulait, *lui*… La voix du vieux Bison résonna dans sa tête : « Tu te donnes beaucoup trop d'importance, jeune homme. »

Le feu éclairait les profondeurs de la forêt d'une lueur rouge. Hibou cavala très longtemps avant de constater que les flammes suivaient ses mouvements. S'il ralentissait, au lieu de se jeter sur lui, elles diminuaient d'intensité et freinaient leur progression. Parfois, elles lui barraient le chemin, comme si elles cherchaient à le faire changer de direction, le léchant de leur chaleur sans jamais le brûler.

Des heures passèrent. Il pleuvait des cendres sur la forêt lorsque Hibou, fourbu, mit enfin les pieds sur une route. Les flammes qui le pistaient s'éteignirent d'un seul coup. Devant lui, passé la route, s'étendait une forêt intacte. Au loin, en bas de la colline, il y avait un village. S'il gravissait la colline, il verrait peut-être une cité de l'autre côté. Mais la peur, qui avait jusque-là empêché le nébuleux de s'effondrer, une fois disparue avec l'incendie, le laissa s'écrouler.

# Chapitre 18

*Sadira, empire d'Éridan*
*6012 après Zodiak*
*Premier décan du Sagittaire (saison de Feu)*

Tiré de l'engourdissement par les chauds rayons que le soleil du Sagittaire dardait sur lui, ce fut un oiseau plus gros qu'un homme que Hibou crut voir se découper sur le bleu pur du ciel.

Un pégase! Planant, le cheval descendait vers la terre. Et droit sur lui!

Hibou sauta sur ses pieds. Revenant lentement à lui, il dut quitter l'animal des yeux pour regarder le paysage. Il ne comprit ce qu'il faisait sur cette route qu'au spectacle désolant de la forêt incendiée. Seuls quelques troncs rabougris tenaient encore debout, défiant la mort en pointant l'univers des dieux. Un corbeau l'observait depuis le sommet d'un de ces squelettes d'arbre. Hibou se rappela alors les apprentis qui s'endormaient un à un…

Qu'avaient mis les maîtres-professeurs dans leur ragoût? Et dans quel but?

Le pégase se posa devant le nébuleux en repliant ses ailes sur son dos. Leur envergure était telle que ce geste suffit à faire lever cendre et poussière. Le gros oiseau noir s'envola. Hibou fit un pas en arrière, fasciné, mais prêt à fuir à nouveau. Dès que l'animal se changea en un homme d'une cinquantaine d'années, le nébuleux rabattit son capuchon sur sa tête, fit disparaître ses mains dans les manches de sa toge grise et baissa humblement les yeux au sol.

— Par les Douze, que s'est-il passé ici? s'exclama le caballem.

— Le feu a ravagé la forêt.

— Je le vois bien! Mais où sont les autres esclaves?

— Je... je l'ignore, Maî... Messire, marmonna Hibou en levant vers l'étrangé un œil contrit.

Il parlait pour la première fois à un homme du vrai monde, et voilà qu'il s'emmêlait la langue! Son vis-à-vis avait fière allure dans ses habits très simples mais aussi blancs que l'était le pégase. Le crâne complètement rasé, il semblait aussi grave que pressé.

— Les acquéreurs d'esclaves vous attendent tous sur la route du Minotaure Rouge, comme convenu… Serais-tu l'unique survivant de cet incendie ?

— J'en ai bien peur, Messire.

— Dans ce cas, ne nous attardons pas ici. Je t'ai vu le premier, tu es à moi. Allez, monte.

Le caballem se retransforma en pégase et abaissa une croupe sur laquelle Hibou hésita à grimper. Avait-il le droit de faire une telle chose ? Il regarda derrière lui comme s'il croyait que les esprits de la forêt des oubliés — se trouvaient-ils encore dans les arbres calcinés ? — allaient lui apporter une réponse à cette question.

Incapable d'user de la parole sous l'apparence du cheval, le caballem reprit sa forme humaine.

— Obéis, et monte ! ordonna-t-il, agacé. Je ferai prévenir les vigiles de Sadira. S'il y a des rescapés, ils les retrouveront.

— Merci, Messire.

— Maintenant, fais vite. La cérémonie de remise des talismans du fils du seigneur de Sadira a déjà débuté. Il y sera décoré avec mention, et toi, tu es le cadeau que lui offre son père pour cette réussite. Ne t'avise pas de me tirer les poils de la crinière.

Cette fois, dès que le pégase fut là, Hibou se hissa sur son dos. Glissant ses jambes entre l'encolure et les ailes du cheval, il lui entoura le cou de ses bras. Un seul battement d'ailes le souleva dans les airs. Le vent s'engouffra dans son capuchon, qui quitta sa tête, libérant ses longs cheveux bruns. Hibou sentit la vie s'insinuer dans tous les pores de sa peau. Il dut se retenir pour ne pas pousser un cri de joie. Son propriétaire serait un jeune homme de son âge, apparemment doué pour la magie et issu de la noblesse de Sadira ! Le nébuleux avait si hâte de découvrir quel était le destin de son maître !

« Cesse de rêvasser, Hibou. Ferme les yeux et dors. Les rêves, ce n'est pas pour les nébuleux. »

Hibou ferma les yeux… Le rêve ne faisait que commencer !

☾

La cérémonie se déroulait en plein air, à l'arrière du collège de Sadira, un grand bâtiment de pierre qui s'élevait sur plusieurs étages. Les élèves avaient déjà reçu leur talisman à cinq cristaux, au centre duquel ils avaient incrusté celui qu'ils possédaient depuis leur naissance. Les plus doués, ceux qui terminaient leurs études avec une mention d'excellence, étaient toujours rassemblés sur l'estrade. Ils étaient une vingtaine cette année-là à attendre le septième cristal qui ferait d'eux des caballems en leur permettant de se changer en chevaux d'une seule pensée.

Le pégase venait tout juste d'atterrir devant une immense fontaine, derrière la foule qui assistait au cérémonial, quand le devin de Sadira, un petit chauve à la barbe filasse, se mit à distribuer un à un les précieux cristaux. Hibou sauta au sol et le pégase se métamorphosa en homme. Ce dernier tendit dès lors un foulard gris au nébuleux.

— On ne doit voir que tes yeux, précisa-t-il.

— Lequel d'entre eux est mon maître ? demanda Hibou.

— Le quatrième, répondit le domestique qui l'avait conduit jusque-là.

D'où il était, Hibou ne distinguait pas les traits des visages des étudiants diplômés, mais le quatrième jeune homme de la rangée était blond, de belle prestance et de taille élancée. Ses vêtements de jolie facture étaient sans doute très onéreux.

À l'appel du nom d'Ychandre, Hibou plissa les paupières pour mieux voir ce qui allait se passer. Le devin avait au cou une chaîne dont les 12 maillons étaient ornés d'un minéral de différentes couleurs, les pierres fétiches des 12 Gardiens. La lourdeur de cette chaîne lui voûtait le dos et lui tordait tant et si bien la nuque que son menton touchait presque sa poitrine. Le devin fit tourner les anneaux autour de son cou jusqu'à avoir en main un cristal jaune or, qu'il encastra dans la serrure d'un petit coffre métallique tenu devant lui par son assistant. Une fois la pierre retirée du loquet, le couvercle du coffret se souleva, dévoilant son contenu au soleil, qui lui arracha de vifs rayons dorés. Le devin en sortit une citrine. La foule semblait retenir son souffle en attendant qu'il prenne la parole. Ce jeune protégé du Sagittaire devait être quelqu'un de vraiment important !

— Ychandre Jorik de Sadira, pérora le devin. À ta naissance, en l'an 5992, mon prédécesseur a fait une prédiction hors du commun. Ton destin n'est autre que de monter sur le trône de Nusakan. Personne ici n'est donc surpris de te voir parmi les plus méritants.

Clameurs et applaudissements résonnèrent, mais se rompirent dès que le devin ouvrit à nouveau la bouche.

— Natif du Feu, tes manières sont distinguées. Tu es un jeune homme franc, de nature spontanée et ambitieuse, en plus d'être doté d'une vitalité débordante. Aventureux, tu ne saurais tolérer un cadre de vie trop restreint. Protégé du Sagittaire, tu t'es passionné autant pour la chasse, le sport et les activités intellectuelles, et tu t'es ouvert à toutes les questions spirituelles, morales et sociologiques. Les citrines affinant ton intelligence et favorisant ta concentration, tu n'as eu de cesse, depuis ton entrée à l'école, d'agrandir le cercle de tes connaissances, à la recherche d'un idéal.

D'autres applaudissements fusèrent lorsque le devin leva bien haut la citrine avant de l'incruster dans la sixième branche de l'étoile argentée d'Ychandre.

— Ychandre Jorik de Sadira, protégé du Sagittaire, te voilà décoré de sept citrines. Te voilà caballem. Puisse ce précieux pouvoir, offert de la main même de Zodiak, guider tes pas vers ton destin. Que ton ange gardien veille sur toi jusqu'à ce que cet accomplissement soit. Puisse ta vie être celle qui t'est destinée.

Une fois tous les nouveaux caballems parés de leur pierre, le devin les invita à expérimenter leur pouvoir. Deux ou trois eurent un peu plus de mal à opérer la transformation, mais une vingtaine de chevaux apparurent sans tarder sur l'estrade. Les unicornes bruns croisèrent leur corne dans un combat amical et les pégases blancs prirent leur envol, dominant le public en délire. Tandis que les noires salamandres piaffaient sur le plancher de bois en crachant des flammes, les hippocampes bondissaient en bas de l'estrade. Fendant la foule, les quatre chevaux marins s'élancèrent, faisant la course en direction de la fontaine devant laquelle se tenait Hibou, paralysé par ces incroyables démonstrations de magie. Les chevaux gris sautèrent un après l'autre dans le large bassin d'eau, éclaboussant le nébuleux.

Dès qu'ils furent immergés jusqu'au gar-
rot, leurs pattes postérieures se muèrent en
queues couvertes d'écailles, bleues pour un
d'entre eux, vertes pour les trois autres. Les
hippocampes nageaient autour de la fontaine,
leurs crinières devenues de longues nageoires
translucides.

Trempé, Hibou s'éloigna de quelques
pas afin de mieux profiter du spectacle. Puis
Ychandre, qui avait repris son apparence
humaine, s'approcha de lui. Devant le sourire
éclatant que son maître daigna lui accorder,
le nébuleux eut grand mal à ne pas sourire
aussi. Il va sans dire qu'il négligea de garder
le regard au sol. Les traits d'Ychandre étaient
avenants, ses yeux bruns pétillants, et il était
presque aussi grand que Hibou.

— Hé, Ychandre ! le héla un petit garçon
en courant vers le jeune seigneur. Allez-vous
vous mettre en route dès aujourd'hui ?

— Il le faut bien, répondit Ychandre. Je
n'ai déjà que trop perdu de temps.

Hibou n'osa se renseigner, mais son
maître l'éclaira sans délai.

— Il y a quelques décans, un messager est
venu depuis Gemme annoncer que Saraléane,

la princesse impériale de Nusakan, cherche un époux. Le mariage doit avoir lieu le jour de ses 20 ans, à la saison d'Eau du prochain Scorpion.

— Pourquoi vous presser, Seigneur Ychandre ? s'enquit l'enfant. Votre destin est d'être empereur de Nusakan. La princesse ne saurait jeter son dévolu sur un autre que vous.

— Ne te méprends pas, petit, l'avertit un homme qui s'était rapproché d'Ychandre jusqu'à passer un bras autour de ses épaules.

La ressemblance entre les deux hommes ne laissait aucun doute, ils étaient père et fils.

— Le destin qui nous est annoncé n'est pas ce qui sera, poursuivit l'aîné, mais ce qui doit être. Toutes nos actions doivent être dirigées en ce sens, sans quoi notre destin pourrait ne jamais se réaliser.

Ychandre regarda son esclave bien en face.

— La route qui mène à la cité couronnée de Nusakan sera longue, lui dit-il. J'espère que tu n'avais pas d'autres plans pour les prochaines saisons.

Oubliant toutes convenances, Hibou fixa sur le jeune noble des yeux plus ronds que jamais, et secoua vivement la tête.

# Chapitre 19

*Gemme, empire de Nusakan*
*6012 après Zodiak*
*Deuxième décan du Sagittaire (saison de Feu)*

La saison de Feu était à son zénith, tout comme l'expression ravie sur le joli visage de la princesse héritière. Ses prétendants semblaient vouloir défiler sans fin dans le palais de Gemme. Foulant le tapis rouge déroulé jusqu'aux sièges impériaux, ils se présentaient un à un devant l'empereur et la future impératrice. Evanliak s'épongeait continuellement le front, son air las habituel aveulissant ses traits, rajoutant 10 années à la quarantaine qu'il avait déjà. À ses côtés, fraîche comme une rose, sa nièce ne paraissait aucunement souffrir de la chaleur. Vêtue d'une très légère robe de soie au corsage emperlé d'opales blanches, elle n'écoutait la plupart des courtisans que par politesse, jugeant d'un seul coup d'œil qu'ils n'avaient pas l'étoffe pour régner.

Elle consultait parfois son oncle du regard. Si l'empereur opinait, elle se tournait alors vers Aloïce et Essanie. Debout à sa droite, ses dames de compagnie observaient et prenaient mentalement des notes. Aloïce était de loin la plus belle des deux, avec sa longue chevelure rousse et bouclée qu'elle refusait d'attacher, et ses tenues affriolantes toujours d'un vert qui mettait en valeur celui de ses iris. Essanie était plus grande, plus mince, coiffait ses cheveux blonds de façon sévère, sans que la moindre mèche ne dépasse, et affichait constamment une expression effarouchée secondée par des yeux fuyants d'un bleu très pâle.

Le premier courtisan à recevoir l'approbation de tout ce beau monde fut Elvaän de Meïssa, un garde du palais d'Orion. Dans la mi-vingtaine, grand, blond et plein d'assurance, il leur avait plu d'emblée. Le petit comité accorda également l'honneur d'entrer à la cour à Piarik d'Anfal, prince d'Androma. Puis à Dëmiel de Koprah, un habile négociant, héritier d'un riche commerçant qui, en dépit de ses 30 ans passés, était particulièrement séduisant, fougueux et ambitieux. Se présenta après Francor de Gemme, le petit-fils de

Lorassien, le conseiller astral impérial. Malgré des traits fort harmonieux, une apparence soignée et des yeux d'un vert étonnement vif, Francor n'inspirait rien de bon à la princesse. Elle lui trouvait l'air aussi hautain et énigmatique que son grand-père, et les soupçonnait tous deux de cacher quelque chose de louche.

— N'étudiez-vous pas pour devenir devin? le questionna-t-elle. Les devins ne prennent pas femme.

— C'était avant de vous rencontrer à la dernière saison du Lion. Depuis, je ne rêve plus que de vous, princesse. Les astres ne m'intéressent plus. Sauf la Lune, s'il me faut un jour vous la décrocher.

Pour faire plaisir à son oncle, Saraléane accepta Francor à la cour, pour ensuite se laisser enjôler par le discours de Massim d'Elazra, en dépit des regards désapprobateurs d'Evanliak et d'Essanie. De quelques années son aîné, ce jeune homme se disait poète, mais avait tout d'un simple musicien ambulant. Peu après s'avança Danahé, un voyageur originaire de Marfak, dans l'empire de Kaziops. Il n'avait pas 20 ans. Et au premier abord, il était plutôt quelconque.

S'il n'était ni frêle ni petit, il n'était pas non plus costaud ou même grand. Son teint foncé, typique des natifs de Kaziops, attirait néanmoins l'attention. Et ses iris, aussi noirs que ses cheveux humblement attachés sur sa nuque, dégageaient une chaleur que cachait sa façon rigide de se tenir. Le père de Danahé étant un alchimiste renommé au service de l'empereur de Kaziops, il possédait assurément une certaine fortune. Danahé n'en faisait toutefois pas étalage. Habillé de noir de la tête aux pieds, il n'arborait ni ailerons aux épaules, ni collerette au cou. Aucune broderie ou dentelle n'enjolivait ses vêtements, et il ne portait en guise de bijou que son talisman.

— Approchez-vous, le somma Saraléane.

Le jeune homme obéit aussitôt.

— Marfak est très loin d'ici, à ce qu'il paraît. Les messagers dépêchés par mon oncle ont eu le temps de s'y rendre pour annoncer mes fiançailles ?

— Les messagers impériaux sont sans doute rapides, mais pas à ce point, Votre Altesse. Or, on vante votre beauté de Tsih à Ksora depuis longtemps déjà.

Ce genre de compliment avait fonctionné pour Massim d'Elazra. Saraléane balaya pourtant de la main celui de Danahé, affichant tout juste un sourire forcé.

— Quelle profession exercez-vous, Messire ?

— J'ai obtenu mon talisman de cornalines, et un septième cristal m'a été alloué lorsque j'ai participé à détourner de Marfak une tornade qui menaçait de raser la cité. Depuis, je voyage à travers le monde.

— Une tornade ? s'enquit Essanie, une main sur le cœur.

Une intervention de l'empereur coupa toutefois court au sujet.

— Vous parcourez le monde comme un vulgaire paladin ? accusa-t-il le jeune homme de Marfak.

— Je suis un gentilhomme, Votre Majesté. Seul l'accomplissement de mon destin guide mes pas et mes actions.

— Et quel est ce destin ? le questionna Saraléane en étouffant un bâillement.

Pendant une seconde, Danahé sembla s'interroger sur ce qu'il faisait là, et ses vis-à-vis crurent qu'il allait tourner les talons

sans demander son reste. Il inspira plutôt profondément et se confia :

— La femme dont je tomberai amoureux
aura à cœur une cause d'une grande importance, et je dois prendre part à sa réussite.

Ce fut à ce moment qu'Aloïce haussa un
sourcil, intriguant Saraléane.

— Vraiment ? s'enquit-elle, soudain beaucoup plus intéressée par le courtisan. Mon
propre horoscope est bien sûr de régner sur
Nusakan. Vous pensez contribuer de façon
notable à la prospérité de l'empire ?

Sur un signe d'Evanliak, un homme dont
la tunique blanche était rehaussée du pourpoint rouge et or des gardes impériaux s'avança
vers Danahé, lui prit des mains un rouleau
de parchemin et alla le remettre à l'empereur,
qui le déroula et le lut. Evanliak branla du
chef devant la signature du devin de Marfak.

— Tel est effectivement le destin de
Danahé de Marfak, confirma-t-il.

S'approchant, Aloïce jeta aussi un œil au
document, comme si elle tenait à s'assurer
elle-même de la véracité des dires du jeune
homme. Ce fut au tour de Saraléane de lever
les sourcils.

— Si vous êtes venu d'aussi loin, c'est pour voir si je suis la femme dont fait mention votre horoscope? supposa-t-elle.

— Oui, Votre Altesse.

À la droite du trône, les deux dames de compagnie se mirent à chuchoter, ce qui détourna l'attention de Danahé sur la rousse Aloïce.

— Seriez-vous prêt à mourir pour servir mon propre destin?

Le regard cordial du jeune homme revint sur la princesse.

— Si vous êtes bien celle dont parle mon horoscope, votre vie m'est plus précieuse que la mienne.

— Et comment saurez-vous si je suis cette femme? le questionna-t-elle.

— Je n'ai pas l'habitude de laisser mes sentiments décider de mes actes, Votre Altesse, mais dans ce cas précis, seul mon cœur en sera juge.

— Quel Gardien veille sur vous, Danahé? demanda Aloïce.

Saraléane se tourna à demi pour mieux observer sa cousine. Cherchait-elle sciemment à faire dévier la conversation? Le courtisan, lui, ne se détourna pas vers Aloïce une seconde fois. Demeurant face à Saraléane, il jeta à peine une œillade à la jeune femme à la chevelure de feu.

— La Vierge, répondit-il. Je suis natif de la Terre.

— Si je ne m'abuse, les protégés de la Vierge ne livrent que difficilement leur cœur, enchaîna Essanie.

— Mais lorsqu'ils le font, ils le livrent sur un plateau d'argent, et se montrent alors loyaux et dévoués.

— Vous feriez un mari exemplaire, conclut la blonde avec un sourire sincère.

— Mais seriez-vous un bon souverain ? intervint Evanliak. Croyez-vous avoir les qualités requises pour régner sur un si vaste empire, Danahé de Marfak ?

— D'un tempérament calme et réaliste, je suis d'une grande droiture et je préfère travailler pour autrui plutôt que pour moi-même. Rien ne m'apparaît jamais insurmontable. Aucun obstacle ne me fera dévier de ma route, Votre Majesté.

— Cette apparente modestie cache donc de prestigieuses aspirations, marmonna l'empereur, tandis qu'Essanie s'empressait de noter les paroles de Danahé.

— J'en ai assez ! déclara tout à coup Saraléane en s'avisant du nombre considérable de candidats qu'il lui restait encore à évaluer. Gardes, renvoyez-les ! Qu'ils reviennent demain.

Un des hommes en pourpoint bicolore invita Danahé à le suivre, mais se ravisa bien vite quand la princesse enchaîna :

— Essanie, ajoute le nom de Danahé à la liste officielle des courtisans. Qu'on lui prépare une chambre ! Messire, nous nous reverrons au dîner de ce soir.

# Chapitre 20

*Sadira, empire d'Éridan*
*6012 après Zodiak*
*Deuxième décan du Sagittaire (saison de Feu)*

« Un mensonge n'a de conséquences que s'il est découvert, Hibou », avait un jour dit maître Corbeau à Hibou.

Quelques heures seulement après avoir promis au seigneur son père d'être prudent et de rester sur la grande route, Ychandre s'enfonçait dans la forêt, Hibou sur les talons. Hors de question que filent deux saisons entières pendant qu'ils allaient de Sadira à Zaurak alors qu'en piquant à travers bois ils pouvaient faire ce trajet avant l'arrivée du Verseau.

Le nébuleux comprenait la hâte de son jeune maître. Il serait bientôt couronné empereur de Nusakan ! Il lui tardait de mettre les pieds au palais ! Sans compter qu'on racontait que la princesse héritière était d'une beauté à couper le souffle… Mais traverser la forêt pouvait s'avérer fort dangereux.

— Pourquoi ne pas vous transformer en cheval ? se permit de proposer Hibou, tandis que la route était sur le point de disparaître derrière eux.

— Et t'abandonner ici ? se moqua Ychandre.

— Non, je…

— Tu voudrais que je te porte, c'est ça ? s'insurgea le jeune noble en s'arrêtant pour se retourner vers le nébuleux.

— Non, bien sûr que non, Maître. Pardonnez-moi, s'empressa d'implorer Hibou en déviant le regard vers le sol.

Ychandre éclata d'un rire franc. Le nébuleux osa relever les yeux, gardant toutefois le menton baissé.

— Je me paie ta tête, Hibou. Relaxe. Et puis enlève ce foulard. Personne ne peut te voir, ici.

— C'est interdit…

— *Je* suis ton maître, Hibou. Ce qui t'est interdit, c'est à moi seul d'en décider.

Le nébuleux défit le nœud qui retenait le foulard et cachait son visage. Il se courba ensuite pour s'en faire une ceinture, la vague de ses cheveux bruns lui tombant sur la figure. Il avait troqué sa toge grise et ses sabots de bois pour des vêtements de voyage, de vieux habits ayant appartenus à Ychandre, des chausses et une tunique de couleur terre, ainsi que de hautes bottes de cuir marron usées mais confortables. Les chausses étaient un peu larges au niveau de la taille et les épaules de la tunique le serraient, mais Hibou était ravi de revêtir, pour la première fois, autre chose que la toge dont certains nébuleux, il le savait, devaient se contenter toute leur vie. Le père d'Ychandre lui avait même confié un petit couteau d'os, qu'il sortit de son paquetage pour l'accrocher à sa ceinture improvisée.

Quand Hibou releva la tête, son maître examinait son visage, la bouche entrouverte.

— Eh bien, dis donc ! commenta Ychandre.

Sans préciser sa pensée, le futur empereur se remit à avancer entre les arbres. Le nébuleux ne se permit pas de l'interroger sur ce qui l'avait étonné, et il prit soin de rester à une distance convenable derrière Ychandre. Il ne devait pas le gêner, mais demeurer à portée de voix, prêt à obéir au moindre caprice. Et si Hibou se fiait aux quelques commérages qui étaient venus à ses oreilles avant leur départ de Sadira, sous un vernis agréable et bienveillant, Ychandre s'avérait être un jeune homme très capricieux.

— Vous savez vous orienter en forêt, Maître Ychandre ? demanda le nébuleux au bout d'un moment.

— C'est plus facile la nuit, lorsque les étoiles sont bien visibles. Et pour répondre à ta première question, oui, je suis un cabal-lem, mais pas assez puissant pour te porter sur de longues distances. Pour le faire, il me faudra d'abord améliorer ma maîtrise de ce pouvoir. Crois-moi, je le ferais si cela m'était possible. Nous serions à Gemme avant même que le Poissons ne puisse nous voir passer ! Pour ce qui est de l'interrogation que tu n'as pas encore formulée, sache que de te laisser monter sur mon dos serait très mal vu, mais que ce n'est pas interdit.

— Je vous ralentis, Maître, j'en suis bien conscient, et j'en suis désolé.

— Ne sois pas idiot, Hibou. Les nébuleux sont les meilleurs serviteurs qu'on puisse rêver d'avoir. Ils coûtent une fortune. Et d'après ce que mon père m'a raconté, tu étais le seul disponible cette année dans tout l'empire d'Éridan.

— En vous éloignant autant de la route, ne craignez-vous pas de manquer rapidement de nourriture, Maître ? Nos réserves ne seront pas éternelles.

Ychandre s'arrêta pour se tourner vers son esclave.

— Les citrines apportent l'abondance, Hibou. Ne t'inquiète pas de cela. Quand nous aurons faim, nous trouverons à manger.

— Comment ? Grâce à votre magie ? Pardon, je pose trop de questions, Maître, je sais. Je vais me corriger.

— Ton bavardage ne me dérange pas, le détrompa le jeune seigneur.

Son ton laissait néanmoins croire le contraire. Hibou cru comprendre que c'était sa façon de continuellement s'excuser qui irritait Ychandre.

— Il faut bien discuter, poursuivit ce dernier, sinon ce n'est pas de faim mais d'ennui que nous allons mourir dans cette forêt. À moins que les paladins ne croisent notre chemin avant que cela n'arrive.

— Les paladins ? J'ignore qui ils sont, Maître Ychandre.

Le jeune seigneur regarda autour de lui, comme s'il cherchait la direction à emprunter, avant de reprendre sa progression entre les arbres.

— As-tu entendu parler des chevaliers, ces guerriers qui ont combattu à dos de cheval pendant la guerre des Cinq empires ?

— Très brièvement. Je sais qu'ils ont disparu en même temps que les chevaux, quand le traité de paix a été signé.

— Ils n'ont pas tous disparu.

— Que voulez-vous dire ?

— Il reste encore quelques chevaliers errants, les paladins. Ce sont des voleurs sans vergogne, et la plupart ont aussi la réputation d'être des assassins. N'ayant que peu de cristaux à leur talisman, ils manient mal la magie, et n'ont donc pas le pouvoir des caballems.

— Mais quel genre de chevaux montent ces paladins ?

— Des salamandres, des unicornes, des pégases ou des hippocampes. Ils asservissent des caballems, les affublent d'une selle, d'un mors et d'œillères. Ils les obligent ensuite à les porter là où ils veulent aller commettre leurs forfaits. Les repaires des paladins sont souvent en forêt ou dans les montagnes, mais jamais très loin des cités. Les natifs de l'Air et de l'Eau courent plus de risques de se faire enlever, car des ailes et des nageoires sont essentielles pour qui désire gagner l'empire de Kaziops, qui n'est relié aux autres que par la mer et le ciel.

Une branche craqua, et le nébuleux réprima un sursaut.

— Là! s'écria-t-il en pointant un arbre sur leur gauche.

— Je ne vois rien, indiqua Ychandre, nonchalant.

Pendant une seconde, Hibou avait cru apercevoir une vague silhouette grisâtre, dissimulée, les épiant…

« La forêt que nous foulons n'a rien à voir avec celle des oubliés, se morigéna-t-il. Ici, aucun esprit, protecteur ou maléfique, n'habite les arbres. »

— Les paladins en ont aussi après le venin des salamandres, qui est mortel, poursuivit Ychandre. Dormir sur un oreiller de plumes de pégases éloigne les cauchemars en favorisant les beaux rêves, et les cornes d'unicornes contiennent un liquide qui guérit de nombreuses maladies. Pour ce qui est des écailles des hippocampes, en très grande quantité, elles attirent la fortune.

— Je ne laisserai personne vous enlever, Maître Ychandre.

— Je n'ai pas peur.

Hibou, lui, n'était guère rassuré. Et de voir un corbeau quitter un arbre juste au-dessus de leur tête ne le tranquillisa pas davantage. Resté quelques pas derrière le jeune seigneur, l'oreille aux aguets, il commençait à se dire que maître Corbeau avait tort. Un mensonge, même s'il n'était jamais découvert, pouvait tout de même avoir de graves conséquences.

# Chapitre 21

*Gemme, empire de Nusakan*
*6012 après Zodiak*
*Deuxième décan du Sagittaire (saison de Feu)*

Saraléane et ses dames de compagnie s'étaient installées dans le salon privé de la princesse. La chaleur des après-midi du Sagittaire étant insoutenable, deux nébuleux, faisant mine de ne rien entendre de leur discussion, agitaient au-dessus d'elles de larges éventails.

— Danahé est plus jeune, certes, mais il a parlé de sept cristaux, rappela Essanie. C'est un caballem, et un natif de la Terre. Les unicornes sont les chevaux qui courent le plus vite.

— Ils ont de grosses pattes poilues, grimaça Saraléane. Je préfère la grâce des pégases.

— Moi, j'aime bien le mystère des salamandres, intervint Aloïce.

— Les chevaux ignés me rebutent, déclara Essanie. Leur peau sans poils est gluante…

La jeune femme frissonna de dégoût.

— Qu'il soit cornu, marin, igné ou ailé, ce n'est pas cette caractéristique qui décidera de celui qui épousera la future impératrice, souligna Aloïce.

— Tu n'apprécies pas le voyageur de Marfak ? la questionna Saraléane. Il m'a pourtant semblé…

— Tant d'autres vont encore venir se présenter, argua Aloïce.

Étirant un bras, cette dernière s'empara du livre d'astrologie qui était posé entre elles sur la table basse. Elle le feuilleta un moment avant de l'ouvrir en grand sur ses genoux.

— « Chaste et réservé, lut-elle, le natif de la Vierge est craintif et méfiant à l'approche de l'amour. Doté d'un sens aigu de la critique, il analyse chaque sentiment éprouvé dans le but d'arriver à expliquer logiquement ce que son cœur essaie de lui démontrer. Ne s'abandonnant guère aux impulsions amoureuses, il préfère se montrer serviable et utile pour prouver ses sentiments. »

Aloïce referma bruyamment le livre en levant les yeux au ciel.

— Voulez-vous vraiment passer le reste de vos jours avec ce genre d'homme?

— Je n'ai rien dit de tel! s'exclama Saraléane. Rien ne m'oblige à arrêter mon choix avant encore presque un an.

— N'empêche, vous perdez votre temps avec Danahé de Marfak, insista Aloïce.

— Il a un petit quelque chose, quand même, non? s'enquit Essanie.

— Ouais, sans doute très petit, marmonna Aloïce en cherchant une autre page.

— Aloïce! se scandalisa Essanie, les deux mains sur la bouche.

La rousse leva à nouveau les yeux au plafond, prenant les dieux à témoin de la pudibonderie d'Essanie avant de reprendre sa lecture.

— «Compatibilité entre une femme Scorpion et un homme Vierge, dit-elle. Tous deux sont dotés d'une grande sensibilité. Prudent, l'homme Vierge est très discret en amour. Dépourvu de toute agressivité, il s'avère un partenaire calme et pudique.»

— Un homme sérieux, voilà ce qu'il vous faut, Votre Altesse, décréta Essanie.

— « La femme Scorpion, continua Aloïce en haussant le ton, comme pour faire taire sa cousine, est quant à elle très volontaire, et pourrait même se montrer violente envers son partenaire si son comportement l'exaspère trop. »

Saraléane pouffa.

— Vous en feriez de la pâtée pour chat ! conclut la rousse en mêlant son rire à celui de la princesse.

L'héritière lui prit le livre pour le feuilleter à son tour.

— « Compatibilité entre une femme Balance et un homme Vierge », récita-t-elle, un sourire moqueur dans la voix.

— Mais… Quoi ? s'injuria Aloïce. Ce n'est pas moi qui me cherche un mari !

— Tu devrais, ricana Saraléane. Ta réputation est pire que la mienne.

— Ma réputation ?

Aloïce arracha le livre des mains de sa cousine.

— « Espiègle et sympathique, la protégée de la Balance, experte dans l'art de se vêtir avec goût et élégance, sait jouer de ses charmes. »

— À la cour, intervint Essanie, on te dit plutôt volage et de mœurs légères…

— Dévergondée, voilà le mot qu'Essanie n'ose pas employer, assena Saraléane.

— Traitez-moi de tous les noms, cela ne prouve qu'une chose : je n'ai absolument rien en commun avec Danahé de Marfak.

— À première vue, c'est vrai, consentit Saraléane avant de reprendre le livre et de poursuivre sa lecture. « Méfiant, l'homme Vierge est tout de même sensible à la nature sensuelle et voluptueuse de la Balance. Il existe une *exquise* complémentarité entre la rigueur et la fantaisie, entre l'austérité et la fraîcheur, entre la banalité et la beauté, entre l'esprit et le cœur. L'homme Vierge ne peut résister au charme de la femme Balance, et celle-ci est attirée par son intelligence pratique et logique. »

— Une *exquise* complémentarité, répéta Essanie en insistant elle aussi sur le mot, l'air rêveur.

— C'est ridicule ! s'entêta Aloïce en se laissant tomber dans le creux de son fauteuil.

— Peut-être, consentit Saraléane en haussant les épaules, comme si elle se lassait tout à coup de ce petit jeu. Mais Danahé de Marfak restera au palais jusqu'à ce que mon choix soit fait. Alors, tâche d'être gentille avec lui.

— Bien sûr, ronchonna Aloïce, cependant que la princesse héritière bondissait sur ses pieds en s'écriant :

— Je sais ! Nous allons organiser un tournoi !

— Un tournoi ? piailla Essanie de son éternel ton craintif. Vous n'allez tout de même pas encourager vos courtisans à se battre entre eux ! Ce serait d'une telle barbarie !

— Ce ne sera pas ce genre de tournoi, avait déjà compris Aloïce.

Le visage des deux jeunes femmes se fendit d'une même mimique espiègle.

# Chapitre 22

*Au cœur du firmament*
*6012 après Zodiak*
*Deuxième décan du Sagittaire (saison de Feu)*

Assis sur son trône de diamant, Zodiak avait la tête levée vers le firmament. L'étoile qui l'attirait était une des plus scintillantes de la voûte céleste. En la contemplant, le dieu suprême pouvait suivre les va-et-vient d'Ychandre de Sadira. Le jeune noble marchait dans la forêt en compagnie de l'esclave reçu en cadeau de son père. Zodiak étudia un moment les étoiles qui entouraient celle d'Ychandre, puis reporta son attention sur la forêt d'Éridan. Une douce voix l'arracha alors à ses minutieuses investigations.

— Maître ?

La forte brillance qui enveloppait le corps du dieu suprême diminua d'intensité, permettant à la Vierge de deviner, sous le flou lumineux, la silhouette qui avait été celle de l'empereur Andrev Zodiak d'Errakis de son vivant.

— Un souci avec le jeune Ychandre, Maître divin ? Le Sagittaire n'a plus d'inquiétude à son sujet. Ychandre n'est plus le gamin arrogant qu'il a été. Il a acquis de la sagesse.

— Si peu, marmonna Zodiak. Quelque chose d'urgent ?

— Rien qui me trouble personnellement, Maître divin, répondit la femme ailée aux longs cheveux de jais, mais je tenais à vous en faire part avant que le centaure ne le fasse.

Les lèvres de Zodiak s'étirèrent en un sourire sans joie qui projeta des rayons de lumière.

— Vous lui en voulez encore de m'avoir convaincu de séparer les anges gardiens qui manifestaient des signes de sentiments amoureux ?

— Je n'ai aucune rancœur, Zodiak, ni envers vous, ni envers le Sagittaire. Mais c'est effectivement à ce sujet que je suis devant vous.

— Qui donc, cette fois ?

— Il s'agit toujours de Kaus et d'Auva.

— Il y a près de 20 ans qu'ils ont été éloignés l'un de l'autre. Vous avez vous-même envoyé Auva dans le lointain empire de Kaziops. N'est-ce pas ?

— Comme vous l'avez exigé, Maître divin.

Zodiak dévisageait l'ange, attendant la suite.

— Kaus et Auva sont pour l'heure bel et bien séparés. Or, il y a 19 ans, j'ai attaché Auva à la protection d'un jeune homme qui se trouve aujourd'hui au palais de Gemme.

— Si loin de chez lui ? s'étonna Zodiak. Vos protégés ne sont pourtant pas friands de voyages et d'aventures.

— C'est vrai. Ils sont malgré tout déterminés et tendent très jeunes à réaliser leurs objectifs. Pour accomplir son destin, mon protégé doit d'abord trouver la femme qui partagera sa vie.

— Et pourquoi à Gemme ? Aucune demoiselle, dans tout l'empire de Kaziops, n'a su faire battre son cœur ?

— Vous savez que les humains n'ont aucune maîtrise sur l'amour, Zodiak. Vous et moi sommes d'ailleurs les seuls ici à pouvoir le comprendre.

Fuyant le regard de l'ange, Zodiak pointa le menton vers les étoiles.

— Le jour où mes gardes t'ont surprise à rôder dans les jardins du palais et qu'ils t'ont traînée devant moi, enchaînée, j'ai immédiatement ordonné qu'on te relâche. Mais tu as demandé à rester, à travailler pour moi et à bénéficier de ma protection. Les anges étaient pourtant des créatures éprises de liberté. J'ai mis longtemps à découvrir qu'un de mes gardes personnels était la raison de ce choix contre nature.

Les grandes ailes blanches de l'ange s'agitèrent, comme si un frisson avait parcouru son dos.

— Jamais il n'a avoué partager mes sentiments.

— C'était il y a plus de 6000 ans, et tu es toujours amoureuse de lui.

— Comme vous l'êtes de votre épouse disparue. Quand nous sommes montés au ciel, ces sentiments, tout comme nous, sont devenus éternels. Nous n'y pouvons rien.

Zodiak avait repris son examen de la voûte étoilée.

— Je la retrouverai bientôt, souffla-t-il, la gorge nouée. Les astres ont déjà commencé à se mettre en place. Le Rédempteur est en route vers son destin.

— Je l'espère, répondit la Gardienne. Le fossé créé par l'absence de Meriëm à nos côtés se creuse chaque jour davantage, éloignant un peu plus l'une de l'autre les constellations du Scorpion et du Sagittaire. Si Meriëm ne gagne pas très vite le ciel, la collision entre l'étoile de Feu et la Terre ne pourra plus être évitée.

Perdu dans un lointain passé, Zodiak demeura silencieux. La Vierge s'éclipsa, et les minuscules éclats de cornaline qui brillaient dans l'air disparurent avec elle. Le dieu tendit le cou vers la constellation du Scorpion, puis vers celle du Sagittaire, avant de fixer sa lumière sur les étoiles des Gémeaux.

« Ils sont de nature flexible et changeante, assoiffée et curieuse, médita-t-il. Très rusés et dotés d'une forte intuition, les protégés des Gémeaux sont en mesure de devenir soit les meilleurs financiers, soit les meilleurs escrocs. »

D'une pensée, Zodiak fit apparaître les Gardiens siamois devant lui.

— Gémeaux, les salua-t-il, les yeux toujours braqués sur le firmament. J'ai une importante mission pour un de vos protégés.

# Chapitre 23

*Gemme, empire de Nusakan*
*6012 après Zodiak*
*Deuxième décan du Sagittaire (saison de Feu)*

Lorsque Saraléane et Aloïce se présentè-rent devant l'empereur, elles lui trouvèrent le teint encore plus pâle qu'à l'habitude et le jugèrent, comme depuis toujours, un peu trop maigre. Il semblait crouler sous une pile de parchemins.

— Qu'est-ce qui presse tant, mon étoile ? demanda Evanliak à sa nièce. Quelle bêtise as-tu encore commise ?

— Vous êtes dur envers Saraléane, Votre Majesté, fit remarquer Aloïce.

— En plus d'être écervelée, sa maladresse dépasse tout entendement, soupira Evanliak, comme si la princesse n'était pas là. Mélange malheureux s'il en est un. On pourrait jurer qu'elle n'a pas d'ange gardien…

— Inutile d'insulter les dieux! se récria Saraléane.

— Les envoyés du Scorpion ne sont pas réputés pour se déranger avec des broutilles, Votre Majesté, souligna Aloïce. Lorsque l'héritière sera en réel danger, son protecteur veillera à ce que rien de grave ne lui arrive.

— Et allez-vous me dire ce qui vous amène?

— Vous exigez de moi que je me marie dès mon 20e anniversaire, commença Saraléane.

— Oui, répondit Evanliak. Je sais que tu préférerais continuer à t'amuser. Mais voilà, mon étoile, je n'attendrai pas qu'un homme ravisse ton cœur volage pour repartir chez moi. Je trône depuis près de 20 ans sans même que cela ne soit mon destin. C'était celui de mon frère. Je veux vivre ma propre vie et accomplir mon propre destin. L'idée de revenir sur Terre après ma mort dans le corps d'un animal m'est insupportable.

— Vous allez quitter le palais, mon oncle?

— Dès que tu seras unie et couronnée. Mais, dis-moi… T'opposerais-tu à ce mariage?

Les yeux de l'empereur percèrent le brouillard dans lequel ils flottaient la plupart du temps pour s'accrocher à ceux de la princesse.

— Non, mon oncle.

Les deux jeunes femmes eurent presque l'impression de voir s'envoler une partie du poids qui pesait sur les épaules de l'empereur. Saraléane lui expliqua ses intentions. Le regard à nouveau dans le vague, Evanliak réfléchissait peut-être à cette proposition, mais Saraléane, pas plus qu'Aloïce, n'était certaine qu'il l'avait vraiment écoutée. Il avait à peine 40 ans. Or, ce n'était pas d'hier qu'il avait l'air éteint et usé. Jamais il n'avait voulu de la couronne qui lui avait échu à la mort d'Esylvio.

— Pourquoi ne pas simplement choisir l'homme qui te semble le plus apte à gouverner à tes côtés ? soupira-t-il finalement. Lorassien est de bon conseil, et les astres n'ont que peu de secrets pour lui. Il prendra cette décision pour toi si tu ne te sens pas à la hauteur de la tâche.

— Pour qu'il m'impose son petit-fils ? Et pourquoi ne pas y mêler le trésorier, le grand chancelier, le maître-alchimiste, le capitaine de la garde et le reste de votre précieux

Conseil ? Laissez-moi juste le temps de connaître davantage mes aspirants, insista la princesse.

— Tu choisiras donc encore sept courtisans qui s'ajouteront aux cinq déjà admis à la cour ?

— Oui. Et au dernier jour de chaque saison, nous organiserons un bal auquel sera conviée toute la noblesse de Gemme. Chacune de ces soirées se terminera par l'élimination d'un des 12 jeunes hommes. À la veille de mon anniversaire, jour où je me marierai et prendrai le pouvoir, il n'en restera plus qu'un, qui régnera à mes côtés.

Les bras de l'empereur tombèrent bruyamment sur sa table de travail.

— Tout cela n'est pas un jeu, Saraléane ! Je veux pouvoir quitter Gemme l'esprit en paix.

— C'est pour cette raison que j'ai besoin de tout mon temps pour trouver un homme qui sera digne de vous succéder, mon oncle.

Quelque peu déridé, Evanliak troqua son air harassé pour une mimique aussi amusée que désespérée.

— Toi, petite étoile, on pourra dire que tu m'en auras fait voir de toutes les couleurs !

Saraléane attrapa la main que son oncle lui tendait et se laissa attirer vers lui. Comme il demeurait assis, elle s'agenouilla pour presser sa joue contre son bras.

— Tu es consciente que ton père n'aurait jamais permis une telle chose, n'est-ce pas ?

— Mon père est mort, mon oncle. C'est vous, l'empereur de Nusakan.

— Voilà que toi aussi, tu t'acharnes à me le rappeler…

— Votre supplice achève, l'encouragea Aloïce d'une voix exagérément dramatique.

Saraléane fit mine de se relever, mais Evanliak la retint à lui.

— Ton futur époux devra être digne de régner sur Nusakan, mais ne néglige pas non plus de choisir quelqu'un que tu aimeras et qui saura te rendre cet amour.

— Que vous tarde-t-il tant de retrouver à Corone, mon oncle ? Est-ce une femme ? Vous n'en parlez jamais. Et quel est ce destin qui vous arrachera à moi ?

Le sourire tendre de l'empereur vacilla.

— Va, petite étoile, ne te soucie pas de ton vieil oncle et profite de tes dernières saisons de liberté.

# Chapitre 24

*Entre Sadira et Zaurak, empire d'Éridan*
*6012 après Zodiak*
*Troisième décan du Sagittaire (saison de Feu)*

Les chevaux créés par la magie des caballems n'avaient besoin ni d'eau ni de foin, car ils se nourrissaient de l'énergie des cristaux. Or, Ychandre de Sadira ne possédait que le nombre minimal de citrines aptes à produire cette énergie. Ce fut pourquoi, après une frénétique mais très courte chevauchée à travers la forêt, la salamandre, pantelante, fit halte devant un haut mur de roc. À califourchon sur le dos du cheval noir, Hibou se laissa glisser au sol, et Ychandre reprit sa propre apparence.

— Regarde, dit le jeune seigneur en pointant du doigt une ouverture dans la pierre. Cette grotte nous apportera un peu de fraîcheur, et nous ne nous ferons pas grignoter le bout des orteils pendant notre sommeil.

Hibou souleva le sac abandonné au sol par Ychandre. Il s'apprêtait à le porter dans l'abri quand son propriétaire l'arrêta.

— Laisse, le somma-t-il en le lui prenant des mains, va plutôt chercher du bois pour le feu.

— Est-ce bien prudent? demanda le nébuleux. Nous approchons de la cité de Zaurak. Si des paladins traquaient dans les environs?

Ychandre promenant un regard entre les arbres plutôt que de répliquer, Hibou s'enhardit:

— D'ailleurs, nous devrions cesser ces balades à cheval. Si des paladins vous surprenaient sous la forme d'une salamandre… Les jeunes de votre âge qui possèdent le pouvoir des caballems ne sont pas légion. En gardant forme humaine, vous risquez peu d'attirer leur attention. Ne jouons pas avec le feu.

— Quel feu? rétorqua Ychandre avec un sourire dans la voix.

Il ne semblait pas fâché des propos de son esclave; à peine un peu agacé.

— Sans compter que galoper en forêt est dangereux pour un cheval, insista Hibou.

Votre salamandre pourrait se prendre un sabot dans une racine et se casser une patte.

— Bon, ça va, finit par riposter Ychandre. Quoi que t'ait dit mon père avant notre départ, n'oublie pas que c'est *moi*, ton maître.

Hibou inclina la tête.

— Jamais je n'oublierai, Maître Ychandre. Seulement, votre père a raison. Il faut nous montrer prudents si nous voulons que votre destin se réalise. Le jour où vous avez reçu votre talisman et la pierre des caballems, j'ai entendu quelqu'un raconter que les anges gardiens ont parfois de la difficulté à suivre leur protégé lorsque ce dernier a l'apparence d'un cheval.

— Hibou, voyons, mon ange gardien est un centaure !

Ychandre éclata de rire, et le nébuleux mêla ses exclamations hilares aux siennes, avant de s'arrêter subitement.

— Pardon, Maître, m'esclaffer de la sorte… je…

— Détends-toi, Hibou ! lança alors le jeune noble en poussant le nébuleux vers la grotte d'une bonne claque dans le dos, traînant lui-même son bagage. Combien de fois encore devrai-je te l'ordonner ?

☾

Bien après le milieu de la nuit, Ychandre cherchait encore le sommeil. Hibou, en l'entendant virer d'un bord puis de l'autre pour la énième fois, offrit :

— Je pourrais faire cuire ce lièvre que vous avez si habilement attrapé. À cette heure tardive, un feu ne causera probablement pas votre perte.

— Rendors-toi, Hibou. Ce n'est pas la faim qui me tient éveillé.

Mais le nébuleux se sentait honteux d'avoir mis tant de temps à s'enquérir du bien-être de son maître. Même si le demi-sommeil dans lequel il était plongé pouvait l'expliquer, il ne se pardonnait pas un comportement aussi indigne.

— Si vous craignez les paladins, je vais monter la garde, insista-t-il.

— Je songeais seulement à la chance que j'ai, l'apaisa Ychandre. Te rends-tu compte que si j'étais né une nuit plus tôt, je serais pareil à toi, un nébuleux, sans destin et sans ange gardien ? Au contraire, je suis destiné à devenir empereur de Nusakan. Parfois, y penser me donne le vertige.

Hibou ne sut que répondre.

— Te voilà à court de mots ? se moqua la voix d'Ychandre dans la pénombre.

— Je parle trop, je sais, Maître. Je vais me corriger.

— N'as-tu jamais rêvé d'avoir un destin, Hibou ?

— Les rêves ne sont pas pour les nébuleux.

Le jeune seigneur de Sadira grogna. Il le faisait souvent quand son esclave lui assénait ce genre de phrases apprises par cœur.

— Bon, c'est dans ta nature d'obéir et de te soumettre, mais…

— En fait, osa le couper Hibou, à l'orphelinat, on me punissait fréquemment pour insubordination.

Le nébuleux croyait que cette révélation allait amuser son maître, mais ce dernier demeura grave. Il laissa même passer plusieurs minutes avant de demander :

— Tu ne t'opposeras donc pas à m'appeler tout simplement Ychandre ?

— Maître ?

Ychandre laissa à nouveau filer le temps en silence, si longtemps que Hibou se figura qu'il s'était rendu compte de l'absurdité de ce qu'il proposait. Puis, le jeune seigneur dit :

— Une fois au palais de Gemme, tu seras obligé de remettre le foulard qui cache ton visage, et tu te verras contraint de faire toutes sortes de courbettes devant les nobles… Mais ici, dans cette forêt, permets-moi de croire que tu es mon ami, que tu es là parce que ma compagnie te plaît, et non pas parce que mon père t'a acheté.

Le verdict du nébuleux tarda. Quelques onomatopées fusèrent de sa bouche, sans toutefois former de mots compréhensibles.

— Je sais ce que tu t'imagines, continua Ychandre. Mais tu te trompes. J'étais un enfant détestable. Mon destin m'était monté à la tête. J'ai repoussé un à un tous ceux qui, à Sadira, auraient pu devenir de véritables amis. Ceux qui sont restés ne l'ont fait que dans l'espoir d'obtenir quelque chose de moi le jour où je serai couronné.

Cette fois, le nébuleux se fit rapidement rassurant.

— Je ne voudrais être nulle part ailleurs, Maî… Ychandre. C'est vrai, jamais je ne me serais attendu à être traité avec autant d'égards.

— Tu es quelqu'un de bien, Hibou. Tu es vif d'esprit, courageux et agréable. Et pour un homme, tu n'es pas trop laid. Si tu n'étais pas un nébuleux, tu aurais toutes les chances d'épouser toi-même une jeune femme riche et belle.

— Ychandre…

— Écoute-moi, poursuivit le jeune homme d'une voix ferme, mais en baissant le ton, comme si quelqu'un aurait pu les entendre. Là-bas, à Gemme, personne ne saura qui tu es. Je pourrais te présenter en tant que protégé du…

— Nous ne pouvons pas faire ça ! l'interrompit le nébuleux en traçant instinctivement l'étoile de Zodiak dans les airs. Je ne connais rien de la vie, je serais tout de suite démasqué. Sans compter que la colère du dieu suprême s'abattrait sur nous deux.

Ychandre se retourna sur le dos, contrarié. Au bout d'un moment, il s'expliqua :

— Cette idée est stupide, bien sûr. Mais je t'aime bien, Hibou. Ta situation m'attriste. Tu n'as rien fait pour la mériter. Je veux seulement que tu comprennes que si je pouvais partager mon destin avec toi, je le ferais.

— Je serai à vos côtés, et je serai votre ami. Je n'ai rien de plus à offrir, et ce que vous m'offrez vous-même est déjà grandiose.

Ychandre expira bruyamment.

— Tu l'as dit, Hibou, tu ne connais rien de la vie. Là-bas, je serai seul, car toi, tu ne seras rien du tout.

# Chapitre 25

*Gemme, empire de Nusakan*
*6012 après Zodiak*
*Troisième décan du Sagittaire (saison de Feu)*

Les 12 courtisans de Saraléane, chacun à leur façon, s'employaient à lui faire la cour depuis maintenant un décan. Au dernier jour de chaque saison, la princesse héritière évincerait l'un d'eux jusqu'à ce qu'elle se retrouve seule devant son futur époux. D'ici là, il lui fallait en apprendre le plus possible sur ses prétendants.

Dans les jardins du palais, flanquée de ses dames de compagnie, Saraléane faisait face aux 12 jeunes hommes en question. Un peu en retrait derrière les trois cousines attendait un vieil homme dont la maigre silhouette évoquait celle d'un vautour. Il était vêtu d'une toge d'un noir satiné, dont le col était maintenu fermé par une broche en or ciselée en un croissant de lune et trois étoiles. Son dos demeurait à peu près droit, mais son long cou tendait sa tête vers l'avant. Et si son gros nez rond n'avait rien d'un bec, son visage rougeaud et son crâne piqueté de rares cheveux gris accentuaient sa ressemblance avec le rapace charognard. Il s'agissait de Lorassien, le conseiller astral de l'empereur. Si certains parmi les courtisans dévisageaient Saraléane, béats d'admiration ou de désir, d'autres lançaient des coups d'œil inquiets au vieillard.

— Les cinq épreuves qui vous seront proposées n'ont pour moi qu'un but, clama la princesse : apprendre à vous connaître. En fin de journée, au terme de ces épreuves, j'annoncerai lequel d'entre vous dînera en ma compagnie ce soir.

Essanie fit un pas en avant, où Lorassien vint la rejoindre.

— Tout d'abord, le conseiller astral de l'empereur vous tirera aux cartes, expliqua Essanie. Lorassien a déjà fait la lecture de vos cartes du ciel à Saraléane. Aujourd'hui, il emploiera l'art du tarot divinatoire afin d'aider la princesse à comprendre quel genre de relation pourrait éventuellement la lier à vous.

L'homme au profil d'oiseau sortit un mince paquet de cartes de sa manche, qu'il mélangea longuement entre elles, les pans de sa toge battant contre ses flancs comme deux ailes noires. Tous s'attendaient à le voir s'envoler, quand il prit enfin la parole.

— Ces 22 cartes résument les rêves de l'humanité, expliqua-t-il. Le tarot est direct, implacable et magique. À première vue, il y a de bonnes cartes et de mauvaises cartes. Mais sachez que chacune d'entre elles peut aussi contenir son opposé.

Lorsque le vieil homme se tut, Essanie invita le prince Piarik d'Anfal à s'avancer.

— Vous devez couper les cartes en pensant à la princesse Saraléane, lui indiqua-t-elle, puis retourner l'une d'elles. Pour notre bon plaisir, vous nous donnerez d'abord votre propre lecture de cette carte. Après seulement, Lorassien nous dira ce qu'il en est réellement.

Le prince d'Androma suivit les directives de la dame de compagnie. Reconnaissant la figure représentée sur la carte qu'il venait de sélectionner, son visage s'illumina.

— L'Empereur ! s'exclama Lorassien.

— Alors, Votre Altesse ? s'enquit Essanie. Que nous révèle cette carte concernant votre éventuelle relation avec la princesse ?

— Ça me semble évident ! se réjouit le prince Piarik. Elle me choisira ! Je régnerai sur Nusakan à ses côtés.

Des protestations agitèrent le rang des courtisans. Essanie consulta Lorassien du regard.

— Pas si vite, Votre Altesse, l'arrêta le conseiller. Ce que cette carte dévoile, c'est que pour séduire Saraléane de Gemme, vous devrez vous plier à son autorité. Elle pourrait vous offrir une relation durable, mais vous trouveriez surtout en elle une protection maternelle.

Des éclats de rire fusèrent dans le dos du prince d'Androma. Évitant le regard de la princesse, le visage cramoisi, Piarik alla reprendre sa place, laissant la sienne à Dëmiel de Koprah. Celui-ci pigea La Justice.

— La princesse me jugera selon ma juste valeur, prophétisa le négociant. Elle me choisira.

Lorassien leva des yeux gris et délavés au ciel.

— Vos sentiments pour la princesse ne sont basés que sur les apparences, Dëmiel de Koprah, voilà ce que me dit La Justice.

Cette déclaration n'avait rien d'encourageant pour le jeune homme. Ce qui ne l'empêcha pas de lancer un clin d'œil salace à Saraléane en se remettant en rang.

Par la suite, ayant tourné la carte de La Lune, Uriëm d'Errakis, un jeune noble dépourvu de profession mais pas de charme, se fit dire qu'il était perdu dans ses rêves et qu'il ne bâtirait rien de solide avec la princesse. L'Étoile dévoila pour sa part que Francor de Gemme possédait d'augustes qualités et qu'il serait agréable de vivre à ses côtés. Puis, Danahé de Marfak tomba sur Le Chariot.

— À n'en pas douter, vous êtes un jeune homme volontaire, déclama Lorassien. Cette démarche de séduction vous tient à cœur. Or, si vous voulez y parvenir, vous devrez épauler la princesse dans sa propre ambition.

Théoban de Keid, un nobliau de Nusakan, fut ensuite dépeint par La Tempérance comme un individu sachant s'adapter aux situations et aux gens.

— Théoban, vous sauriez séduire Saraléane sans transformer sa vie. Le contraire lui serait insupportable.

Vint alors le tour de Massim d'Elazra. Tout le long du rituel, le jeune poète ne lâcha pas Saraléane des yeux.

— L'Amoureux ! se gaussa Lorassien devant la figure qui apparut dans sa main.

— Bien sûr, répondit Massim, le plus naturellement du monde.

Il n'ajouta rien d'autre. Les yeux de la princesse s'étaient fondus dans ceux du poète. L'air s'était empli de vibrations intenses.

— Vous êtes un jeune homme sentimental et très émotif, Massim d'Elazra, certifia le conseiller à l'allure sinistre. Vous ne volerez le cœur de Saraléane qu'en faisant preuve d'une grande patience, sans la forcer à prendre une décision dans l'urgence, ce qui la ferait fuir.

Saraléane ne sut pas ce que le tarot divulgua sur le garde impérial Elvaän de Meïssa, sur le noble Esmery d'Okab et sur le seigneur Fédéri de Mintaka. Pour ce qui est des deux derniers concurrents, elle ne retint pas même leur nom.

☾

Dix autres palais auraient pu être construits sur le domaine de l'empereur, tant il était vaste. À la limite de cette étendue fleurie, une longue grille aux barreaux dorés faisait le tour de l'habitation impériale, et au-delà se dressait une forêt sauvage. La deuxième épreuve à laquelle devraient se plier les prétendants au trône s'y déroulerait. Aloïce et Essanie distribuaient arcs et carquois.

— À vous de deviner ce que j'aimerais manger, dit Saraléane. Et de me le rapporter dans la prochaine heure. Vous ne devez utiliser que l'arc et les 10 flèches. L'usage de la magie n'est pas permis.

Dès que la barrière s'ouvrit devant les 12 courtisans, ils se précipitèrent vers leur éventuelle proie, soulevant du sol des gerbes d'herbe et de fleurs. Dans l'heure qui suivit, seuls cinq courtisans présentèrent le fruit de leur chasse à la princesse. Les autres revinrent les mains vides ou furent éliminés pour leur retard. Ce fut exténué et arborant une blessure sanglante à la jambe, mais très fier de lui-même, qu'Esmery d'Okab, le gentilhomme campagnard, déposa aux pieds de Saraléane un cochon sauvage qui devait bien peser plus que son propre poids. Francor de Gemme exhiba une famille complète de perdrix, et Uriëm d'Errakis, un animal poilu criblé de tant de flèches que personne ne sut l'identifier avec certitude.

— Cette chose ne se mange sans doute même pas, commenta Aloïce avec une moue de dégoût amusée.

Quant à Danahé de Marfak, il tenait un lièvre par les oreilles.

— Voilà ce dont j'ai envie ! s'écria Saraléane en apercevant le petit animal à la fourrure fauve. Un civet de lièvre à la ciboulette !

— Vous m'en voyez ravi, répondit humblement le protégé de la Vierge, tandis que Massim d'Elazra s'approchait, un petit sac de tissu bombé au creux d'une main.

— Et vous ? s'enquit Saraléane. Qu'avez-vous pour moi ?

— Le dessert, Votre Altesse. Un peu de crème, un soupçon de sucre, et votre palais sera comblé.

Massim fit rouler une poignée de billes indigo dans les paumes en coupe de la princesse.

— Des myrtilles! se pâma-t-elle. Les premières de la saison. Elles sont presque impossibles à dénicher! Comment vous remercier?

— Invitez-moi ce soir à les déguster en votre compagnie.

— Vous aimez le civet de lièvre?

— Qu'importe? s'enquit le jeune homme. Auprès de vous, je peux vivre d'amour et d'eau fraîche.

— Découvrons d'abord qui excellera aux trois prochaines épreuves, proposa Essanie.

Massim d'Elazra ne fut d'ailleurs pas en mesure de participer au défi suivant. À l'instar de deux autres courtisans, il ne possédait pas le pouvoir des caballems. Ce fut avec Saraléane à son bras qu'il assista à la course de chevaux, qui vit triompher un unicorne. Sur la ligne d'arrivée, la bête cornue redevint Danahé de Marfak, tandis que la salamandre qui l'avait talonnée tout le long récupérait l'apparence d'un Francor de Gemme frustré. Prenant doucement la main de Saraléane, Massim la plaça contre sa poitrine.

— Sentez les battements de mon cœur, princesse. Ne va-t-il pas plus vite encore que le martèlement de tous ces sabots?

Rougissante, Saraléane félicita à peine le gagnant de l'épreuve. Le quatrième défi, un combat à l'épée, fut remporté haut la main par Elvaän de Meïssa, le garde du palais d'Orion. Mais une fois de plus, Massim d'Elazra, théâtral, réussit à capturer l'entière attention de l'héritière. La lame du nobliau Théoban de Keid sur la gorge, il tomba à genoux, implorant qu'on le tue s'il ne pouvait vivre aux côtés de la princesse. Aloïce, trouvant le poète fort divertissant, ne se cachait pas pour rire de ce qu'elle prenait pour des pitreries de ménestrel. Essanie, pour sa part, commençait à s'inquiéter de l'attitude de Saraléane face à ce courtisan non seulement issu du peuple, mais qui manquait grandement de sérieux. Les autres jeunes hommes chuchotaient dans le dos du poète. Il ne s'était fait aucun ami au cours de cette journée.

☾

Vint la cinquième et dernière épreuve. Saraléane voulait connaître le potentiel magique de ses prétendants.

— Surprenez-moi ! fut la seule directive qu'ils reçurent.

Francor de Gemme changea une gerbe de blé en un collier de diamants qui, malheureusement, se désintégra dès que Saraléane fit mine de le passer à son cou. Un natif du Feu alluma une chandelle en soufflant simplement dessus. Puis, Fédéri de Mintaka, fils d'un haut seigneur, affirma que la pierre fétiche de son Gardien, l'opale, qui stimulait ses qualités extrasensorielles, lui donnerait accès aux pensées de Saraléane. Pour ce faire, il devait toutefois toucher son esprit. Le courtisan se vit donc accorder le privilège de poser ses doigts sur les tempes de la princesse.

— Vous n'êtes guère impressionnée par les démonstrations précédentes, allégua-t-il. Vous avez été témoin de ce genre de chose à maintes reprises. Vous avez mal aux jambes et votre corset vous étouffe. Vous avez hâte d'en être au dîner. Car votre choix est déjà fait, n'est-ce pas ?

Comme Massim d'Elazra avant lui, Fédéri fit monter le rouge aux joues de Saraléane. Un pas à reculons permit à cette dernière d'échapper à son toucher et de briser le lien magique.

— Ce don est sans doute fort utile, Seigneur Fédéri, dit-elle, l'outrage rendant son articulation laborieuse. Mais n'allez pas vous imaginer que j'ai envie de partager ma vie avec quelqu'un qui pourrait violer mes secrets les plus intimes !

Fédéri, qui avait jusque-là fait montre d'une assurance désinvolte, se liquéfia devant la colère de la princesse.

— Je saurais répondre au moindre de vos désirs, Votre Altesse, tenta-t-il en désespoir de cause.

— Commencez par vous éloigner de moi !

Ce fut ce moment que Dëmiel de Koprah jugea propice pour s'avancer, le lièvre préalablement tué par Danahé dans une main.

— Le civet de lièvre est délicieux, mais un peu lourd en saison de Feu. Ne préféreriez-vous pas voir ce petit animal reprendre vie ? demanda-t-il à Saraléane.

— Et manger de la perdrix ou du porc sauvage ? Pourquoi pas ?

L'homme dans la trentaine était un protégé du Cancer décoré de neuf émeraudes, la pierre de guérison par excellence. Posant son talisman aux cristaux verts sur l'animal, Dëmiel débita une longue série de mots. Le petit corps recouvert de fourrure fut bientôt pris de convulsions et, tombant au sol, il fit quelques bonds sur ses pattes avant d'atterrir sur Saraléane, qui le repoussa en hurlant. Écrasé dans l'herbe, le lièvre ne présentait plus aucun signe de vie.

— N'ayez pas peur, Votre Altesse, la rassura le commerçant, ce n'était qu'une illusion.

Muette d'indignation, la princesse lui dégaina un regard meurtrier.

— Ai-je besoin de vous dire que c'était de fort mauvais goût ? exprima Essanie à sa place.

Seule Aloïce, pliée en deux, manifestait de l'hilarité. Quelques courtisans devaient se mordre les joues pour ne pas éclater de rire, mais tous affichaient une expression scandalisée, qu'elle soit feinte ou non.

Danahé s'empressa de sortir de sa poche un mouchoir blanc, qu'il tendit à la princesse. Elle s'en essuya la poitrine, puis le corsage de sa robe, s'assurant que l'animal n'y avait pas laissé de poils ou de sang. Lorsqu'elle voulut rendre le bout de tissu à Danahé, il s'envola dans les airs en dépit de l'absence totale de vent. Puis, le mouchoir se changea en une fine poussière d'or qui retomba sur les épaules de la princesse.

— C'est charmant, vraiment, dit-elle. Tout autant qu'inutile.

Elle soupira, agacée, un brin méprisante.

— Si personne n'a rien de mieux à me proposer, qu'il reste dans le rang, ordonna-t-elle.

Après cela, seul Massim osa s'approcher d'elle. D'un bras qu'il leva comme s'il allait lui caresser la joue, il créa une lumière si vive que tous durent fermer les yeux. Le jeune homme en profita pour enlacer la princesse et l'embrasser fougueusement. Surprise, Saraléane ne tenta rien pour l'arrêter. Quand les autres ouvrirent les yeux, battant des paupières, le poète avait repris sa place parmi eux. Saraléane, une main sur le cœur, paraissait à peine savoir où elle se trouvait.

— Je dînerai avec Massim d'Elazra, annonça-t-elle au bout de quelques secondes.

Elle fut la seule que cette décision sembla étonner.

— Nous nous contenterons de myrtilles à la crème, ajouta-t-elle. La viande ne me fait plus envie.

# Chapitre 26

*Entre Sadira et Zaurak, empire d'Éridan*
*6012 après Zodiak*
*Troisième décan du Sagittaire (saison de Feu)*

Dans les derniers jours des saisons de Feu, la chaleur devenait si intense qu'il n'y avait plus qu'un mot pour la décrire : cruelle. Le seigneur Ychandre et son esclave avaient donc décidé de ne voyager qu'après le crépuscule, jusqu'à l'arrivée du Capricorne. Du moins les nuits où le ciel était assez dégagé pour que les étoiles guident leurs pas. Cette nuit-là, Hibou était particulièrement nerveux. Il percevait une présence, quelque part non loin d'eux.

— Bien sûr que nous ne sommes pas seuls ! finit par tempêter Ychandre. Nous sommes dans la plus grande forêt d'Éridan. Des milliers d'êtres nous entourent.

— Et l'un d'eux nous suit, persista Hibou, qui marchait maintenant à reculons, dos à son maître, une main tendue dans la pénombre.

Soudain, le nébuleux sentit quelque chose dans son dos. Il venait de heurter son ami, manquant de le faire tomber.

— Pourquoi vous être arrêté ? s'inquiéta Hibou en faisant rapidement volte-face, la main sur le couteau d'os à sa ceinture.

Une petite silhouette trapue se tenait devant eux. Même dressé sur ses pattes arrière, l'animal ne leur arrivait pas à la taille.

— Qui es-tu, toi ? demanda Ychandre.

— C'est un ourson, indiqua Hibou.

— Les ours ne sont-ils pas des animaux diurnes ?

— Nocto-diurne, le corrigea le nébuleux.

Ils contournèrent l'ourson, qui leur emboîta le pas. Ychandre s'en amusa.

— Trop mignon ! Il te prend pour sa maman, Hibou !

— Il n'y a rien de drôle, rétorqua ce dernier. Ce petit a sans doute une mère. Les ourses peuvent être très agressives lorsqu'il s'agit de la sécurité de leur progéniture.

Cette mise en garde ne parut pas affoler Ychandre outre mesure. Son ange gardien ne lui ayant signalé aucun danger particulier, il recommença à bavarder comme si le petit omnivore n'était pas là.

— Et toi, tu en as une, mère ? As-tu une idée de l'identité de tes parents ? questionna-t-il Hibou.

— Pendant longtemps, je n'y ai pas songé. Les maîtres-professeurs ne nous parlaient jamais d'eux. Dans les premières années de notre vie, nous ne savions même pas ce que les mots « père » et « mère » signifiaient. Et les maîtres-professeurs ne nous encourageaient pas à réfléchir.

L'ourson était passé devant pour sortir du sentier. On aurait dit qu'il cherchait à les faire bifurquer de leur route. Mais voyant que les deux humains ne lui prêtaient que peu d'attention, il revint vers eux. Et refit ce manège à plusieurs reprises, tant et si bien que ce comportement étrange en vint à inquiéter Kaus. Le centaure discerna alors un objet à peine visible dans l'obscurité de la nuit. Depuis le sol, la chose brillait subtilement sous un rayon de lune. La devinant trop grosse et trop lourde pour qu'il la déplace, l'ange gardien s'empara d'une poignée de terre qu'il lança au visage de son protégé.

— Hé! l'ourson, l'appela Ychandre. Arrête de bondir partout comme ça, tu m'envoies plein de…

Le holà d'Ychandre fut ponctué d'un cri de douleur. Son pied s'était pris dans un énorme piège de métal dont les larges dents lui croquaient la cheville. L'ourson et le centaure émirent un gémissement de concert.

Et une autre plainte fusa. Celle-ci, plus rauque, était venue d'une gueule beaucoup plus grande.

— Par la lumière de Zodiak! lâcha Ychandre à la vue de la femelle enragée qui se dressait devant eux de toute sa taille.

Les mains de Hibou s'emmêlèrent avec celles d'Ychandre, s'efforçant d'ouvrir le piège dont les dents retenaient toujours la jambe du jeune seigneur.

— Faites quelque chose! s'énerva Hibou. Ensorcelez cette bête avant qu'elle ne fonde sur nous!

— Je n'ai pas ce pouvoir! cria Ychandre, paniqué.

Il attrapa néanmoins son talisman, qu'il serra très fort dans sa paume. Heureusement, les citrines procuraient énergie et courage, tout en favorisant le calme.

— Laisse ce piège, Hibou, tu n'en viendras pas à bout. Il faut des pinces pour ça.

Le plus gros de la sensation de stress apaisée, Ychandre plaqua son étoile d'argent contre le piège. Il parvint à prononcer, quoique confusément, les paroles magiques qui déclenchèrent une assez grande quantité de chaleur pour que le métal rougisse. Entre-temps, l'ourson, à quelques pas d'eux, poussait de petites lamentations qui attirèrent sa mère vers lui. Retombée sur ses pattes, l'ourse hésitait entre rejoindre son petit et s'abattre de toute sa colère sur les humains. Grognant, elle tournait la tête de l'un aux autres dans une parodie de danse qui, dans d'autres circonstances, aurait pu prêter à rire.

La magie d'Ychandre produisait maintenant de minces filets de fumée, et la chaleur avait augmenté au point de lui brûler la peau. Il grognait presque aussi fort que l'ourse. Le métal n'était toutefois pas proche de céder, et la femelle avait pris une décision. D'un mouvement brusque, elle s'élança vers les deux jeunes hommes.

L'ourson lâcha alors un cri aigu. Retenant son élan afin de vérifier ce qui n'allait pas, sa mère constata qu'il était tombé au sol. Couché sur le dos, le petit bougeait à peine. L'ourse se précipita vers lui. Pour la deuxième fois en très peu de temps, il y eut un claquement sec, comme des mâchoires qui se referment. L'ourse poussa un hurlement rageur. Aussitôt, l'ourson se remit sur pattes et gambada jusqu'aux humains.

— Cette petite boule de fourrure vient de tendre un piège à sa mère, commenta Hibou, ébahi.

Sautant dans les bras du nébuleux, l'animal lui monta sur les épaules pour bondir sur le tronc d'un arbre.

— Qu'est-ce que…

Retenue par un clou planté dans l'écorce, il y avait une paire de pinces. D'un coup de patte, l'ourson décrocha l'objet, que Hibou ramassa. Rapidement, le nébuleux ouvrit le piège qui retenait Ychandre prisonnier. Puis, il examina sa blessure.

— L'os n'est pas touché, affirma-t-il. Ce sera sans doute très douloureux, mais vous pourrez marcher.

— Courir serait plus avisé, dit une voix douce et maternelle.

Les deux jeunes hommes levèrent la tête d'un même geste. Une très belle femme aux longs cheveux roux en broussailles se tenait là, au milieu de la forêt. Elle avait l'âge d'être leur mère. En fait, ce n'était pas vraiment une femme, mais un spectre. Son corps et son vêtement de soie, une chemise de nuit imbibée de sang, avaient une transparence floue et surnaturelle. La morte portait aux oreilles des boucles d'or serties de diamants et de cristaux roses.

— Izoëlle, souffla Kaus, ahuri de reconnaître la défunte impératrice de Nusakan.

L'apparition sourit à Ychandre.

— Vous êtes bien celui que vous vous vantez d'être, déclara-t-elle. Sauver la vie du jeune homme qui, un jour, épousera ma fille, tel était mon destin. Le voilà accompli.

Ychandre et Hibou s'avisèrent alors que l'ourson était de nouveau étendu dans la terre, cette fois complètement immobile. Non loin, l'ourse, déchaînée, tirait de toutes ses forces sur l'objet qui enserrait sa patte.

— Éloignez-vous au plus vite, leur intima la femme. Cette mère s'arrachera la patte si elle croit qu'elle peut préserver la vie de son enfant. Et sachez que son odorat détectera votre présence tant que vous n'aurez pas mis au moins 100 pas entre elle et vous.

L'âme d'Izoëlle avait tour à tour habité le corps d'un renard, d'un opossum et d'un faucon, avant de renaître dans celui d'un ourson. Laissant la carcasse de ce dernier inanimée sur le sol, elle devint un point lumineux qui s'envola vers le ciel pour se fondre parmi les étoiles.

# Chapitre 27

*Gemme, empire de Nusakan*
*6012 après Zodiak*
*Troisième décan du Sagittaire (saison de Feu)*

Le soir du premier bal était venu. En ligne face aux trônes, les 12 prétendants au cœur de la princesse se présentaient un à un devant la noblesse de Nusakan. Les discours d'Elvaän de Meïssa, de Fédéri de Mintaka, de Danahé de Marfak, de Théoban de Keid et du prince Piarik d'Anfal firent bon effet sur la cour de Gemme et reçurent les applaudissements les plus sincères. Devant l'enthousiasme de la foule, Saraléane questionna l'empereur, sarcastique :

— Suis-je donc aussi écervelée que vous le croyiez, mon oncle ?

Evanliak gratifia sa nièce d'un sourire blasé avant d'inspecter de pied en cap le prochain courtisan en lice, le poète Massim d'Elazra. Au lieu de s'avancer vers l'assistance, comme tout un chacun l'avait fait avant lui, le jeune homme pivota théâtralement vers Saraléane en lui offrant son bras. Evanliak retint son souffle. Des exclamations montèrent jusqu'au plafond pour redescendre en écho. Faisant fi de l'indignation des nobles, Massim s'approcha plus encore de l'héritière.

— Ne trouvez-vous pas toute cette mascarade fort assommante, jolie Demoiselle ? Si le trône de Gemme vient avec votre amour, je l'accepterai avec joie. Mais pour l'heure, mon bonheur dépend uniquement de cette danse que vous m'accorderez.

Braqué sur Saraléane, le regard du courtisan était pénétrant. Elle sentait sa caresse jusque sur sa peau, sous ses vêtements. Prise au dépourvu, elle tourna la tête vers ses dames de compagnie.

— Ce n'est pas ce qui était prévu, lui fit remarquer Essanie. Esmery d'Okab et Uriëm d'Errakis n'ont pas encore eu la chance de se faire valoir devant la noblesse.

— Est-ce la noblesse qui épousera l'un d'eux ? protesta Saraléane en quémandant plutôt l'avis d'Aloïce.

— Il vous plaît ? fut l'unique commentaire de cette dernière.

Ces mots semblèrent projeter Saraléane hors de son siège. Soulevant d'une main qui émergeait d'une manche de dentelle le satin bleu profond de sa jupe, elle tendit l'autre au beau ténébreux. Sans gêne aucune, comme s'ils étaient seuls au monde, Massim l'entraîna au centre du plancher de danse, ouvrant le bal. Une main dans le creux du dos de la jeune femme et la seconde maintenant toujours ses doigts levés contre ses lèvres, il engagea la danse avant même que les musiciens, déconcertés, aient tiré de leur instrument les premières notes d'une valse nusakanne.

Saraléane de Gemme n'en était pas à sa première danse. Elle avait eu de nombreux prétendants. Assez pour faire jaser jusqu'à Ksora. Mais à ce jour, elle avait constamment eu le sentiment de faire une fleur aux jeunes hommes à qui elle accordait une danse ou un baiser. Ce soir, c'était différent. Tout au long de cette valse, que Massim d'Elazra menait comme nul autre, Saraléane oublia qu'elle était la future impératrice de Nusakan. Elle n'était plus qu'une femme qu'un homme tenait serrée dans ses bras. Elle ne voyait plus que lui. Son odeur, un parfum indéfinissable, lui emplissait la tête. Malgré l'épaisseur de son corsage, elle sentait la chaleur de ses doigts contre ses reins. Tant que cette main ferme la soutenait, elle avait l'impression qu'elle pourrait danser sans jamais se fatiguer. Les yeux d'un noir profond de Massim d'Elazra, son demi-sourire, son silence, tout respirait le mystère. Tout en lui faisait frémir la moindre fibre de la princesse de Nusakan. Même la tenue excentrique du jeune homme, qui faisait tiquer la noblesse, n'avait rien pour lui déplaire. S'il portait les souliers à talons et les bagues en or des grands de ce monde, son manteau fait de pièces de divers tissus assemblées au hasard, en dépit de ses couleurs sombres, était de toute évidence celui d'un vulgaire ménestrel. Le pourtour de ses yeux était exagérément souligné de noir, et même sa coiffure avait quelque chose d'inusité. Une mèche de cheveux foncés lui tombait devant les yeux, alors que d'autres, sur le dessus de sa tête, plus courtes, pointaient vers le haut.

Sans même que Saraléane ne s'en aperçoive, Massim avait accéléré le rythme de la danse, et les musiciens s'étaient adaptés à lui. Et lorsque la valse prit fin, la main de la princesse était toujours contre la bouche du poète. Toute la cour semblait retenir sa respiration.

— Qui êtes-vous donc ? demanda Saraléane, pantelante.

— Je suis vôtre.

La voix de Massim était elle-même une caresse, et cette réponse, en entrouvrant ses lèvres, effleura dans un souffle les doigts de Saraléane. Ce geste suffit à répandre une agréable chaleur dans tout le corps de la jeune femme. Elle s'envolait. Elle dut fermer les yeux une seconde afin de percevoir à nouveau le sol sous ses pieds.

— Elle ne lui a pas marché sur les orteils une seule fois, nota Essanie à l'oreille d'Aloïce.

— Elle n'a pas manqué un seul pas, s'étonna la rousse.

— Quelle grâce ! lâcha à son tour l'empereur devant les deux dames de compagnie, littéralement suffoqué. Elle a l'air... d'une princesse !

— Ce jeune homme d'Androma serait celui qui lui est destiné ? présuma Essanie.

— Certes non! s'emporta Evanliak. Mon frère m'a fait confiance pour veiller sur son empire comme sur sa fille. Je ne permettrai pas à cette petite étourdie d'épouser un homme du peuple, qu'il soit poète ou non! Par tous les dieux, Aloïce, pourquoi avoir encouragé ta cousine dans cette idée de tournoi?

Il n'y avait que Saraléane pour arracher l'empereur à son mutisme rêveur et à son attitude passive.

— Ne soyez donc pas si inquiet, Saraléane n'est pas stupide.

La dame de compagnie l'avait dit sur un ton qui ne seyait nullement au respect qu'elle lui devait. Mais Evanliak s'en rendit à peine compte et laissa couler, comme d'habitude.

Une nouvelle chanson s'éleva et, sans même lui demander son avis, Massim entraîna Saraléane dans une deuxième danse. Cette fois, plusieurs couples se joignirent à eux sur le plancher de danse. Mais pour la princesse, personne d'autre n'existait. Elle ne vit pas Essanie, toute raide dans les bras de Dëmiel, le commerçant de Koprah, remonter sans cesse la main de l'homme qui glissait de

sa taille à ses fesses. Quant à Aloïce, qui ado-
rait faire la fête, fidèle à sa réputation, elle alla
d'un homme à un autre sans jamais consentir
plus d'une danse à quiconque.

Au bout d'une heure, Essanie réussit à
enlever Saraléane à son cavalier en la poussant vers une des fontaines d'hydromel qui
coulaient tout autour de la grande salle. Elle
tendit une coupe à sa cousine, à laquelle la
fraîcheur de la boisson soutira un soupir de
contentement.

— Je n'avais pas remarqué à quel point
j'avais soif !

Saraléane vit alors que Massim était resté
debout au milieu des danseurs. À l'endroit
exact où elle l'avait quitté. Immobile, il la fixait
de son regard pénétrant.

— Il me donne froid dans le dos, commenta Essanie.

— Moi, il me donne chaud, répliqua
Saraléane.

L'empereur, qui ne dansait jamais, abandonna le confort de son trône pour venir prêter main-forte à Essanie. Comme toujours, il
avait la tête d'un homme qui aurait aimé se
trouver n'importe où ailleurs.

— D'autres galants jeunes hommes attendent de faire ta connaissance, Saraléane, lui rappela-t-il. Ne devais-tu pas leur accorder chacun une danse ? Le prince d'Anfal s'impatiente. Il n'a pas l'habitude de passer après les autres.

— Puis-je seulement souffler un moment ?

— Bien sûr, ma douce étoile. Profites-en pour te ressaisir.

— Que voulez-vous…

— Méfie-toi de ce Massim d'Elazra, la mit brusquement en garde l'empereur. Ne te laisse pas berner par son charme de voyou. Il se dit poète, et il sait assurément se servir des mots à son avantage. Je lui trouve plutôt une dégaine de bandit. Il serait chevalier errant que je n'en serais pas surpris.

— Voyons, mon oncle, rigola Saraléane. Ne vous faites pas de mauvais sang. Jamais je n'épouserai ce jeune homme. Sa compagnie m'est agréable, c'est tout.

— Ne fais pas l'innocente, Saraléane de Gemme ! Je sais reconnaître un coup de foudre lorsqu'il frappe juste devant moi !

Des regards se posèrent sur eux, forçant Evanliak à continuer en chuchotant :

— En ce moment même, tu rougis comme une gamine. Amuse-toi tant que tu veux avec ce ménestrel, mais par pitié, ne le fais pas monter sur le trône de ton père!

— Voilà une idée qui me plaît! s'exclama Saraléane.

— Princesse, grinça Essanie entre ses dents, ce ne serait pas convenable!

— Pour l'heure, laisse les autres te faire leur cour, renchérit l'empereur. Qui élimineras-tu, aux 12 coups de minuit, si tu ne sais rien d'eux?

— Les concurrents à éliminer ne sont pas ceux qui manquent, grommela Saraléane.

L'empereur abandonna dans un hochement de tête découragé. Dès qu'il s'éloigna, Elvaän de Meïssa s'avança vers l'héritière de sa démarche raide de garde impérial, et l'invita d'une courbette à le suivre sur le plancher de danse, ce qu'elle fit sans se faire prier. Ils valsèrent tout en discutant. Le grand blond avait une conversation intéressante et un charme certain, mais l'esprit de Saraléane demeurait obnubilé par Massim. Le cherchant dans la foule, elle ne le vit nulle part, et le trouble que cette absence fit naître en elle ne lui plut pas.

Tour à tour, elle dansa avec plusieurs courtisans. Enivrée par l'hydromel, elle finit par se laisser aller et par oublier le poète d'Elazra. Installée sur une des banquettes rembourrées qui bordaient la salle de bal, elle se fit courtiser par Théoban de Keid, issu de la petite noblesse d'Éridan, et par deux autres prétendants. Ce fut à ce moment que, à quelques pas d'eux, Aloïce refusa, pour la première fois de la soirée, la main qu'on lui tendait. Saraléane ouvrit l'oreille.

— Ce n'est pas avec moi qu'il faut danser si vous voulez gagner le cœur de la princesse, entendit-elle sa cousine dire au courtisan qui lui offrait son bras.

— Elle semble déjà fort bien entourée, répondit Danahé de Marfak à la jolie rousse.

— Si vous désirez rester dans la course, vous devrez faire preuve d'un peu plus de ténacité.

— Il est clair depuis le premier jour que la princesse ne me porte que très peu d'intérêt. Elle ne vient jamais vers moi et m'adresse à peine la parole.

— Vous disiez pourtant être prêt à surmonter tous les obstacles.

— À condition que la princesse soit la femme de ma vie. Je commence sérieusement à en douter.

— La soirée tire à sa fin. Allez la trouver et invitez-la à danser.

— Si cela peut vous faire plaisir.

Danahé s'approchait de la princesse quand la tête brune couronnée d'argent de cette dernière, appuyée sur l'épaule de Théoban de Keid, se redressa subitement. Danahé vit le visage de Saraléane s'illuminer. Surpris de provoquer cette réaction, il se figea tandis qu'elle se levait et venait vers lui presque au pas de course. En croisant Danahé, Saraléane le bouscula un peu pour aller se jeter dans les bras de Massim d'Elazra, revenu d'on ne sait où.

— Vous m'avez manqué, entendit-il Saraléane admettre. Où étiez-vous donc ?

— Vous voir entourée de tous vos courtisans m'est particulièrement pénible, Votre Altesse.

— Vous êtes jaloux ?

— Je l'avoue.

Du coin de l'œil, Saraléane vit Danahé faire volte-face vers Aloïce avant de s'éloigner le plus dignement possible. Elle interrogea sa cousine du regard, incrédule devant son comportement. Aloïce lui renvoya une ébauche de grimace.

Peu de temps après, c'est au bras du supposé poète et face à l'air effaré de l'empereur que Saraléane annonça lequel des 12 courtisans devait, le premier, quitter le palais.

— Fédéri de Mintaka.

La princesse héritière prononça ce nom sans rien ajouter, ni explication ni au revoir. Mortifié, le jeune seigneur d'Orion déserta la cité couronnée alors même que le plus insolite des couples recommençait à tournoyer.

# Chapitre 28

*Non loin de Zaurak, empire d'Éridan*
*6012 après Zodiak*
*Deuxième décan du Verseau (saison d'Air)*

Grâce aux cataplasmes d'argile et de feuilles de buis confectionnés par Hibou, ainsi qu'aux minces pouvoirs de guérison des citrines d'Ychandre, la blessure de ce dernier n'était plus qu'une vague douleur. Le jeune seigneur et son esclave atteindraient bientôt la route qui les mènerait à Zaurak. Plus ils approchaient de la grande cité, plus leurs pas croisaient ceux de chasseurs. Mais Ychandre arguant qu'ils ne reverraient jamais ces hommes, il insistait pour que Hibou continue à marcher à ses côtés, et non derrière lui, dans la mince couche de neige laissée par le dernier assaut du Verseau.

— Nous passerons deux nuits à Zaurak, planifiait-il, enthousiaste. Il y a là-bas de somptueuses boutiques, plus encore qu'à

Theemin, paraît-il. Nous irons ensuite vers Keid, puis nous ferons halte à Gienah. Ce n'est qu'un village, mais on y fabrique les meilleurs fromages de brebis. Nous en ferons provision !

— Et après ? le questionna Hibou en mettant le nez au-dessus de la carte qu'Ychandre avait à la main. Nous remonterons vers Algorab pour redescendre droit sur Kursa ?

— Ce chemin est long, et à part deux ou trois gargotes, il n'y a pas grand-chose entre ces deux cités. De plus, avec l'annonce du mariage de la princesse, cette route sera sûrement encombrée de prétendants venus d'Orion, d'Éridan, et même de Kaziops.

— Quelle est l'autre option ? demanda le nébuleux en accélérant l'allure pour demeurer à la hauteur d'Ychandre.

— Nous pourrions passer par les villages de Rukh et d'Okab, puis traverser la forêt jusqu'à Kursa. De là, nous nous mêlerions aux voyageurs jusqu'à Gemme. La forêt est évidemment plus risquée, surtout aussi près de la cité couronnée. Mais sur la route d'Algorab, tu devrais te conformer à l'usage et porter ton foulard. Tu devrais m'appeler maître et ne jamais discuter mes ordres.

— Demeurons prudents, empruntons la route d'Algorab, décida Hibou.

Les deux amis éclatèrent de rire.

— Profites-en, dit Ychandre au nébuleux, c'est peut-être la dernière décision que tu prendras de ta vie. Mais tu as raison, revoir un peu de civilisation et dormir au chaud nous fera du bien !

Bientôt, la lumière du soleil se perdit derrière les arbres, et les voyageurs s'arrêtèrent pour la nuit. Hibou s'éloigna en quête de racines pour accompagner les rares croûtons de pain et le petit bout de fromage qu'il leur restait encore. En revenant au campement établi sous les branches d'un arbre mort, le nébuleux trouva le jeune seigneur accroupi devant un tas de branchages. Sur le sol était ouvert un de ses nombreux livres de magie. Ychandre tenait son talisman d'une main et feuilletait l'ouvrage de l'autre.

— Vous tentez à nouveau d'allumer un feu qui ne fait pas de fumée ? demanda Hibou.

— Je vais y arriver, grogna Ychandre. Je suis natif du Feu ! Je devrais réussir à arracher à ce tas de branches autre chose que des étincelles.

Hibou s'installa un peu à l'écart pour nettoyer les racines. Son maître avait besoin de calme et de concentration. La saison d'Air battait son plein. Même si pour l'heure le vent s'était tranquillisé, se contentant d'agacer les plus petits arbres, les nuits étaient de plus en plus froides, et Ychandre n'était pas le seul à rêver d'un bon feu.

— Ça y est! s'écria finalement le magicien. Tu vois ça, Hibou?

Le nébuleux s'approcha des flammes qui lançaient déjà des tisons. Chaque petit crépitement ressemblait à un cri de joie. Hibou tendit les bras, et la chaleur réconfortante lui soutira un gémissement de contentement.

— Est-ce là un comportement digne d'un esclave? le railla Ychandre.

Sachant que son maître se moquait encore de lui, Hibou lui renvoya une boutade.

— Quel déshonneur, pour un seigneur tel que vous, de porter des vêtements d'une telle saleté!

Le sourire d'Ychandre s'épanouit. Aucune des flatteries habituelles de Hibou n'aurait pu lui faire plus plaisir que cette taquinerie.

— C'est vrai, répondit-il au nébuleux. Tu vas aller me laver tout ça ! Et en attendant que ce soit sec, j'enfilerai tes vêtements, bien sûr.

— De si vieux vêtements, Maître ? Ce serait indigne de vous !

Les deux amis se turent et savourèrent un moment la caresse des flammes sur leur peau.

— Comme ça doit être chouette de faire de la magie, susurra Hibou.

Malgré son bonheur d'avoir enfin maîtrisé le feu et celui de voir le nébuleux se décrisper, Ychandre se rembrunit. Plus les jours avançaient, plus il apprenait à connaître Hibou, et plus il l'appréciait. Et plus le sort de son nouvel ami le peinait.

— Ne pas avoir de pouvoirs est ce qui te désole le plus ? lui demanda-t-il.

L'esclave démentit cette affirmation d'un hochement de tête.

— À l'orphelinat, les maîtres-professeurs disaient que les rêves n'étaient pas pour les nébuleux. Mais qu'avons-nous d'autre ? La plupart des gens savent ce qui les attend. Vous serez empereur de Nusakan, l'empire le plus riche de la Terre. Vous ne l'avez pourtant pas décidé. C'est comme ça, c'est écrit dans les astres, alors c'est ce qui arrivera. Moi, je n'ai aucune idée de ce que la vie me réserve.

— Cela t'effraie ?

— Non. Je peux m'imaginer tant de choses…

— Tu es plus libre que moi.

— Oui, d'une certaine façon.

— N'empêche, rajouta Ychandre, tu ne décideras de rien toi non plus.

— Je n'ai pas de destin. Les dieux n'ont pas jugé bon de m'en octroyer un. J'ai fini par l'accepter. Mais pourquoi n'ai-je pas droit, au moins, à un véritable prénom ?

— Un prénom ? lança Ychandre, aussi étonné qu'amusé. Hibou, c'est quand même un très chouette nom !

La remarque n'arracha qu'un sourire en coin au nébuleux. Ychandre poursuivit :

— Si un prénom est tout ce qu'il te faut pour être heureux, je te donne un des miens, j'en ai deux !

— Vous ne pouvez pas faire cela.

— Voilà que tu recommences…

Mais Ychandre voyait bien la lueur qui venait de s'allumer dans les yeux bleus de son ami.

— Jorik, lui dit-il. Ça te plaît ?

— Mais c'est votre deuxième prénom, riposta l'esclave.

— Qui a besoin de deux prénoms ?

— Jorik…, murmura Hibou, comme si on lui avait offert un empire.

— Ne reste pas là la bouche ouverte. Va chercher notre festin, le somma Ychandre en s'assoyant près du feu. Je te raconterai l'histoire de Jorik Éloir de Zibal.

Le nébuleux ne se fit pas prier et partagea équitablement les restes de fromage et de pain, sachant qu'Ychandre refuserait qu'il lui attribue une plus grosse part que la sienne.

— Jorik Éloir de Zibal fut l'un des chevaliers les plus courageux de la guerre des Cinq empires. Il venait d'un village qui, avant que les troubadours ne chantent ses exploits, ne figurait sur aucune carte. Devant le palais de Theemin se dresse une immense statue d'or qui le représente brandissant un glaive d'une main et repoussant ses ennemis de l'autre en leur lançant des maléfices dont, paraît-il, lui seul avait le secret.

Hibou mangeait sans goûter, s'abreuvant aux paroles d'Ychandre. Ce dernier fit une pause, se leva et alla ouvrir son sac de voyage. Il en retira un objet long, enroulé dans un épais tissu rouge. Découvrant une lame argentée, il l'approcha du visage de Jorik. Il faisait noir, maintenant, mais le feu magique faisait miroiter la superbe arme de combat.

— Seuls les vigiles et les gardes impériaux ont l'autorisation de se promener avec ce genre d'armes, non ? s'inquiéta Hibou. Nous n'avons droit qu'à des lames courtes, des couteaux de chasse ou des canifs d'os.

— Je sais tout ça, Hibou. Je ne compte pas me servir de cette arme. C'est le glaive de Jorik Éloir de Zibal.

— Et comment s'est-il retrouvé en votre possession ?

— C'est bien simple, Jorik était un de mes ancêtres. Ce n'est pas par hasard que j'ai hérité de son nom. Père m'a légué ce glaive afin que je l'offre en cadeau à la princesse héritière.

— C'est celui avec lequel Jorik a combattu ?

— C'est aussi celui avec lequel son épouse, Élizeth de Theemin, s'est donné la mort quand on le lui a rapporté avec la nouvelle du décès de son mari.

— Et vous allez l'offrir à votre future épouse ? N'est-ce pas un peu… macabre ?

— Macabre ? Tu n'y connais rien, Hibou. Saraléane trouvera cette attention des plus romantiques. On raconte que lorsque la lame a touché le cœur d'Élizeth, elle s'est mise à briller d'une vive lumière rouge.

— C'est une arme magique, alors ?

— Ce n'est qu'une légende, Hibou.

Le nébuleux caressa le manche du glaive, où avait été gravé un cheval au galop, avant de le remballer avec précaution. Puis, il demanda à brûle-pourpoint :

— Avez-vous déjà embrassé une fille ?

— Bien sûr ! s'exclama Ychandre. Plusieurs, même. Mais à Sadira, toutes connaissaient mon destin. Il faut dire que je ne me suis jamais fait prier pour m'en vanter. Sachant que je n'allais pas les épouser, la plupart n'ont jamais laissé les choses aller beaucoup plus loin.

— Plus loin ? s'enquit Hibou d'un air innocent.

— Tu es bien curieux ! Mais pourquoi une telle question ? Ne me dis pas que tu n'as jamais embrassé une fille !

— À l'orphelinat, ce n'était pas permis. Lorsqu'ils étaient ensemble, les garçons et les filles étaient toujours sous surveillance.

— *Jamais*, alors ?

— Eh bien… Je devais avoir 13 ans. Je coupais du bois près du temple de Zodiak quand j'ai senti une présence derrière moi. À peine m'étais-je retourné qu'on m'a plaqué un baiser sur les lèvres avant de fuir aussitôt.

Au souvenir de cet incident, le nébuleux faisait une drôle de tête.

— Et ? le pressa Ychandre. Tu n'as pas apprécié ?

Hibou haussa les épaules.

— Je n'ai pas eu le temps de voir son visage. Je n'ai jamais su qui c'était. Et comme nous portions tous les mêmes toges grises à large capuchon, ça aurait aussi bien pu être un garçon.

Ychandre s'esclaffa, imité par Hibou. Mais ce dernier reprit rapidement une expression morose.

— Allons ! l'encouragea Ychandre. Au palais de Gemme, ce ne sont pas les jolies filles qui manqueront !

Le nébuleux écarquilla les yeux.

— Mais aucune ne va se déshonorer en m'embrassant! Même me laisser lever le regard sur elle lui attirerait le malheur!

— Il y aura bien quelques nébuleuses au service des gens de la cour, insista Ychandre.

— Conter fleurette à une nébuleuse m'est également interdit. Les règles sont claires…

— Tu sais ce que je pense des règlements.

— Ils n'existent que pour être contournés, formula Hibou, répétant la rengaine de son maître.

— C'est moi qui décide ce que tu peux faire ou ne pas faire, lui rappela Ychandre.

— Mais les autres maîtres ne sont sûrement pas aussi permissifs envers leurs esclaves. Je ne voudrais pas qu'une jeune fille soit punie par ma faute.

— Crois-en mon expérience, lui dit Ychandre. Quand elles vont voir ta belle gueule, les nébuleuses de Gemme vont faire la file pour s'exposer à ce risque.

— Vous oubliez le foulard.

— Selon moi, ça ne les attirera que davantage. Le mystère a son charme. Et puis tes yeux feront le travail. Ils ont le bleu du ciel, ce n'est pas rien. Elles ne résisteront pas.

— Parlez-moi encore de la beauté de la princesse.

— On dit qu'elle a une frimousse de poupée, et que la marque du Scorpion, sous son œil droit, n'enlève rien à la grâce de son visage rond et tout en douceur. Elle a des yeux de braise, pétillants et d'un brun presque noir. Sa chevelure soyeuse a la couleur du chocolat et est si longue qu'elle caresse sa taille fine.

— Qu'est-ce que le chocolat?

— Ce qu'il y a de meilleur au monde, Hibou.

Les deux amis ne se turent qu'aux petites heures de la nuit, le cœur léger et la tête remplie d'histoires et d'espoir.

— Bonne nuit, Ychandre.

— Bonne nuit, Jorik.

# Chapitre 29

*Gemme, empire de Nusakan*
*6012 après Zodiak*
*Troisième décan du Verseau (saison d'Air)*

À ce jour, deux courtisans avaient fait leur sac et quitté le palais de Gemme. Après le seigneur Fédéri de Mintaka, Saraléane avait, au grand dam d'Evanliak, donné son congé à Piarik d'Anfal, le prince d'Androma.

Le grésil frappait violemment contre la fenêtre vitrée de la chambre de la princesse, en accord avec les battements de son cœur. Assise dans le fouillis de ses draps fuchsia, elle laçait les rubans de son corsage. Un bras s'enroula autour de sa taille. À genoux sur le lit, Massim l'attira à lui en l'embrassant dans le cou.

— N'en as-tu donc jamais assez? demanda Saraléane en se retournant pour arracher un baiser au jeune homme.

— Jamais, répondit-il quand leurs lèvres se détachèrent.

La princesse eut l'impression qu'elles se déchiraient.

— Eh bien, tu devras attendre un peu, le repoussa-t-elle. Le troisième bal va débuter dans moins d'une heure.

— Sommes-nous vraiment obligés de nous y rendre?

— Massim! J'ai dit à mon oncle que tu chanterais pour la cour en t'accompagnant de ta cithare.

— Et moi, je t'ai dit que je ne jouerais que pour toi.

Le protégé du Lion prit le visage de la princesse dans la coupe de ses mains, la forçant à le regarder au plus profond des yeux, là où, ils le savaient tous les deux, elle perdait toute maîtrise d'elle-même. Ses jambes redevinrent molles.

— Promets-moi que je serai celui que tu choisiras.

Saraléane soutint tant bien que mal son regard.

— Tout ce que je peux te promettre, Massim, c'est de ne pas te renvoyer ce soir.

Les bras du jeune homme retombèrent, et il entreprit de rattacher les boutons de sa chemise.

— Ma tendre Saraléane, gémit-il, ne m'aimes-tu pas comme je t'aime ?

La princesse passa une main dans la chevelure hirsute du courtisan.

— C'est toi que j'ai pris pour amant, alors que les plus beaux et les plus riches partis du monde entier font la file à ma porte. Cela ne te suffit-il pas ?

— Non ! s'exclama le poète en s'arrachant à la caresse de ses doigts. Je te veux toute à moi ! Je n'ai pas l'habitude de partager.

— Et je n'ai pas l'habitude d'être contrainte à quoi que ce soit.

Saraléane s'éloigna, se mit debout à côté du lit.

— Tu devras t'y faire, dit-elle en repassant son bracelet d'opales. Si tu m'aimes autant que tu le dis, tu sauras attendre que mon choix soit fait. Et le respecter.

Massim secoua la tête.

— As-tu la moindre idée de la souffrance que tu m'infliges chaque jour ? Te voir roucouler avec tous ces hommes…

La bouche de Saraléane se froissa.

— Roucouler ? Bon, c'est assez, sors d'ici ! Je dois me préparer pour le bal, et tu dois faire de même.

Massim attrapa sa longue veste bariolée et, les traits crispés, sans un regard de plus pour elle, il se dirigea vers la porte. Le cœur de la princesse se liquéfia.

— Attends ! le somma-t-elle.

Il se retourna.

Cette souffrance dont il se réclamait, elle pouvait la voir dans ses yeux. Elle était tout aussi réelle que son désir. Il ne mentait pas. Ce n'était pas le trône que convoitait son amant, c'était elle, elle n'en doutait pas. Cela dit, Evanliak et son conseiller astral avaient raison : Massim d'Elazra n'était pas fait pour gouverner. Il était trop impatient, trop émotif, trop immature.

— C'est Zodiak lui-même qui m'a mené à toi, Saraléane.

C'était absurde ! Et pourtant, la princesse avait beau scruter le regard de l'amoureux éperdu, elle n'y trouvait pas la moindre trace de mensonge.

— J'ai moi aussi des sentiments pour toi, Massim, avoua-t-elle à son corps défendant.

Il revint vers elle et, saisissant son visage d'une main, il l'embrassa avec toute la fougue dont il savait faire preuve. Ses mains touchèrent son corsage, agrippèrent sa taille, effleurèrent à peine ses hanches pour remonter vers ses seins, comme s'il ne maîtrisait aucun de ses mouvements.

— Ce n'est pas si simple, haleta Saraléane, luttant contre la passion qui menaçait de l'emporter. Ce n'est pas seulement un mari que je dois choisir, mais l'homme qui régnera sur l'empire de mon père.

Les caresses s'arrêtèrent aussi subitement qu'elles avaient commencé. Les yeux mi-clos, Saraléane chercha les mains de Massim. Elle voulait qu'il continue. Il fallait qu'il continue.

— N'as-tu donc aucune estime pour moi ? ragea-t-il en reculant.

— Massim, ce n'est pas…

Un vide glacial frappa Saraléane lorsque la porte claqua. Elle secoua la tête. Reprenant ses esprits, elle se releva, réajusta son corsage, lissa sa jupe. Se plaçant devant son miroir, elle s'examina des pieds à la tête. Ses pupilles étaient dilatées. Ses longs cheveux foncés flottaient en désordre sur ses épaules, ses joues étaient en feu et, à son cou plaqué de rouge, son pouls battait encore à un rythme infernal.

— Cet homme va me rendre folle, dit-elle à son reflet échevelé. Par quelle magie ne puis-je déjà plus me passer ni de son corps ni de ses mots ?

La princesse saisit une brosse sur sa coiffeuse. Tâchant de se refaire une beauté, elle songea à son oncle et à sa cousine Essanie, qui tentaient de la raisonner depuis qu'elle était tombée sous le charme du poète. Elle savait qu'un jour ou l'autre elle devrait se résoudre à les écouter. Ils ne voulaient que son bien, et celui de l'empire. Mais elle se sentait si bien auprès de Massim ! Plus confiante, moins maladroite. Plus vivante ! Saraléane s'efforçait de garder la tête froide, mais l'ivresse dans laquelle il la plongeait allait au-delà de tout entendement.

La princesse sourit soudain à la pensée d'Élona. Si la vieille femme qui l'avait mise au monde et avait toujours pris soin d'elle était là, Massim d'Elazra aurait depuis longtemps été jeté hors du palais d'un bon coup de pied au derrière. Élona, qui était partie visiter sa famille, ne tarderait plus à rentrer. Les choses se régleraient sans doute d'elles-mêmes, bien malgré Saraléane.

— Homme-scorpion ? héla la jeune femme à voix haute. Toi, que penses-tu de Massim d'Elazra ? Mon oncle affirme qu'il est dangereux. Mais en quoi, il ne saurait le dire. Il a toujours été si protecteur. Si tu devinais la moindre menace, tu me la ferais ressentir, n'est-ce pas ? Tout mon être ne tendrait pas ainsi vers lui…

Saraléane attendit un moment, comme si elle espérait une réponse audible de son ange gardien. Puis, elle toucha la tache sombre sous son œil droit, avant de jeter sa brosse au sol en lâchant un cri hargneux.

— Parfois, je me demande si tu existes vraiment !

☾

Ignorant les regards réprobateurs, Massim faisait les cent pas dans la salle de bal lorsque Saraléane y fit enfin son entrée, vêtue d'une somptueuse robe de velours noir. Sur le devant, un long empiècement de satin, noir également, était recouvert d'organdi rouge sang, et les manches de la tenue étaient rehaussées des mêmes volants translucides. De plus, la princesse avait troqué ses éternelles parures d'opales, hommage à son Gardien, pour des bijoux sertis d'onyx. Il était clair pour tout le monde qu'elle était ainsi mise pour plaire au poète d'Elazra. Or, même si elle ne voyait que lui au milieu de tous les autres, elle feignit de ne pas le remarquer. Elle marcha droit vers le jeune homme au teint foncé qui discutait avec Aloïce.

— Tu permets, chère cousine ? Je n'ai pas encore eu la chance de danser au bras de ce gentilhomme.

— Je disais justement à *Danahé de Marfak* à quel point vous aviez hâte de faire plus ample connaissance avec lui.

Entraînant le protégé de la Vierge avec elle, Saraléane se retourna pour lancer un clin d'œil à sa dame de compagnie, la remerciant de lui avoir rappelé ce nom dont elle n'avait effectivement aucun souvenir.

— Votre père est alchimiste, c'est bien cela ? demanda-t-elle pour engager la

conversation avec le courtisan. A-t-il découvert le secret de la jeunesse éternelle ?

— Il n'en a jamais eu l'ambition, répondit
tout simplement Danahé.

Le jeune homme n'avait pas posé la main
sur la taille de la princesse qu'il se sentit
brutalement tiré vers l'arrière. Gardant avec
peine son équilibre, il pivota sur lui-même
pour trouver devant lui Massim d'Elazra. Le
visage cramoisi, le ménestrel le menaçait de
son poing.

— Massim ! s'insurgea Saraléane. Qu'est-
ce que cela signifie ?

Déjà, des gardes faisaient quelques
pas dans leur direction. La colère du jeune
homme tomba d'un coup. Ses épaules s'af-
faissèrent et son poing alla frapper sa propre
cuisse.

— Je ne peux plus, Saraléane. C'est au-
dessus de mes forces. Finissons-en. Annonce-
leur dès maintenant que tu me renvoies.

— Non !

Secouant la tête, Massim fit volte-face et
sortit de la salle d'un pas rapide. Sans un mot
d'excuse pour Danahé, Saraléane se précipita
derrière son amant. Dans le large couloir,

Evanliak se dressa devant elle. Ce ne fut que par-dessus l'épaule de l'empereur qu'elle vit dans quelle pièce s'engouffrait Massim.

— Tout cela a assez duré, dit Evanliak. Ce garçon doit quitter mon toit, Saraléane. Tu sais comme moi qu'il finira par s'en prendre à quelqu'un, si ce n'est pas à toi.

Repoussant l'empereur, la jeune femme se rua vers le petit boudoir où Massim s'était réfugié. Elle en avait à peine franchi le seuil qu'il se jeta sur elle. Lui saisissant la nuque, il plaqua sa bouche sur la sienne et força ses lèvres. La bousculant, il la fit choir sur le canapé capitonné. Un vase à fleurs tomba au sol dans un bruit de cristal brisé.

— Pardon, lui chuchota-t-elle à l'oreille lorsqu'il libéra sa bouche.

— C'est à moi de m'excuser, ma Saraléane. J'implore ton pardon. Ne me renvoie pas loin de toi. J'en mourrais.

Ces mots, dans la bouche de n'importe qui d'autre, auraient paru d'un dramatique si ridicule à la princesse…

Elle s'arracha à lui, se remit debout, effleura du bout des doigts la mâchoire qu'il vint blottir contre son cou. Il pleurait.

— Je ne sais pas ce qui me prend, avoua-t-il. Je deviens fou.

Il releva la tête, lui montrant ses larmes sans aucune pudeur. Elles donnaient un ton de bleu au noir de ses yeux. Sa voix, à la fois rauque et douce, la beauté singulière de son visage, ses lèvres avides, ses mains et ce qu'elles savaient soutirer à son corps… Saraléane n'ignorait pas que se passer de cet homme, dont elle ne connaissait en fait presque rien, serait pour elle une épreuve plus que douloureuse.

— Je ne vais pas te renvoyer, lui assura-t-elle. J'en serais incapable même si je le voulais. Mais je dois y retourner. Laisse-moi y aller. Cesse de te faire remarquer avant que les gardes de mon oncle ne reçoivent l'ordre de te chasser de Gemme.

La porte du boudoir s'entrouvrit. Un garde y introduisit la tête.

— Tout va bien, Votre Altesse ? Nous avons entendu un bruit…

Le regard de l'homme balaya le sol. Des fleurs s'y mouraient dans une flaque d'eau, au milieu d'éclats de verre.

— Laissez-nous ! exigea Saraléane.

La porte se referma. Ce ne fut qu'après un long et profond baiser que la princesse arracha à Massim d'Elazra la promesse de se faire discret.

# Chapitre 30

*Entre Gienah et Algorab, empire d'Éridan*
*6012 après Zodiak*
*Premier décan du Poissons (saison d'Eau)*

Un feu magique se consumait de lui-même au bout de quelques jours. Avant ce délai, seul celui qui l'avait allumé était en mesure de l'éteindre. Ces feux avaient l'avantage de brûler sans produire la fumée qui permettait à des individus malintentionnés de repérer les voyageurs de loin. Même les torrents d'eau que déversait le ciel depuis l'instant où, au cœur de la nuit, la saison du Verseau avait cédé sa place à celle du Poissons, ne pouvaient venir à bout de ses flammes ensorcelées. Or, étrangement, ces feux n'éloignaient pas les animaux sauvages. Au contraire, les bêtes étaient attirées par eux. Ce qui fit qu'un matin, Ychandre et Jorik, trempés, furent réveillés par le grondement d'un loup. Ce fut du moins ce qu'ils crurent en trouvant un de ces prédateurs à quelques pas d'eux. De ses yeux jaunes et phosphorescents, le loup les observait à travers ce qui restait de pénombre. En fait, le son qui avait tiré les jeunes hommes du sommeil avait été arraché au feu par les pouvoirs de l'ange gardien d'Ychandre.

Kaus retira ses mains des flammes. Il les y avait agitées un long moment avant de réussir à faire crépiter le feu suffisamment fort pour qu'Ychandre et Jorik ouvrent l'œil.

La veille, Ychandre avait enseigné au nébuleux comment manier le glaive de son ancêtre. Épuisés, les deux amis, oubliant la plus élémentaire des prudences, s'étaient endormis à découvert, à l'orée de la forêt. Près de la route qui menait à Algorab, ils avaient tous deux rêvé de la nuit suivante, où ils seraient enfin au chaud et au sec dans une auberge de Nusakan, le plus puissant empire de la Terre.

Encore engourdi de sommeil, Ychandre étirait un bras hors de ses couvertures au moment où Jorik bondissait sur ses pieds. Enfonçant ses doigts dans le sol, Ychandre saisit une poignée de terre qu'il lança en direction du feu. Tandis que la boue tombait sur les flammes, le jeune homme lâcha une série de mots qui les étouffèrent d'un coup.

— Va-t'en! cria-t-il ensuite au loup en remplissant à nouveau son poing de terre. Il n'y a plus rien à voir!

Accroupi à quelques pas de l'animal, Jorik avait une main crispée sur le manche de son couteau d'os et l'autre tendue devant lui, comme si elle pouvait contribuer à parer une éventuelle attaque.

Le loup ne bougeant pas d'un poil, Ychandre repoussa ses couvertures et se redressa en projetant la terre vers lui. Ce geste provoqua un grondement sourd. Surgirent alors d'entre les arbres une dizaine d'autres carnivores. Tous avaient l'œil et l'oreille aux aguets, mais aucun n'adopta une position menaçante.

— Restons calmes, dit Jorik, qui avait pourtant du mal à entendre ses propres mots sous le fracas que menaient les battements de son cœur. Les loups ne s'attaquent pas à l'homme. Regardez comme ils sont gras. La faim ne les tenaille pas.

Si Ychandre ne s'inquiétait pas outre mesure, Kaus était loin d'être rassuré. Ses oreilles pointues bien raides, il humait l'air, faisant mur entre les bêtes et les deux garçons.

« Le danger ne vient pas des loups ! » comprit soudain le centaure, tandis qu'Ychandre faisait quelques pas vers le chef de meute.

— Qu'avez-vous en tête ? s'écria Jorik.

— Non, Ychandre ! Pas ça ! hurla son ange gardien.

Une petite voix résonna dans l'esprit d'Ychandre, le mettant en garde contre son intention. Néanmoins, il n'en changea pas. Tâter de la mâchoire des redoutables prédateurs ne le tentait guère. Sans plus attendre, il se transforma en salamandre, se dressa sur ses pattes postérieures et, hennissant, il propulsa un jet de flammes en direction du loup alpha. Quand Ychandre redevint un homme, la meute avait pris la fuite sans demander son reste. Jorik avait déjà commencé à rassembler leurs choses.

— C'est ça, acquiesça le centaure. Quittez cet endroit au plus vite !

Ce fut alors qu'il se remit à pleuvoir et que le tonnerre vrombit dans le ciel.

— Encore, grommela Ychandre en aidant Jorik à empaqueter les couvertures et tout leur attirail.

— Non ! s'époumona Kaus à un pouce de l'oreille d'Ychandre. Laissez ça ! Partez tout de suite ! Et au galop !

Un éclair fendit le ciel gris.

— Je n'aime pas ça, dit le jeune seigneur en ramassant le sac qui habillait le glaive de Jorik Éloir de Zibal. Oublie le reste. Allons-y.

— C'est l'orage qui vous fait peur ? se moqua Jorik en s'attardant à boire l'eau de pluie que contenait un gobelet de fer avant de prendre la peine de le ranger dans son bagage.

Le centaure piaffait maintenant d'impatience. À l'instant précis où le ciel s'illuminait à nouveau, il leva un bras et un éclair vint se jeter dans sa main. Kaus la catapulta sur l'arbre aux branches pendantes qui avait servi de parapluie aux voyageurs. Malgré le fort débit de l'eau crachée par le ciel, le tronc s'enflamma d'un coup.

— Vaut mieux ne pas s'éterniser, approuva Jorik en passant la ganse de son sac par-dessus son épaule.

Ce fut alors que les deux garçons, se tournant d'une même impulsion en direction de la route, se retrouvèrent face à un homme arborant une mimique indéchiffrable. Filiforme, vêtu d'habits dans les tons de terre qui demeuraient sales en dépit de la pluie, l'étranger avait à la ceinture une rapière. Cette longue épée effilée était une arme légalement réservée aux vigiles. Or, si ce lascar avait été l'un d'eux, il aurait porté du bleu foncé de la tête aux pieds. Enroulé à sa ceinture se trouvait aussi un lasso. Et le col échancré de sa tunique permettait de distinguer, au milieu de poils drus, un talisman qui ne s'ornait que de quatre agates orange.

Derrière Ychandre et Jorik, Kaus piaffait toujours, mais d'irritation cette fois. S'il y avait des criminels que le centaure exécrait, c'était bien les chevaliers errants. Il avait beau fouiller les environs des yeux, il ne voyait aucuns siamois. Où étaient les anges gardiens de ce malotru ?

— Montrez-vous, pleutres ! les somma le centaure. Auriez-vous peur de vous mesurer à moi ?

À moins que les protecteurs célestes n'engagent un combat entre eux, ce qu'ils ne pouvaient faire que si leurs protégés respectifs s'affrontaient eux-mêmes, il leur était possible de se rendre invisibles aux yeux de leurs pairs. Or, Kaus n'avait que du mépris pour cette pratique.

— Bien le bonjour, Messieurs, dit l'homme à la rapière d'un ton qui se voulait enjoué. À qui ai-je l'honneur ?

— Ychandre, se présenta ce dernier. Seigneur de Sadira.

— Ah ! persifla le paladin. Nous avons affaire à un gentilhomme !

— Nous ? se troubla Jorik, qui, ayant examiné les alentours, n'avait aperçu personne d'autre.

Les jambes du nébuleux se ramollirent, et il remercia silencieusement Zodiak de ne pas les sentir se dérober sous lui quand l'homme porta sa main à son lasso.

— Derrière toi ! hurla Kaus à Ychandre.

À ce cri, le protégé du Sagittaire perçut une présence dans son dos. Cette sensation ne lui permit toutefois pas d'éviter le piège. Avant même qu'ils n'aient le temps de cligner de l'œil,

Jorik et lui se retrouvèrent prisonniers d'un large filet de cordes. Deux autres paladins surgirent des airs, sautant au sol depuis l'arbre d'où était tombé le filet. Visiblement paniqué, Ychandre s'acharnait de son couteau de chasse à couper les solides liens.

— Un peu d'aide serait apprécié, grogna-t-il à Jorik, dont les mains tremblantes réussissaient à peine à ne pas laisser choir sa courte lame d'os.

Deux paladins de plus rejoignirent leur chef, le grand maigre à la rapière. L'un d'eux allait à pied et tenait un cheval marin par la bride, qu'il tendit au meneur. L'autre, affichant une profonde cicatrice à la joue droite, chevauchait un superbe unicorne. Le cheval cornu était affublé d'un mors et d'une bride, mais seul l'hippocampe, que venait d'enfourcher l'homme à la rapière, portait une selle et des œillères. Accompagnés des deux chevaux, les paladins étaient maintenant cinq à encercler les voyageurs. Une fois bien en selle sur l'hippocampe, le meneur fit claquer son lasso dans l'air.

— C'est eux, chef? demanda le balafré du haut de l'unicorne.

— Ça ne fait aucun doute, répondit le maigrichon en caressant la crinière du cheval marin. J'ai vu le jeune seigneur se transformer en cheval igné.

— Le glaive! hurlait Kaus depuis un moment déjà.

Mais Ychandre était trop affolé pour y penser. Ce fut Jorik, finalement, qui se saisit de l'épée qui dépassait du sac d'Ychandre. Un seul coup lui permit de couper assez de cordes pour que son maître et lui se défassent du filet. Se plaçant dos à Ychandre, Jorik menaça de sa longue lame tranchante les deux paladins qui avaient déployé le piège et qui se trouvaient toujours derrière eux. Ces gredins, gardant leur couteau à la main, attrapèrent leur lasso de l'autre. Les flanquant, leurs anges gardiens finirent alors par se manifester.

— Elthor! s'exclama le centaure en reconnaissant un des envoyés du Taureau. Pourquoi suis-je surpris de voir qu'on t'a encore attaché à la protection d'un minable petit bandit?

— Kaus, gronda l'homme-taureau en culotte de cuir. Prie pour que mon protégé n'engage pas le combat avec le tien, ce qui t'épargnerait de pleurnicher en appelant le Sagittaire à ton aide.

Le protecteur de l'autre homme était une nymphe des forêts.

— Je suis dans mon élément, ici, le centaure, l'avertit la dryade. Gare à l'endroit où tu mets le sabot.

— N'hésite pas à les tuer, murmura Ychandre à Jorik. Ce sont de vrais sauvages, ils ne nous laisseront pas repartir vivants.

— Mais…

— C'est un ordre, Hibou !

Le lasso du chef, du haut du cheval marin, claqua devant Ychandre, lui entaillant une joue. Le jeune homme évita cependant que la corde au nœud coulant ne s'enroule autour de son cou. L'assaut perpétré par le paladin obligea ses anges gardiens à apparaître aux yeux de Kaus. La pluie avait cessé. Pas la moindre brise ne soufflait dans la forêt. On aurait dit que le vent se reposait entre deux averses. Pourtant, les longs cheveux argentés des siamois se mêlaient dans l'air comme s'ils n'appartenaient qu'à une seule tête.

— Vous pouvez encore empêcher cela, les conjura le centaure.

— Ne gaspille pas ton énergie, canasson, firent les voix de la sœur et du frère à l'unisson.

Ne les quittant des yeux que le temps de voir où en était Ychandre, Kaus découvrit que ce dernier avait à nouveau pris le corps du cheval igné. Le chevalier errant sous la protection du Taureau bondit vers l'animal, sa lame tendue vers ses jarrets.

«Quelles sont leurs intentions? s'interrogea le centaure, déconcerté. S'ils blessent la salamandre d'Ychandre, ils ne pourront pas s'en servir comme monture…»

Kaus n'en était pas à la fin de cette réflexion que Jorik s'élançait et frappait. Le tranchant de sa lame d'acier s'enfonça dans le crâne du paladin qui s'attaquait à son ami. Le minotaure disparut aussitôt en beuglant de rage. Aveuglé par une giclée de sang, le nébuleux retira l'arme des os brisés juste à temps pour pouvoir la brandir devant le protégé de la dryade. Mais la salamandre lui offrant sa croupe baissée, Jorik s'empressa de sauter sur son dos. Accroché à son encolure dépourvue de crinière, il ne tenait plus le glaive ensanglanté que d'une main. Tandis que les trois autres chevaliers errants, leur chef avec eux, tentaient toujours d'enrouler leur lasso autour du cou du cheval noir, ce dernier rua, balançant ses sabots arrière vers le protégé de la Balance. L'homme, heurté de plein fouet à la poitrine, tomba au sol, et les os de sa cage thoracique craquèrent sous les pas de l'animal qui lui passa sur le corps en partant au galop. Voyant disparaître la nymphe des forêts à son tour, le centaure se précipita derrière la salamandre et son cavalier. Chevauchant l'unicorne et l'hippocampe, abandonnant leur dernier complice encore vivant, le chevalier errant à la cicatrice et son chef se lancèrent eux aussi aux trousses des deux fuyards.

# Chapitre 31

*Gemme, empire de Nusakan*
*6012 après Zodiak*
*Premier décan du Poissons (saison d'Eau)*

La veille, au bal du Verseau, Saraléane avait éliminé Yowen de Nan-Mun, un jeune seigneur posé et bien de sa personne, mais peu porté à dispenser les compliments dont la princesse était friande.

Profitant de la première accalmie matinale de la pluie du Poissons, Danahé de Marfak était assis sur un banc des jardins extérieurs du palais, face à l'immense statue du centaure et de l'ange enlacés. Il avait revêtu sa cape de voyage.

— Le ridicule de la situation s'envenime à chaque décan, lâcha le jeune homme à voix haute, pourtant seul. Qu'est-ce qui a bien pu me persuader qu'il me fallait venir ici ? Je n'arrive même pas à m'en souvenir !

Il ferma les yeux et prit une profonde inspiration.

— Es-tu assise là, à côté de moi ? demanda-t-il à son ange gardienne. Je sens ta présence. Avec cette frénésie constante qui agite le palais, j'en viens à perdre contact avec toi. Il y a même des moments où j'ai l'impression que tu m'abandonnes.

L'ange gardienne de Danahé était effectivement assise sur le banc, et ses grandes ailes blanches, formant un paravent tout autour du jeune homme, l'apaisaient sans qu'il en sache la raison, et le protégeaient du faible crachin du ciel.

— Je suis là, mon garçon, murmura-t-elle contre son oreille. J'ai déjà vécu ici, au palais de Gemme. Ce fut une époque très heureuse pour moi.

— J'en ai assez de tout ça, dit soudain Danahé. Saraléane de Gemme n'est certes pas la femme qui partagera mon destin. Je quitte le palais dès aujourd'hui. Puissent la déesse Vierge et le dieu suprême éclairer mon chemin.

— Et qu'en est-il d'Aloïce, mon cher Danahé ? souffla Auva. Elle te plaît. T'en es-tu seulement aperçu ? Bien sûr, elle ne t'adresse la parole que pour tenter de te jeter dans les bras de sa cousine. Mais ne comprends-tu pas qu'elle s'imagine que c'est le seul moyen qu'elle a de t'obliger à rester près d'elle ?

Un doux sourire détendit les traits soucieux de Danahé. Il n'avait pourtant rien entendu des mots d'Auva.

— Et si c'était toi, la femme de ma vie, mon ange ? Si je devais parfaire ma magie jusqu'à pouvoir te voir et te toucher ? Nous serions bien, juste toi et moi…

— À qui parlez-vous ?

Découvrant une jeune femme en robe vert chrysolite juste devant lui, Danahé se leva subitement. Reconnaissant Aloïce, il sentit le rouge lui monter aux joues.

— Demoiselle Aloïce. Je… À personne.

Auva s'écarta pour laisser la protégée de la Balance s'installer sur le banc, où Danahé reprit place. Heurtant alors un objet du talon, Aloïce se pencha pour voir de quoi il s'agissait.

C'était un grand sac de voyage noir.

— Voilà deux saisons entières que je vis au palais, que je suis de tous les dîners et de toutes les mondanités, sans jamais que Saraléane ne manifeste le moindre intérêt envers moi, expliqua Danahé à la mine renfrognée d'Aloïce.

— Elle va finir par se lasser du ménestrel d'Elazra, dit-elle au bout de quelques secondes qui parurent aussi longues à Auva qu'à son protégé.

— Sûrement, mais cela ne changera rien.

— Vous êtes toujours en lice, Danahé, l'assura Aloïce en posant une main sur celle du jeune homme. Pas plus tard que ce matin, Saraléane me disait que vous aviez eu ensemble une discussion fort intéressante au cours du dîner d'hier.

Danahé retira sa main.

— Intéressante ? Évidemment, puisque nous n'avons parlé que de son amant. La princesse ne voulait pas apprendre à me connaître, moi, mais elle voulait connaître mon opinion sur Massim d'Elazra, et sur la chanson qu'il venait de lui composer.

Auva fut la seule à voir le visage d'Aloïce se détendre imperceptiblement.

— Votre opinion lui importe, c'est un bon point pour vous, insista-t-elle. Saraléane doit avoir beaucoup d'estime pour vous. Que lui avez-vous répondu ?

— Que Massim d'Elazra n'avait pas le talent des poètes que la haute société engage pour se divertir. Et que s'il était, au mieux, un musicien ou un chanteur errant, il n'avait pour ces disciplines aucun don particulier. J'ai affirmé qu'il n'était qu'un voyou qui n'en avait que pour le trône. La princesse m'a alors accusé de discourir par jalousie et m'a planté là comme un idiot.

— N'est-ce pas le cas ?

— Vous me trouvez idiot ?

La remarque fit sourire Aloïce.

— Êtes-vous jaloux ? Voilà ma question.

— Massim d'Elazra est jaloux et possessif, et la princesse semble prendre ces vils sentiments pour les plus beaux des compliments.

— Vous êtes jaloux, donc, conclut Aloïce.

Danahé prit le mors aux dents.

— Pas le moins du monde, et vous le savez ! C'est d'ailleurs la raison de mon départ.

— D'accord, votre cœur ne bat pas pour la princesse héritière. Et alors ? Beaucoup donneraient tout ce qu'ils ont pour être à votre place, si près du trône…

— Tout cela ne m'intéresse pas, Aloïce, déclara Danahé en se levant.

— Mais elle ? suggéra Auva au creux de l'oreille de son protégé. Ne t'intéresse-t-elle pas ?

— Je dois repartir et trouver la femme dont le destin ne s'accomplira que si je suis à ses côtés.

— Cette femme qui vous est destinée croisera votre chemin où que vous soyez, riposta Aloïce. Pourquoi la pourchasser ? Attendez au moins la clémence de la saison de Terre pour vous mettre en route.

Secouant la tête, le voyageur venu de Marfak se courba pour attraper son sac.

— Je ne comprends pas les raisons qui vous incitent à chercher à me retenir, dit-il en se redressant, le corps déjà à moitié tourné vers le sentier dallé de marbre qui menait au portail arrière des grilles du palais.

Aloïce se mit debout à son tour.

— La future impératrice de Nusakan vous a choisi parmi des centaines de prétendants.

— Pourquoi ? répéta Danahé. Pourquoi n'avoir jamais accepté de danser avec moi ? Vous avez valsé au bras de tous les autres courtisans.

— Si c'est tout ce qu'il faut pour vous convaincre de rester, alors dansons !

Aloïce tendit une main que Danahé hésita à prendre. Il était incapable de faire le moindre pas, ni vers elle, ni pour s'en aller. Les paumes contre ses omoplates, Auva le poussait vers la rousse sans qu'il en ait conscience.

— C'est elle, mon ami, chuchota l'ange à son protégé. Ne le sens-tu pas ?

Puis soudain, lui qui pourtant ne s'était pas même encore avoué ses sentiments naissants pour la jeune femme, laissa tomber son bagage et déballa son sac presque malgré lui.

— Votre beauté m'a ébloui au premier regard. Vos yeux plus verts que la pierre sacrée de la Balance, votre esprit et votre franc-parler ont contribué à me garder ici plus longtemps que je n'aurais dû.

Le visage d'Aloïce s'illumina. Danahé prit la main qu'elle lui dédiait toujours et l'attira doucement vers lui.

— Nous n'avons rien en commun, signala-t-elle tout bas.

— Ça, je ne peux pas le nier, répondit Danahé avec une moue chagrinée. Il est impossible que vous soyez celle que je cherche. Une femme telle que vous a besoin de la même passion qui dévore Saraléane et Massim. Je ne pourrais que vous décevoir.

— Ah! C'est ici que vous vous cachez!

Haut perchée, la voix agit comme un éclair, séparant le courtisan et la dame de compagnie. D'une démarche brusque, Saraléane venait vers eux depuis l'avant du palais, la longue jupe de sa robe traînant sur le sol mouillé. Ses cheveux décoiffés plaqués sur son front, elle ne semblait pas plus affectée que les deux autres par le crachin pourtant de plus en plus violent. À la tête que faisait la princesse, sa cousine comprit tout de suite qu'elle s'était une fois de plus querellée avec Massim.

— Vous me devez une danse, Danahé de Marfak, assena Saraléane en se jetant contre lui.

— Il n'y a pas de musique, fut tout ce qu'objecta le courtisan.

Les deux jeunes gens se mirent à valser devant l'air déchiré d'Aloïce.

— Que disent les jeunes femmes à propos de votre façon d'embrasser? s'enquit Saraléane, ses lèvres près de frôler celles de son cavalier.

— Danahé s'apprêtait à quitter le palais, déclara tout à coup Aloïce.

Cramponnée au cou du protégé de la Vierge, Saraléane partit d'un rire cristallin. Sans même regarder sa dame de compagnie, elle dit :

— S'il ose, je lancerai tous les chiens du palais à sa poursuite.

— Bien, bredouilla alors Aloïce à l'attention du jeune homme. Dans ce cas, nous nous reverrons, n'est-ce pas ?

Sans attendre de réponse, comme si c'était derrière elle que risquaient de se ruer les molosses, la dame de compagnie tourna les talons et se précipita vers la plus proche entrée du palais.

— Nous devrions rentrer aussi, Votre Altesse, suggéra Danahé, sans lâcher des yeux la rousse qui s'éloignait au pas de course.

Saraléane lui marcha sur les orteils. Le jeune homme, troublé, se prit un pied dans sa longue jupe, trébucha et tomba vers une des fontaines du jardin. Il se retrouva les fesses sur le muret de pierre, mais la princesse, qui se retenait toujours à lui, fut propulsée dans le bassin. L'eau glaciale pénétra ses vêtements.

Folle de rage, elle se redressa, refusant la main secourable de Danahé.

— Il pleut à verse, vous étiez déjà trempée, tenta-t-il de se défendre.

— Ce sont des excuses, peut-être ? vociféra Saraléane.

Elle repoussa la main du courtisan d'une claque. Elle voulut passer elle-même le muret, mais une de ses jambes demeura prisonnière du tissu de sa robe et elle alla choir face contre terre dans l'herbe boueuse. Dès que Danahé l'eut relevée, elle recommença à l'invectiver.

— Touchez-moi une fois de plus, et vous aurez tous les chiens du palais à l'arrière-train ! Vous n'êtes qu'un mufle !

— Venez, ordonna le courtisan, à bout de patience. Allons rejoindre Aloïce. Elle vous refera une beauté.

— Je ne suis pas assez belle pour vous, c'est bien ça ? Et qui l'est ? Aloïce ? Ne vous avisez pas de répondre à cette question ! Je ne veux pas vous voir remettre ne serait-ce qu'un pied dans mon palais ! Partez sur-le-champ, ou je…

— Les chiens, oui, la coupa Danahé.

# Chapitre 32

Zodiak fixait la scène depuis l'Œil des Gémeaux, une énorme agate orange striée de lignes blanches posée sur un socle d'argent représentant une main à demi refermée déposée dans la coupe d'une autre. Aux côtés du dieu suprême, également penchés sur la forêt qui faisait frontière entre Éridan et Nusakan, se tenaient les Gémeaux, les Gardiens siamois.

— Laissez-moi descendre, Ychandre ! entendirent-ils le nébuleux implorer à l'oreille du cheval igné qui galopait à travers les arbres, évitant de justesse racines et rochers. Je vous ralentis.

Mais le cheval noir, flanqué de Kaus, continua sa course folle. L'unicorne monté par le paladin à la cicatrice les talonnait de près, tous ces sabots menant un train d'enfer. La terre devenait toutefois de plus en plus boueuse et glissante, accentuant le risque de chute pour un caballem aussi peu expérimenté que le seigneur Ychandre de Sadira. Mais avant qu'une telle chute ne se produise, l'allure de la cavalcade diminua.

Comme prévu par les célestes témoins de cette chasse, la chevauchée était rapidement devenue trop intense pour le jeune homme. Ychandre n'avait pas plus l'habitude d'une course si rapide que la force nécessaire pour porter quelqu'un sur son dos aussi longtemps. Se retournant de concert, Kaus et Jorik constatèrent que l'unicorne et son cavalier avaient quitté le sillage de la salamandre. Sous la surprise de les voir apparaître devant lui, Ychandre s'arrêta brusquement et se cambra. Son esclave fut projeté vers l'arrière.

Dans le ciel, le frère et la sœur siamois s'accrochèrent l'un à l'autre dans un sursaut, liant leur main unique. Zodiak, lui, n'avait pas bronché. Devant les images que lui renvoyait l'agate des Gémeaux, il ne cillait même pas.

Le nébuleux avait bien failli tomber en bas de sa monture, mais en lâchant le glaive de

Jorik Éloir de Zibal, qui était allé choir sur ses cuisses, il avait pu se cramponner des deux mains à l'encolure du cheval. Arriva sur ces entrefaites et à vive allure le chef des chevaliers errants. Bien en selle sur l'hippocampe, il joua à nouveau de son lasso. C'était le nébuleux qu'il visait, et cette fois, il ne rata pas son coup. Poussant un cri triomphant, le paladin tira sur sa corde avant que son captif n'ait pu mettre la main sur le glaive, qui se retrouva au sol. Désarçonné, Jorik chuta durement, s'écrasant sur le dos. Malgré l'éclair de douleur qui fusa à travers tout son corps, il se débarrassa de la corde qui lui serrait les épaules. Il voulut ensuite récupérer le glaive, mais fut obligé de parer un second lancé de lasso, alors il s'éloigna de l'arme.

Le paladin à la cicatrice, qui avait soumis l'unicorne, tentait, lui, d'attraper la salamandre. Son lasso manqua sa cible de peu, mais ce geste d'agression fit apparaître son ange gardien, un homme-crabe qui put de ce fait se jeter sur Kaus. À bout de souffle, Ychandre dut reprendre forme humaine, et l'envoyé du Cancer referma une de ses monstrueuses pinces sur l'estomac du centaure.

Le cri de douleur de l'ange gardien retentit dans l'antre des Gémeaux. La sœur secoua la tête et pressa les paupières. Son frère l'attira plus étroitement contre lui.

Redevenu lui-même, Ychandre retrouvait des forces. Cependant, et même s'il n'était pas conscient de l'attaque contre son protecteur, elle contribuait aussi à l'affaiblir.

— Si Kaus perd ce combat, son protégé n'aura guère de chances de sortir vainqueur du sien, dit la sœur Gémeaux, mentionnant là l'évidence.

Heureusement, puisque le cavalier de l'unicorne ne porta pas d'autres coups à Ychandre, son homme-crabe ne put user à nouveau de ses pinces contre le centaure. Ce dernier se remettait de l'agression, la blessure béante qui ravageait presque tout son flanc gauche étant déjà en train de se refermer. Elle serait cicatrisée avant le soir.

— Par tous les astres du ciel ! gronda une voix furieuse.

L'indignation du Sagittaire fit écho dans l'antre des Gémeaux. Le frère et la sœur se retournèrent pour dévisager le Gardien centaure qui venait de se matérialiser dans leur grotte.

— Que se passe-t-il donc ici ? rugit le demi-dieu dans le dos de Zodiak.

Le dieu suprême ne lui accorda aucune attention. Visiblement, il n'avait pas l'intention de perdre une seule seconde de l'action qui se déroulait dans la forêt terrestre.

— Tout cela n'était pas prévu par les astres ! souligna le robuste centaure en tirant par leur bras commun les siamois vers lui.

— Doucement, mon ami, se défendit la partie mâle de la créature. Nous n'avons qu'obéi au maître divin.

— La route d'Ychandre de Sadira n'aurait jamais dû croiser celle de ce vil paladin que vous protégez !

— Assez, Sagittaire, ordonna Zodiak. Je ne suis pas le dernier des abrutis. Je sais ce que je fais.

Le centaure blond bouscula les Gémeaux pour s'approcher de l'Œil d'agate. Il y vit le vil paladin susmentionné sauter au sol et confier la bride de son cheval marin au protégé du Cancer, toujours en selle sur l'unicorne. Sortant sa rapière de son fourreau, il s'en prit au nébuleux qui glissa dans la boue pour éviter la lame et s'étala de tout son long. Voyant son ami rouler d'un côté puis de l'autre pour se préserver de la pluie de coups qui suivit, Ychandre se lança vers l'agresseur, son couteau bien en main. Mais étrangement, un cri victorieux craché par le cavalier de l'unicorne sembla figer le jeune homme sur place. Le lasso du paladin venait de lui enserrer le cou. Ychandre fut brutalement tiré vers l'arrière.

Le centaure et l'homme-crabe pouvaient s'affronter derechef. Kaus n'attendit pas d'être attaqué et se rua aussitôt sur son ennemi. Poussé au sol, l'humanoïde à carapace n'arriva pas à se relever assez vite, et le centaure piétina rageusement l'organe osseux de ses quatre sabots.

Dans le ciel, le Sagittaire recommençait à s'énerver.

— Vous ne savez pas du tout ce que vous faites ! accusa-t-il Zodiak. L'amour vous aveugle.

Le dieu suprême se tourna vers le Gardien centaure. Braquant ses yeux de lumière dans les siens, l'éblouissant, il le força à froncer ses sourcils broussailleux.

— Rien ne m'aveugle, répondit-il avec calme. Ne parlez pas ainsi d'un sentiment qu'il vous est impossible d'éprouver.

Les nasaux du Sagittaire se dilatèrent et ses oreilles en pointe se raidirent.

— Les astres doivent être réalignés, proféra Zodiak.

Ces paroles laissèrent le Sagittaire pantois.

— Ils le seront, finit-il par assurer à son maître.

— Toutes les prophéties ne se concrétisent pas. Nous devons agir tandis que nous avons encore du temps devant nous.

— Lorsque les dieux interviennent sur le destin d'un homme, les astres sont susceptibles de prendre une trajectoire qu'aucun devin ni aucun dieu, ni même vous, Zodiak, ne sauriez prévoir.

N'écoutant l'altercation entre les dieux que d'une oreille, les Gémeaux continuaient de surveiller la forêt, anxieux.

— Je ne vais pas à l'encontre des astres, Sagittaire, le rassura Zodiak. J'ai réussi à déchiffrer leurs arcanes. Rien n'est inexorable.

Les étoiles offrent plus d'une possibilité, et la plus évidente n'est pas toujours celle à privilégier.

— Vous nous conduisez peut-être à la pire des catastrophes, rétorqua le centaure.

Sa voix arrogante se faisait suppliante. Zodiak l'ignora, reportant sa concentration sur l'agate géante. Le Gardien du Feu fit de même, sa longue queue blonde agitée de spasmes.

Dans la forêt d'Éridan, le cheval cornu s'était rebellé contre ses ravisseurs, décochant une ruade qui avait jeté son cavalier au sol, l'envoyant non loin d'où gisait déjà son ange gardien, l'homme-crabe. Le cheval marin, dont l'homme à la cicatrice n'avait pas lâché pour autant la bride, en profita pour tenter une fuite entre les arbres. Se refusant à laisser filer l'hippocampe, le protégé du Cancer ne lâcha pas non plus le lasso qui tenait Ychandre sous sa coupe. Écartelé, traîné derrière le cheval marin et traînant lui-même le corps d'Ychandre, le balafré poussait de terrifiants jurons, appelant son chef à la rescousse.

Le regard humide de l'unicorne allant du jeune seigneur au bord de l'étouffement à l'autre jeune homme, que le chef des paladins paraissait décidé à supprimer de sa rapière, il hésitait à prendre lui aussi la fuite.

— Pourquoi Ychandre ne redevient-il pas un cheval ? grimaça le frère siamois dans le ciel.

— Le lien du lasso est trop serré autour de son cou, lui fit remarquer sa sœur, il écraserait celui de la salamandre.

— Ton couteau ! entendirent crier les dieux.

Tandis que l'homme-crabe se relevait tant bien que mal, Kaus trottait aux côtés de son protégé, dont les talons s'enfonçaient dans la terre dans l'espoir de ralentir la glissade qui le faisait suffoquer.

— Par Zodiak, coupe cette corde, Ychandre ! hurla Kaus. Ton couteau est dans ta poche !

Mais le jeune noble n'osait retirer ses doigts de sous le lasso qui oppressait sa gorge, de peur d'être aussitôt étranglé. Or, lorsqu'il vit Jorik éviter de justesse un coup d'estoc qui faillit lui traverser le ventre, la lueur de panique dans ses yeux devint une flamme de colère.

— Observez-le bien, dit Zodiak à ses Gardiens. À un doigt de la mort, ce jeune seigneur, futur empereur de Nusakan, n'a qu'une idée : se libérer afin d'aller aider le nébuleux à sauver sa propre vie. Prédire qu'une telle amitié se développerait entre un maître et son esclave était pratiquement impossible. Mais si vous croyez que les astres l'ignoraient, vous vous trompez !

Une bonne distance séparaient maintenant Ychandre et Jorik.

— Ton couteau ! cria encore Kaus aux oreilles de son protégé.

Ce fut alors que l'unicorne, jusque-là immobile entre les deux nouvelles victimes des chevaliers errants, se rua vers le nébuleux. Il assena un bon coup de sabot à son assaillant, le chef des paladins, qui s'effondra en laissant échapper sa rapière. Le cheval cornu se transforma en un petit homme chauve d'une trentaine d'années, ramassa l'arme et courut à toutes jambes vers Ychandre. D'un seul geste, il trancha la corde qui l'étranglait. Libéré, le corps d'Ychandre roula dans la terre avant qu'il ne s'arrête, crache et lutte un moment pour reprendre son souffle, puis se relève. Sans attendre les remerciements du jeune seigneur, l'homme redevint unicorne et partit au galop derrière l'hippocampe. N'ayant plus le corps d'Ychandre à trimbaler, ce dernier avait pris son élan, obligeant le paladin à la cicatrice à abandonner l'idée de le retenir. Tous deux libres, le cheval gris et le cheval brun disparurent rapidement dans la nature. Le protégé du Cancer chancela, puis s'évanouit sous la souffrance qu'il s'était infligée.

Ychandre reprit l'apparence de la salamandre et chargea le chef des paladins, qui malgré les coups de sabot de l'unicorne, avait récupéré le glaive et menaçait Jorik d'un coup mortel.

— Mais que fait cet idiot ? s'impatienta le frère Gémeaux. Il ne doit pas tuer le nébuleux, ni même le blesser gravement !

— Que doit-il se passer, alors ? éructa le Sagittaire, qui s'emportait une fois de plus.

Depuis la Terre, le hurlement guerrier du paladin ébranla l'antre d'agate. Il se retourna en brandissant le glaive de Jorik Éloir de Zibal vers le cheval igné qui plongeait vers lui. La longue lame d'acier s'enfonça dans le poitrail de l'animal, qui mêla son hennissement de douleur au cri de rage de Kaus. Ce dernier martela de coups de poing les siamois protecteurs du paladin qui venaient à la seconde d'apparaître devant lui. Ils avaient beau être deux, ils eurent grand mal à parer l'assaut.

Le nébuleux s'écarta juste avant que le cheval tombe sur lui. Mais le paladin, moins rapide, fut écrasé sous le gros animal. Les poings de Kaus frappaient désormais dans le vide. Les envoyés des Gémeaux avaient disparu dans un éclat de lumière orangée. Le centaure reprit son sang-froid et se pencha vers son protégé redevenu humain. À chacune de ses respirations sifflantes, la lame du glaive pénétrait plus profondément dans sa poitrine. Sur le manche de cuir, le cheval gravé s'agitait.

En se matérialisant dans l'antre des Gémeaux, les anges gardiens du chef des chevaliers errants ne furent pas surpris d'y trouver leurs maîtres en compagnie du demi-dieu Sagittaire et du dieu suprême. Un silence de mort régnait dans la grotte d'agate. Les créatures des Gardiens jumeaux avaient reçu de leurs maîtres le pouvoir d'ancrer une idée précise dans l'esprit de leur protégé. Dans l'Œil d'agate, ils purent observer la conclusion de ce qu'ils avaient ainsi contribué à déclencher.

# Chapitre 33

*Gemme, empire de Nusakan*
*6012 après Zodiak*
*Premier décan du Poissons (saison d'Eau)*

Grommelant entre ses dents, Saraléane se dirigeait vers l'entrée principale du palais.

— S'enfuir ainsi directement par la forêt! Comme si rester auprès de moi une seconde de plus était une torture! fulminait-elle. Un gentilhomme, mon œil! J'aurais dû mettre les molosses aux fesses de ce prétentieux! Qu'importe, les bêtes sauvages auront raison de lui. Il y a des cougars dans cette forêt, cet imbécile de Danahé de Marfak ne le sait-il pas?

La princesse déversait sa hargne comme le ciel déversait son eau, lorsqu'elle reconnut la silhouette du poète d'Elazra. Il s'éloignait à la fois d'elle et du palais, marchant d'un pas décidé le long du pavé de mosaïque de marbre

qui menait au portail avant de la longue barrière dorée. Elle courut vers lui.

— Massim !

Le jeune homme s'arrêta afin de lui faire
face.

— Où vas-tu par un temps pareil ? le
somma-t-elle de s'expliquer. Tu dois te présenter au repas de ce midi, comme les autres.
Sinon, je n'aurai d'autre choix que de t'éliminer.

Le protégé du Lion revint sur ses pas pour
s'approcher d'elle et retira le talisman qu'il
avait au cou. Il mit l'objet entre les mains de
la princesse.

— Tes onyx ? s'étrangla Saraléane.

— Garde-les en souvenir de moi, murmura Massim.

— Tu n'es pas sérieux ! Sans ton talisman,
comment ton ange gardien te retrouvera-t-il
s'il te perd des yeux ?

— Sans toi, je suis déjà mort.

— Qu'un éclair me foudroie, pourquoi
un tel drame ? s'égosilla Saraléane en lançant
l'étoile d'argent au sol.

— Parce que je t'aime ! lui hurla Massim
en retour. Et que chaque jour est un supplice
pire que le précédent.

Les narines gonflées, les yeux exorbités et les poings serrés, le jeune homme avait tout du taureau, et plus grand-chose du lion.

— Tu m'aimes ? cracha la princesse. Je suis une protégée du Scorpion. Je suis indépendante autant que tu es fier et possessif. Ta majesté et ton autorité m'ont charmée, je ne le nie pas, mais je ne me laisserai pas dominer, ni par toi ni par un autre. Jamais ton minable petit chantage ne me pliera à ta volonté. Si tu m'aimes, accepte-le !

Le talisman de pierres noires, tombé à l'extérieur du sentier dallé, s'enlisait dans le sol boueux. Massim y jeta un coup d'œil avant de faire volte-face et de reprendre son chemin. Saraléane le suivit en vitupérant :

— Je ne flatte pas assez ton amour propre, voilà ton unique problème ! Mais si tu m'aimes comme tu dis m'aimer, au point de vouloir en mourir, ne m'oblige pas à aller à l'encontre de ma nature profonde. Reste, Massim, je t'en supplie, même si mon comportement heurte parfois tes sentiments.

Le poète l'ignora et continua à avancer.

— Gardes ! hurla Saraléane vers les hommes qui surveillaient la grille. Empêchez cet homme de passer !

Derrière le rideau de pluie, elle vit les glaives des sentinelles se dresser. Ce fut alors que jaillit une vive lumière blanche qui la força à clore les paupières plusieurs secondes. Ouvrant les yeux, la princesse ne trouva devant elle que les gardes, l'air aussi consterné qu'elle. Son cœur tomba comme une pierre au fond de son estomac.

— Où est-il ? éructa-t-elle en balayant les alentours du regard.

Sur le pavé boueux, les traces de pas de Massim s'arrêtaient quelque part entre elle et les gardes. Il s'était tout bonnement volatilisé.

— Vous saviez que ce jeune homme était un aussi puissant magicien ? demanda à la princesse une des sentinelles en pourpoint rouge et or.

— Il n'a même pas le pouvoir des caballems, bredouilla-t-elle en se retournant pour constater que le talisman du poète était toujours à demi embourbé dans le sol.

« Et comment aurait-il fait de la magie sans ses onyx ? » se questionna-t-elle.

# Chapitre 34

*Au cœur du firmament*
*6012 après Zodiak*
*Premier décan du Poissons (saison d'Eau)*

L e constel du Poissons avait été retardé de quelques heures. Tous les Gardiens avaient néanmoins rejoint Zodiak, retourné dans son palais. Les demi-dieux s'étonnaient les uns après les autres de voir le maître divin diriger son attention sur la cité couronnée de Nusakan, alors qu'Ychandre de Sadira se mourait.

— Que se passe-t-il ? se renseigna le Lion.

Les iris du dieu suprême projetèrent sur l'homme-fauve une lueur bleutée, donnant une teinte violette à son plastron écarlate.

— Après une énième dispute avec l'héritière du trône, Massim d'Elazra vient de quitter le palais de Gemme, rapporta Zodiak.

Le Scorpion posa bruyamment sa lance au sol.

— Quoi ? gronda le Lion en pivotant vers le Gardien de l'Eau, les dents dénudées. Si vous avez encore des griefs à formuler contre l'un de mes anges gardiens, attendez donc le début officiel du constel !

— Un envoyé des Gémeaux aurait été plus apte à remplir cette mission, intervint la sœur siamoise. Nos protégés sont aussi attrayants que les Lion, mais plus rusés, et surtout plus diplomates !

— Vos protégés en ont assez fait, sous-entendit la nymphe Poissons en faisant allusion à l'état dans lequel se trouvait le futur empereur de Nusakan.

— Les Gémeaux manquent de persévérance, argua pour sa part la nymphe Balance. Un de mes protégés aurait réussi. Ils sont mondains et charmants, et ont une aversion profonde pour les querelles. Ils aspirent à l'harmonie, et une personnalité forte comme celle de Saraléane de Gemme n'entacherait en rien leur propre estime. Au contraire, les Balance...

— Suffit, les coupa Zodiak. Massim d'Elazra n'a jamais été sous la protection d'un envoyé du Lion.

À ces mots, du dieu fusèrent des faisceaux d'une multitude de couleurs. Certains Gardiens plissèrent les yeux, d'autres baissèrent la tête, et quelques-uns durent même se retourner. Puis, les rayons s'éteignirent. Au centre du cercle du destin s'était matérialisé un être de la taille d'un humain, mais dont le corps, à l'image de celui du dieu suprême, réfléchissait la lumière des étoiles. D'aveuglante, cette lumière s'adoucit pour devenir une douce lueur blanche, dévoilant une silhouette recouverte d'un long manteau sombre.

— Merci d'être venu aussi vite, Salajin, dit Zodiak à l'apparition.

— Ma mission est-elle terminée ? se renseigna l'être de lumière sur un ton incertain.

— Tu en as fait plus que nécessaire, le rassura Zodiak. Tu as été parfait.

# Chapitre 35

*Entre Gienah et Algorab, empire d'Éridan*
*6012 après Zodiak*
*Premier décan du Poissons (saison d'Eau)*

La pluie, qui ne s'arrêtait jamais très longtemps en saison du Poissons, tambourinait
de plus belle sur le sol. À cet instant précis,
même si Jorik et Ychandre l'ignoraient, il n'y
avait pas un endroit sur la Terre qui était
épargné par les larmes du ciel.

— Non, répétait Jorik d'une voix écorchée.
Ne pars pas. Ne me laisse pas seul. Ne meurs
pas.

Le nébuleux avait glissé la tête de son ami
sur ses genoux. La pluie emportait son sang,
qui coulait sur le sol en plusieurs rigoles d'un
rouge clair. Accroupi, Kaus avait posé une
main sur l'épaule de son protégé.

— J'ai encore échoué, s'affligea le centaure.

La mâchoire crispée de l'ange gardien
lui faisait si mal qu'il n'eut pas d'autre choix

que d'ouvrir la bouche. Il en sortit un cri terrible qui lui déchira l'âme, mais qui n'atteignit aucune oreille humaine. Le centaure leva la tête vers le ciel, espérant que là-haut, au moins, on aurait vent de sa douleur.

*Il ne faut pas s'attacher de la sorte, Kaus,* entendit-il le Sagittaire le seriner. *Combien de fois te l'ai-je répété ?*

— Ychandre…, bredouilla le nébuleux.

Jorik aurait préféré que l'épée soit plantée dans sa propre poitrine. Il avait d'ailleurs l'impression qu'une lame lui transperçait le cœur. Sa vie, sa si belle vie, lui glissait entre les mains…

Il n'avait aucun destin ! Il n'avait qu'Ychandre. Par quelle folie les astres se jouaient-ils ainsi d'eux ?

Les doigts d'Ychandre, jusque-là enroulés autour de la lame du glaive qu'il avait en vain essayé de retirer d'entre ses os, s'ouvrirent et palpèrent son talisman, l'ensanglantant. Ses lèvres pâles bougèrent et un filet rouge et visqueux s'en écoula. Comprenant qu'il cherchait à lui dire quelque chose, Jorik approcha son oreille de la bouche de son maître.

— Prends-le, articula Ychandre.

— Votre talisman ? Dois-je le rapporter à votre père ?

— Non. Je veux que… tu poursuives notre voyage… Gemme.

Se frayant un chemin dans l'esprit du nébuleux, les paroles d'Ychandre le tétanisèrent.

— Je ne peux pas m'approprier votre talisman ! C'est du délire. C'est interdit !

— Je ne suis pas encore mort, Jorik. Ce qui t'est permis ou interdit… c'est toujours à moi d'en… décider.

— Ychandre…

Les larmes n'étaient pas pour les nébuleux, pas plus que les rêves. Et pourtant, le jeune esclave ne pouvait plus les empêcher de couler sur ses joues, comme il n'avait pas su retenir certains rêves de grandir en lui. Sa peine se mêlait à la pluie qui tombait de plus en plus dru.

— Je n'ai pas su garder la place qui était la mienne. Ne voyez-vous pas que les dieux sont en colère contre nous, Maître Ychandre ?

— Il est encore temps d'obéir. Prends ce talisman. Mon destin est grandiose… Il ne doit pas… mourir avec moi. Va, Jorik de Sadira…

Natif du Feu… Protégé du Sagittaire… Futur empereur de Nusakan. Va voir de tes yeux si Saraléane de Gemme est aussi jolie qu'on le raconte. Et si nous nous recroisons… dans une autre vie… tu me diras comment c'était d'embrasser une princesse.

— Non! se rebiffa Jorik en frappant le sol du poing. Taisez-vous!

«Un mensonge n'a de conséquences que s'il est découvert.»

Persuadé d'avoir réellement entendu la voix de maître Corbeau, Jorik embrassa les environs d'un regard fou. Force lui fut de constater qu'il n'y avait personne d'autre qu'Ychandre et lui dans ce petit bout de forêt. Et les yeux injectés de sang du jeune seigneur étaient de plus en plus vitreux. Le sang avait cessé de sortir par sa bouche.

— Je vais revenir dans le corps d'une bête…, marmotta-t-il. Mais quel qu'il soit, un animal ne sera jamais… empereur de Nusakan. Si mon destin ne s'accomplit pas, jamais je n'irai au ciel…

— Mais je ne peux pas l'accomplir pour vous!

— Prends mon talisman avant que... je pousse mon dernier souffle... Sinon, mon ange gardien disparaîtra... et tu ne bénéficieras pas de sa protection.

Entendre Ychandre parler de lui tira Kaus de sa torpeur.

— Quoi ? Qu'est-ce que tu... ? lâcha le centaure, hébété.

Sans plus réfléchir, n'écoutant que la volonté de son ami mourant, Jorik lui arracha son talisman. Le regard du jeune seigneur se figea, comme s'il n'avait attendu que ce geste pour laisser filer son âme. Craignant d'être foudroyé par les dieux, le nébuleux demeura longtemps immobile, la main serrée sur l'étoile de métal aux sept citrines, comme pour la cacher à la vue de Zodiak. Puis, très lentement, il l'enfila autour de son propre cou. Ensuite, il regarda tout autour de lui. On aurait dit qu'il cherchait quelqu'un à nouveau.

— Je suis ici, articula Kaus, sous le choc de ce qui venait de se passer. Juste là, à côté de toi.

Le protégé du centaure était mort. La créature céleste était pourtant encore sur Terre, attachée désormais à la protection d'un imposteur.

— Qu'espérez-vous de moi, au juste ? vociféra-t-il vers le firmament.

Ce fut à ce moment que Jorik remarqua que le sang qu'il avait sur les mains n'appartenait pas entièrement à Ychandre. Se redressant vivement, il aggrava sa blessure au ventre causée par un coup de rapière. La douleur se répandit dans tout son corps, jusqu'à devenir un doux bien-être. Des étoiles dansèrent devant ses yeux avant de s'éteindre d'un coup.

# Chapitre 36

*Gemme, empire de Nusakan*
*6012 après Zodiak*
*Deuxième décan du Poissons (saison d'Eau)*

Après une absence prolongée de trois saisons, la vieille Élona était de retour au palais.

— Vous revenez de la forêt des oubliés ? s'étonna l'empereur, assis derrière son bureau éternellement couvert de parchemins divers. Je vous croyais dans votre famille, Élona. Pourquoi m'avoir menti ?

— Je suis bien allée visiter mon frère, Votre Majesté. J'en ai profité pour vérifier la rumeur par moi-même.

— Une rumeur ?

— Dans le cercle restreint des sages-femmes, on disait que, dans la forêt des oubliés de Nusakan, vivait une nébuleuse de l'âge de Saraléane qui était son portrait craché. Je suis allée constater cette ressemblance de mes yeux, Votre Majesté, et elle est aussi surprenante qu'on le racontait.

Élona ouvrit la porte des appartements de l'empereur et fit signe à une jeune femme au visage voilé d'y pénétrer.

— Enlève ton foulard, Rainette, lui ordonna la femme à l'étrange physionomie après avoir minutieusement refermé la porte.

L'empereur en eut le souffle coupé.

— Le tatouage est parfait, observa-t-il en fixant la marque du Scorpion sous l'œil droit de la nébuleuse. Tu proposes donc que cette esclave serve de doublure à Saraléane?

— Si j'en crois le bruit qui court toutes les routes de l'empire, elle ne tardera plus à monter sur le trône. Et je ne peux m'empêcher de penser à ce qui est arrivé à son père…

Dès le début de son règne, Evanliak avait laissé le plus gros du pouvoir entre les mains des conseillers déjà en poste, évitant de prendre des décisions controversées. Mais Saraléane n'agirait pas ainsi, elle s'afficherait ouvertement au danger…

« J'ai bien peur que même son ange gardien ne suffise à la protéger de ce qui la guette », avait écrit Esylvio à son frère juste avant de mourir.

— Ses cheveux, fit remarquer Evanliak. Ils sont un peu longs, non ? Et moins soyeux que ceux de la princesse.

— Une bonne coupe et quelques traitements aux algues brunes de Nakah sauront remédier à ce problème, affirma Élona.

— Saraléane a une cicatrice au front.

— En forme de croissant, et à la naissance des cheveux, oui. Depuis ses 9 ans. J'y verrai, Votre Majesté.

Cette réponse fit à peine tiquer la nébuleuse, qui garda la tête baissée.

— Regarde-moi, jeune fille, la somma l'empereur.

Rainette leva instantanément son joli minois.

— Leurs yeux sont de la même teinte et de la même forme, nota-t-il. Mystérieusement, ils sont différents.

Élona constata alors que c'était elle que l'empereur toisait, et non plus la nébuleuse.

— Telles les deux parties de ton visage, poursuivit-il. Une est autoritaire et fière, l'autre douce et soumise.

Comme toujours lorsqu'il était question de Saraléane, Evanliak émergeait de son monde intérieur, sur le qui-vive.

— Il paraît que Saraléane s'est éprise d'un poète au charme de voyou, s'informa Élona, reléguant la remarque de l'empereur aux choses sans importance.

Il eut un reniflement dédaigneux.

— Que Zodiak me foudroie et me renvoie sur Terre dans le corps d'un asticot! La fille d'Esylvio n'épousera pas ce ménestrel de basse extraction! Heureusement, il est parti.

— Et qu'en est-il des prétendants encore en lice?

L'empereur haussa des épaules affligées. Il retrouva son regard triste.

— Certains ont un minimum d'allure. Je lui ai bien sûr conseillé de s'unir à Francor de Gemme, le petit-fils de Lorassien. Nous savons qu'il est digne de confiance. Et c'est un natif du Feu, ce qui perpétuerait la tradition. Mais je crains que les critères de sélection de ma chère nièce ne s'apparentent guère aux miens. J'ignore qui Saraléane choisira, mais il se pourrait bien qu'elle préfère mander sa doublure pour la nuit de noces.

Le rire sans joie de l'empereur ajouta à la résignation de ses yeux.

— Les astres veillent, Votre Majesté, n'en doutez pas.

— Les astres, ou vous, Élona ? marmonna Evanliak, tandis que la nébuleuse, qui avait replacé son foulard sur son visage, sortait à la suite de la vieille femme.

☾

Rainette fut offerte à Saraléane en guise de cadeau de fiançailles. Son foulard gris cachant son visage en toute occasion, elle fut installée avec les autres nébuleux du palais, dans des appartements attenants à ceux des domestiques salariés. Seules la princesse et ses deux dames de compagnie furent mises au fait de la ressemblance frappante de l'esclave avec Saraléane, et donc du véritable rôle qu'elle jouerait à la cour.

Si la princesse et la nébuleuse étaient pour ainsi dire identiques physiquement, il y avait, bien évidemment, un abîme de discordances entre leur façon d'être. Avant que Rainette ne prenne la place de la princesse en public, Élona tenait à s'assurer que la super-cherie serait impossible à découvrir. Puisque Saraléane se devait de consacrer la majeure partie de son temps à ses courtisans, la nébu-leuse la rejoignait souvent alors qu'elle se pré-parait à ces mondanités dans sa chambre, et même lorsqu'elle était dans son bain. Rainette apprenait alors à imiter la manière de parler, de rire et de marcher de la princesse. Le reste du temps, son lot était le même que celui des autres nébuleux : une suite infinie de tâches ménagères.

Ce jour-là, la princesse se prélassait depuis des heures dans un bain parfumé à l'huile essentielle de lavande, tandis que la sage-femme devenue gouvernante brossait ses longs cheveux bruns. La mine sombre, Aloïce fouillait les armoires à la recherche de la tenue que Saraléane porterait au dîner. Essanie, elle, assise avec Rainette sur un petit banc près du bain, discourait encore et encore sur la vie au palais, espérant qu'aucun détail n'échapperait à la mémoire de la nébuleuse.

— Quelle idée grotesque que ces bals ! grogna une fois de plus Élona. Et quelles dépenses inutiles !

Elle se tut, le temps de défaire un nœud dans la chevelure de Saraléane, mais enchaîna bien vite :

— Comment peut-on laisser un poète, ou qui que ce soit d'ailleurs, vous piétiner le cœur de cette façon ? Cela ne serait jamais arrivé si j'avais été là.

— C'est fou cette manie que vous avez toujours eue d'agir comme si vous étiez mon ange gardien, râla la princesse.

La remarque dérida Aloïce, et Essanie cacha un sourire derrière sa main.

— C'est ça, je sais que vous êtes en train de m'imaginer avec des pinces et une queue munie d'un dard venimeux, ronchonna la vieille femme en gratifiant Aloïce d'un œil accusateur, puis Essanie d'un autre tout aussi incendiaire.

Pour une fois, les deux côtés de son visage paraissaient en parfait accord.

— Qu'Aloïce ait profité de ces bals pour faire la fête au lieu de veiller sur la princesse ne me surprend pas ! assena-t-elle. Mais vous, Essanie ? Si vous êtes toutes les deux aussi écervelées que l'héritière, je ne vois pas en quoi vos services lui sont encore nécessaires !

— Ne blâmez pas mes cousines, les défendit mollement Saraléane. Je ne suis plus une enfant. Je fais mes propres choix. Mais vous, Élona, je vous ai rarement vue aussi à cran. Les fesses du ménestrel sont loin du trône, alors qu'est-ce qui vous inquiète tant?

La gouvernante ne se fit pas prier pour vider son sac.

— Qui est vraiment ce Massim d'Elazra? Ne lui avez-vous jamais demandé quel était son destin?

— Il disait être destiné à m'aimer, maugréa la princesse en s'extirpant enfin de l'eau.

Rainette se leva aussitôt et, sortant ses mains des manches de sa toge, l'aida à s'enrouler dans une grande cape moelleuse.

— Par tous les dieux! se lamenta Élona. Et vous n'avez pas exigé de voir le parchemin qui aurait appuyé ses dires, n'est-ce pas?

— J'ai préféré le croire, lança sèchement Saraléane.

— Rainette connaît déjà par cœur les détails de la relation entre la princesse et le poète, intervint Aloïce, qui, apparemment, en avait plus qu'assez d'entendre ressasser cette histoire. Changeons de propos.

— Puis-je m'avancer ? se renseigna alors une voix depuis l'autre côté du paravent.

— Venez, mon oncle ! s'exclama Saraléane en s'empressant vers Evanliak malgré sa tenue peu convenable. Avez-vous enfin des nouvelles de lui ?

— J'ai bien peur que non, mon étoile. Il n'a été vu nulle part. Les pigeons dépêchés à Elazra en reviennent à l'instant. Même là-bas, personne n'a jamais entendu parler d'un poète ou d'un ménestrel qui répond au nom de Massim d'Elazra.

— Qui sait à quoi vous avez échappé, marmonna Élona.

L'empereur, lui, s'éclaircit la gorge.

— Saraléane, dit-il d'un ton qui se voulait autoritaire, comme s'il en venait aux choses sérieuses. Un message m'est parvenu de l'empire d'Éridan. Un protégé du Sagittaire du nom d'Ychandre Jorik de Sadira est en route pour Gemme. On s'attend à ce qu'il soit à nos portes dans les premiers jours de la prochaine année. Son destin est semble-t-il de régner sur Nusakan. Il aura sur lui le parchemin qui en témoigne.

Saraléane battit des paupières avant de fermer les yeux.

— Si tu te sens incapable de le recevoir, tu pourras toujours confier cette tâche à Rainette, proposa son oncle. Elle est ici pour ça.

— Rainette n'est pas prête, s'en mêla Essanie. Elle ignore encore trop de choses de la vie de la princesse et de la cour. Et sa plaie au front n'est pas cicatrisée.

— Mon pouvoir de guérison n'est pas très puissant, accorda Élona, mais d'ici à ce que la saison du Bélier ouvre la nouvelle année, la cicatrice sera belle, et Rainette sera prête.

— Ça ne nous laisse qu'une quinzaine de jours, insista Essanie.

L'empereur planta son regard dans celui de l'héritière.

— Les derniers événements pris en compte, je déclare le tournoi pour la course au trône annulé jusqu'à avis contraire. Veux-tu l'annoncer toi-même aux courtisans?

Saraléane étala son air outré et résolu.

— Mes courtisans restent ici, il n'est pas question de les mettre à la porte. Destin ou pas, qui vous dit que le seigneur Ychandre me plaira?

— Soit, ils restent, renonça dès lors l'empereur. Mais d'ici à ce qu'Ychandre de Sadira soit arrivé, je ne veux pas te voir frayer avec eux. Rainette se chargera de les distraire. Toi, tu demeureras dans tes appartements. Il ne manquerait plus que tu tombes amoureuse d'un autre imposteur !

Saraléane leva les yeux au plafond, mais personne ne discuta cet ordre communiqué avec une détermination inhabituelle. Rainette fit alors bouffer ses longs cheveux d'une main nonchalante.

— N'ayez crainte, pérora-t-elle d'une voix dramatique et haut perchée. Je ne décevrai pas mes humbles sujets !

Saraléane foudroya sa doublure du regard.

— Je ne parle pas du tout de cette façon ! Et qui t'a donné la permission d'ouvrir la bouche ?

Aloïce éclata franchement de rire, ce qui ne lui était pas arrivé depuis plusieurs jours.

— Tu es parfaite ! félicita-t-elle la nébuleuse. Tu vois, Essanie, Rainette est prête.

Saraléane se rembrunit.

— C'est ça, bougonna-t-elle, offrez-lui donc ma couronne et qu'on en finisse !

# Chapitre 37

*Algorab, à la croisée des empires d'Orion,*
*d'Éridan et de Nusakan*
*6012 après Zodiak*
*Troisième décan du Poissons (saison d'Eau)*

Ce fut dans la chambre d'une vieille gargote malfamée de la cité d'Algorab que Jorik se réveilla. À peine avait-il cligné de l'œil qu'une femme qu'il ne connaissait pas l'aida à se redresser et à avaler les premières bouchées d'une soupe bien chaude.

— Où suis-je? demanda le nébuleux.

Il sortait d'un rêve où il était seigneur de Sadira.

— À La Corne du Bélier, lui répondit la femme.

Pendant une seconde, Jorik l'avait imaginé être une de ses nombreuses domestiques.

— Votre plaie à l'estomac a été désinfectée et pansée.

Une plaie? Voilà pourquoi il se sentait si faible.

— Je...

— Un homme vous a trouvé sur la route. Ne vous inquiétez de rien, Seigneur Jorik, tous vos effets personnels sont derrière le lit.

La femme lui mit une main sur le front.

— La fièvre est tombée, vous devriez être sur pied avant la nouvelle année.

Les derniers événements revinrent alors brutalement à la mémoire de Jorik. Étirant le cou, il constata la présence dans la pièce du sac de voyage d'Ychandre, ainsi que de l'étui contenant le précieux glaive de Jorik Éloir de Zibal.

— Et mon ami ? articula le nébuleux en se laissant retomber sur la paillasse.

— Votre bienfaiteur ? Il est parti. Mais pas sans avoir payé votre chambre et vos repas pour toute la saison du Poissons. Finissez votre bol avant que ça ne refroidisse.

— Je parlais du corps de mon maî... de mon ami. A-t-il été brûlé avec tous les hommages qui lui sont dus ?

L'employée de l'auberge eut une grimace choquée.

— Pas entendu parler d'un cadavre. Bonté divine, ces paladins sont une vraie plaie, maugréa-t-elle en quittant la pièce. On devrait les pendre sans aucun procès !

Jorik, lui, ne mit pas un pied hors de la chambre pendant encore plusieurs jours. À l'abri des regards, il étudia les livres de magie de son maître. Il y apprit que les pouvoirs particuliers de la citrine étaient d'affiner l'intelligence et de favoriser la concentration. Ces cristaux jaune or apportaient aussi énergie, courage et abondance. Muni du talisman de citrines, il tenta quelques enchantements de base. En vain, cependant. Il commençait à se demander s'il lui était vraiment possible de faire de la magie grâce à ce talisman qui ne lui appartenait pas, quand il réussit à déplacer un écu sur une distance d'un pas.

Ce soir-là, le dernier de la saison du Poissons, le nébuleux descendit au bar de La Corne du Bélier. Décidé à fêter son exploit, il avait revêtu les habits de rechange d'Ychandre, des chausses et des bottes de cuir noir, une chemise d'un bleu ciel et un pourpoint gris garni de boutons de bronze. Non loin du comptoir, un musicien errant y gagnait ses pichets de bière en chantant pour les clients. Dans la jeune trentaine, le bellâtre vêtu d'habits élégants, quoique sales et usés, possédait une fort belle voix. Lourdement imbibé, le ménestrel butait toutefois sur les mots autant que sur les notes.

Jorik s'installa au comptoir et attendit que s'approche le propriétaire, un gros moustachu.

— Qu'est-ce que je te sers, jeune homme?

— Heu…

Avant cela, le nébuleux n'avait franchi la porte d'un bar qu'une seule fois, à Keid, et c'était Ychandre qui avait commandé à boire pour lui. Il jeta un œil par-dessus l'épaule de son voisin de tabouret. Ce dernier buvait une bière presque noire coiffée d'une mousse qui lui laissait sur la lèvre un nuage onctueux qu'il devait lécher après chaque gorgée.

— La même chose que lui, répondit Jorik au serveur.

— Un stout! gueula le gros homme.

Un instant, Jorik crut que ce cri allait suffire à faire apparaître la boisson. Mais bien vite, la femme qui le servait chaque jour dans sa chambre arriva derrière le comptoir, remplit un verre et le déposa devant Jorik.

— Ça vous fera trois écus, mon Seigneur, exigea le moustachu.

— Heu… oui.

Jorik se mit à fouiller dans la petite bourse d'Ychandre, se demandant ce que pouvaient bien valoir les différentes pièces de monnaie.

— Trois écus ? s'indigna alors le jeune homme à la bière noire. Vous n'avez pas honte ? Ce n'est pas parce que ce garçon est riche qu'il faut le détrousser !

Il lança une pièce de cuivre au patron de l'auberge, qui grogna en la glissant dans la poche de son tablier taché.

— Merci, dit Jorik, soulagé, cherchant dans sa bourse une pièce ressemblant à celle que l'inconnu venait de débourser pour lui.

— Ça va, l'arrêta ce dernier. C'est ma tournée. Étiez-vous vraiment prêt à payer trois écus pour une bière ? Vous devez être plus riche encore qu'il n'y paraît.

Jorik dévisagea son vis-à-vis. Cheveux, yeux et teint foncés, vêtements noirs, tout était sombre chez cet étranger. Son sourire était cependant amical et inspirait confiance au premier abord. Mais pour quelle raison lui payait-il à boire ? Était-ce son bienfaiteur, celui qui l'avait traîné jusqu'ici ? Attendait-il quelque chose de lui en échange ? Savait-il ce qui était advenu de la dépouille d'Ychandre ? Savait-il…

— Danahé de Marfak, se présenta l'étranger en tendant une main que Jorik serra avec le plus de fermeté possible. Protégé de la Vierge, précisa Danahé, comme tous devaient le faire d'emblée dans ce genre d'endroit.

— Jorik de Sadira, protégé du Sagittaire, réagit le nébuleux.

Puis, il prit une gorgée de sa bière, que l'amertume et le goût de café firent tiquer. Danahé sourit en levant son verre devant celui de Jorik.

— Buvons à nos anges gardiens, déclara-t-il avant d'avaler une longue gorgée.

Jorik laissa Danahé cogner sa chope contre la sienne et se contenta de tremper les lèvres dans la mousse blanche.

— À nos anges gardiens, répéta-t-il.

— Vous êtes d'Algorab, Seigneur Jorik ?

— Non, je voyage depuis Sadira.

— Et quelle est votre destination ?

Le nébuleux ne vit aucune raison de mentir.

— Le palais de Nusakan.

— À Gemme ? J'en reviens tout juste ! Ne me dites pas que vous comptez demander la main de la princesse !

— C'est bien mon intention.

— Dans ce cas, vous risquez d'être fort désappointé. La belle Saraléane s'est amourachée d'un ménestrel aussi charmant que celui qui nous écorche les oreilles en ce moment même.

— Elle ne l'épousera pas, garantit Jorik avec une assurance qu'il était loin de ressentir. Mon destin est d'être empereur de Nusakan.

— Eh bien ! s'exclama Danahé, sans trop que Jorik sache s'il prêtait foi ou non à sa déclaration. J'avoue que même sans vous connaître, je suis persuadé que vous feriez un meilleur souverain que Massim d'Elazra.

À quelques pas du comptoir, accroché d'une main à son pichet et de l'autre à l'épaule d'une serveuse, le ménestrel tanguait de tous bords, bêlant maintenant plus qu'il ne chantait.

— Et vous ? s'enquit Jorik. Avez-vous tenté votre chance ?

Danahé plissa un œil. Le cœur de Jorik s'emballa. Avait-il dit quelque chose d'inapproprié ?

— Pourquoi me vouvoyer ? le questionna le protégé de la Vierge. Ai-je l'allure d'un homme du monde ?

— C'est l'habitude, se justifia rapidement l'esclave. Je n'ai pas pour coutume de converser dans les auberges avec des… hommes du peuple. Sans vouloir t'offenser.

Danahé plissa l'autre œil. Il retenait visiblement un rictus amusé. Il prit quelques gorgées de bière avant d'apporter une réponse à la question de Jorik.

— Saraléane de Gemme ne m'est pas destinée, dit-il simplement.

« Bien sûr que non, pensa Jorik. Elle était destinée à Ychandre. Mais désormais… »

— La route qui mène d'Algorab à Gemme est de moins en moins sûre, surtout d'ici à la hauteur de Gienah. Si vous voulez, je pourrais vous escorter sur ce petit bout de chemin.

— Pourquoi ferais-tu cela ? s'étonna Jorik.

— Vous êtes le futur empereur de l'empire de Nusakan, non ? C'est dans l'intérêt du peuple que vous vous rendiez à Gemme sans problèmes.

— Bien sûr, acquiesça Jorik, qui était en fait ravi de cette offre. Ta compagnie sera fort appréciée.

Le nébuleux s'interrogea quelques secondes sur les véritables motifs de Danahé, puis la culpabilité l'envahit. Il avait pris à Ychandre tout ce qu'il avait, allait-il vraiment lui prendre tout ce qu'il aurait dû avoir ? Et au lieu de pleurer son seul ami, il se liait à un autre en mentant effrontément.

— Hé ! Toi ! vociféra le propriétaire de l'auberge en pointant un poing rageur vers le ménestrel. Où crois-tu aller comme ça ? Tu me dois encore trois de tes affreuses ritournelles !

Se retournant, Jorik vit le chanteur ambulant abandonner bière et femme pour aller s'effondrer sur une table tout au fond de la salle.

— Bonne année ! beugla-t-il avant de perdre connaissance.

À la table d'à côté, dans la pénombre, un client dégustait une coupe de vin. Cet homme, qui n'accorda pas plus d'attention au ménestrel ivre qu'à une mouche qui se serait posée devant lui, était vêtu d'une pèlerine de laine brune des plus communes, dont il avait gardé le capuchon rabattu très bas sur son visage. D'où il était, Jorik ne pouvait deviner que la ligne crochue d'un nez et le noir d'une barbe mal entretenue.

Jorik et Danahé observaient tous deux l'inconnu.

— Tu connais cet homme ? demanda Jorik.

Danahé l'inspecta attentivement, cherchant à percer l'énigme du capuchon.

— Non, finit-il par conclure. Jamais vu.

Mais Jorik avait perçu l'hésitation du jeune homme. Lui-même avait l'impression de connaître cet homme mystérieux.

Les cris outrés du propriétaire de l'auberge reprirent, mais le ménestrel, bavant déjà sur la table, ne les entendait probablement même pas.

— Madame ? s'enquit Jorik auprès de la serveuse qui nettoyait le comptoir. Est-ce vous… Est-ce toi qui as servi l'homme là-bas, au fond ? Est-ce celui qui m'a mené ici ?

La femme observa le client comme s'il venait d'apparaître de nulle part.

— Non, mon Seigneur. Cet homme-là était rasé de près et habillé comme un gentilhomme. Il avait autant d'élégance que vous-même. Il est parti, que je vous dis.

# Chapitre 38

*Gemme, empire de Nusakan*
*6012 après Zodiak*
*Troisième décan du Poissons (saison d'Eau)*

Comme tous les ans, une grande fête était prévue au palais de Gemme pour souligner la nouvelle année. Et ces réjouissances devenaient un prétexte pour l'annulation du bal du Poissons qui aurait dû, lui aussi, avoir lieu ce soir-là. Jamais la princesse n'aurait le cœur d'éliminer un courtisan en cette nuit de pure liesse !

Demandée en cuisine pour goûter un plat qui devait être servi lors du fastueux banquet, Aloïce traversait le couloir principal du rez-de-chaussée quand Saraléane l'intercepta.

— Ma cousine ! s'exclama-t-elle en l'embrassant joyeusement sur les deux joues, comme si le froid qui sévissait entre elles depuis près d'une saison entière n'avait jamais été.

— Que me vaut cette démonstration d'amitié ? la questionna la dame de compagnie en fixant un œil mauvais sur les deux gaillards qui traînaient au bout du couloir.

L'un d'eux, le seigneur Uriëm d'Errakis, avait le physique que les légendes prêtaient aux chevaliers, grand, musclé et d'une beauté à faire soupirer toutes les femmes. L'autre, Théoban de Keid, issu de la petite noblesse, s'il était moins avenant au premier regard, possédait une assurance et un magnétisme qui finissaient toujours par avoir le même effet sur la gent féminine. Tous deux faisaient mine d'admirer les tentures qui décoraient les murs. Mais Aloïce n'était pas dupe : ils attendaient que la princesse revienne vers eux.

— L'empereur vous a expressément interdit de passer du temps avec les courtisans.

Saraléane balaya ce détail d'une main.

— Déjà que je les aurai sur le dos, Essanie et lui, à me chaperonner toute la soirée, ne t'y mets pas toi aussi, par les Douze ! J'en ai vraiment assez d'être cantonnée à ma chambre comme une enfant punie. Et tu me manques, chère cousine ! J'ai pensé que nous pourrions aller nous promener au sous-sol du palais.

Figure-toi que ces deux séduisants courtisans ont proposé de nous y escorter !

— Au sous-sol ? Quel intérêt ?

— Théoban et Uriëm ont entendu de drôles de choses la nuit dernière. Je leur ai raconté les légendes sur les créatures des ténèbres qui hanteraient l'étage souterrain du palais, et…

— Et ces deux grands dadais veulent partir à la chasse aux fantômes ?

— Aloïce, ce n'est pas ton genre de jouer les rabat-joie !

— L'accès à la cave est interdit, même à vous. Vous le savez !

— L'empereur lui-même ignore qui a décrété cela ! Viens donc ! Ce sera amusant ! Il nous faudra distraire les gardes comme lorsque nous étions enfants ! Et cette fois, Essanie ne sera pas là pour nous mettre des bâtons dans les roues et aller nous dénoncer à Élona.

— Ce ne sera pas aussi simple qu'à l'époque, tenta encore de la décourager Aloïce. Le gros garde qui se goinfrait dans les cuisines jusqu'à ce qu'on l'en chasse a été renvoyé, vous vous souvenez ? Le jour même de notre petite escapade. Il y a toujours deux sentinelles à ce poste depuis.

— Pas *toujours*, la détrompa Saraléane. L'un d'eux est seul à l'heure qu'il est. C'est à cause des préparatifs pour ce soir, tout le monde est débordé. Allez, profitons-en !

Aloïce glissa un regard vers le garde en question.

— C'est Anfred, dit-elle, comme si son affirmation réglait l'affaire. Rien ne peut distraire cet homme de son devoir.

— Sauf moi ! lui rappela Saraléane.

— Bien sûr, mais comment descendrez-vous sans qu'il vous voie, si ses yeux sont justement rivés sur vous ?

En formulant son interrogation à voix haute, Aloïce y trouva elle-même la réponse.

— Rainette, susurra-t-elle.

— La nébuleuse l'attirera à l'écart juste le temps que nous passions.

— Et vous serez toutes les deux vêtues de robes luxueuses, à quelques pas l'une de l'autre ? Vos deux chevaliers servants ne manqueront pas de s'étonner de votre ressemblance !

— Nous nous arrangerons pour qu'Uriëm et Théoban ne la voient que de dos.

— Mais n'importe qui d'autre s'adonnant à emprunter ce couloir à ce moment pourrait vous surprendre. Vous vous ferez pincer, Saraléane !

La princesse fit mine de réfléchir, mais de toute évidence, elle avait déjà pensé à tout.

— Pas si je revêts les vêtements et le foulard de Rainette.

— Par tous les astres de l'Univers, comment expliquerez-vous cette tenue aux garçons ?

— Aloïce, voyons, s'il fallait que la princesse héritière se fasse prendre à contrevenir aux règles du palais…

— Si vous n'avez rien de mieux à faire qu'échafauder des plans d'une telle futilité, allez donc proposer vos blanches mains pour aider aux préparatifs de la soirée.

— Où est passée ta douce folie, ma chère cousine ? minauda Saraléane.

Aloïce poussa un soupir à fendre l'âme. La princesse sut qu'elle avait eu gain de cause. Elle plaqua un baiser sonore sur la joue de sa dame de compagnie et courut vers ses appartements.

☾

Dès que Saraléane vit Rainette marcher vers le garde, aussi belle qu'elle-même pouvait l'être, elle fit signe aux trois autres de se tenir prêts. Rainette tendit la main à Anfred. Devant l'air timide de celle qu'il prit pour la princesse, le garde s'empourpra plus encore que l'usurpatrice. Tout ce sang à la tête l'empêcha sans doute de réfléchir, car il se laissa attirer à quelques pas de son poste. Tandis que Rainette chuchotait à l'oreille rouge pivoine du garde, Saraléane et ses compagnons se hâtèrent vers l'escalier. Arrivés en bas, les deux courtisans et la princesse éclatèrent d'un rire qu'ils étouffèrent tant bien que mal sous la grimace d'Aloïce. Théoban arracha une torche à un mur et tous lui emboîtèrent le pas. L'odeur indéfinissable était la même que dans les souvenirs de Saraléane. La pénombre était aussi dense et, dans l'air, quelque chose d'étrange planait toujours... tel un avertissement au-dessus de leur tête.

Une fois dans la grande bibliothèque, Saraléane défit le foulard qui cachait son visage et Uriëm l'entraîna derrière une étagère, où tous deux ne tardèrent pas à pousser de langoureux soupirs. Théoban, qui parcourait une rangée d'objets des yeux, prit la statue d'une naïade et la fit tourner entre ses mains.

— Vous n'avez absolument rien entendu la nuit dernière, l'accusa Aloïce. Sachez que je ne suis pas une sotte nymphe des eaux. Je n'ai pas l'intention de me laisser tripoter, le prévint-elle d'entrée de jeu.

— Vous êtes plus belle que tous ces objets d'art réunis, lui assura Théoban de Keid sans même la regarder. Mais mon cœur appartient à Saraléane.

— Tiens donc, persifla Aloïce. Et la savoir juste là, dans les bras d'un jeune homme avec qui vous avez développé, me semble-t-il, de solides liens d'amitié, ne vous perturbe pas plus que cela ?

Théoban déposa la naïade sur les rayonnages, la troquant contre une énorme dent.

— Celle d'un dragon, vous croyez ? Les règles étaient claires dès le début, enchaînat-il. Saraléane fera son choix au dernier décan du Scorpion. La jalousie ne mène nulle part.

— Surtout pas sur un trône, insinua Aloïce.

Théoban allait répliquer lorsqu'elle lui fit signe de garder le silence.

— Quoi ? Je n'entends que les halètements peu subtils d'Uriëm.

— Chut !

Théoban tendit l'oreille et finit par percevoir lui aussi ce que la rouquine entendait. Des voix. Plusieurs, qui psalmodiaient en chœur. Elles provenaient du fond de la pièce. Aloïce s'y rendit à pas de loup et pressa son oreille contre le mur derrière lequel semblaient venir ces murmures. Son ange gardienne s'approcha d'elle.

— Ne t'aventure pas là, la pria la dryade au corps de chrysolites.

Elle lui souffla très fort dans l'oreille. Aloïce recula, agitant une main comme si elle cherchait à chasser une mouche.

— C'est vous qui m'avez soufflé dans l'oreille ? s'irrita-t-elle, alors que Théoban s'était lui aussi avancé vers le mur pour écouter.

— Pourquoi aurais-je fait ça ? Qu'y a-t-il derrière ce mur ? Aucune porte ne menait là. Si ?

— Non, il n'y en avait pas.

Voyant Aloïce tâtonner contre le mur comme à la recherche d'un passage secret, le jeune homme l'imita.

— Qu'attends-tu pour m'aider ? s'écria la dryade à l'intention du sphinx qui veillait sur Théoban de Keid. Crois-moi, si ton protégé franchit ce mur, tu ne pourras pas l'y suivre !

— Et que se passe-t-il derrière ce mur ? s'enquit l'envoyé du Lion, les bras croisés.

— Aucun ange gardien ne le sait, ou n'a jamais consenti à me le dire. Mais j'ai entendu raconter que les humains qui y entrent n'en ressortent pas toujours.

— Théoban, l'interpella le sphinx d'une voix ferme, éloigne-toi de là.

Le jeune homme parut hésiter, mais continua son manège, en quête de la moindre aspérité louche dans la pierre. La nymphe des forêts se mit alors à souffler de toutes ses forces sur la flamme de la torche que Théoban avait accrochée au mur. L'homme-lion mêla ses efforts aux siens. Juste au moment où Aloïce sentait quelque chose bouger sous ses doigts, sa longue chevelure rousse s'enflamma. À son hurlement,

Théoban, horrifié, retira sans délai sa chemise pour éteindre le feu. Le vêtement s'avérant insuffisant, il se saisit d'une bâche qui recouvrait jusque-là un grand objet et en enveloppa la jeune femme.

— Envoyée de la Balance, par pitié, fais quelque chose! supplia Aloïce tandis que Théoban rejetait au sol la toile trouée par le feu.

— Ça va, rassura-t-il la jeune femme. C'est fini.

Mais levant la tête devant ce qui était un haut miroir sur pied, Aloïce sursauta en appelant une fois de plus son ange gardienne à la rescousse.

— Quoi? s'enquit Théoban, apeuré.

— Rien, j'ai cru voir le reflet de quelqu'un d'autre dans ce miroir.

— De qui donc?

— Je ne sais pas. Une femme étrange vêtue de vert.

Théoban attrapa la main d'Aloïce et l'entraîna vers la sortie.

— Il faut quitter cet endroit! cria-t-il à l'intention de Saraléane et d'Uriëm.

Au détour d'une rangée, ils évitèrent de justesse la collision avec ces derniers, alertés par leurs cris.

— Eh bien! commenta la princesse en avisant le torse nu de Théoban et les joues cramoisies d'Aloïce.

— Ce n'est pas ce que vous croyez, princesse…

Théoban n'eut pas à se répandre en explications. L'odeur qui régnait autour d'eux parlait d'elle-même.

— Qu'est-ce que… Tes cheveux? s'alarma Saraléane en touchant les boucles raccourcies de son amie.

Aloïce n'eut pas le temps d'ouvrir la bouche qu'une mystérieuse force les sépara tous les quatre, les projetant chacun d'un côté de la pièce. Une femme venait d'apparaître entre eux. Tournée vers Uriëm, qui, après avoir heurté une étagère, était allé choir sur le sol, elle fit un pas vers lui.

— Solandra? s'épouvanta le grand jeune homme en se relevant d'un bond, aussi pâle que si la mort elle-même se trouvait en face de lui.

— Qui est-ce? demanda Saraléane. Une créature des ténèbres?

Solandra ne jeta qu'un œil à la jeune femme vêtue des haillons d'une esclave et qui tentait de rattacher un foulard gris sur son visage. Les yeux exorbités, la chevelure en bataille et la figure écarlate, elle avait effectivement tout d'une apparition maléfique.

— Je suis sa fiancée ! cracha-t-elle vers Aloïce, qu'elle prenait manifestement pour la princesse.

Puis, foudroyant Uriëm de son regard meurtrier, la puissante magicienne se mit à l'invectiver.

— Tu m'avais dit être à Jabbar pour affaires, Uriëm d'Errakis ! Combien de temps encore pensais-tu pouvoir me cacher cette petite escapade romantique ? Les noms des courtisans sont sur toutes les lèvres de Nusakan ! Qu'es-tu allé t'imaginer, pauvre cloporte ? Que la princesse allait t'épouser ? Et sinon quoi ? Tu serais revenu vers moi en rampant comme le cloporte que tu es ?

— Par tous les dieux, Capricorne, ne m'abandonne pas maintenant, marmonna Uriëm, visiblement terrifié.

Il avait contourné l'étagère et reculait très lentement, comme si le moindre mouvement brusque pouvait attiser la colère de sa fiancée.

— Tu fais bien de me rappeler que tu es un protégé du satyre ! grogna Solandra, méprisante. J'aurais dû savoir que tu ne serais pas fidèle, cloporte !

La troisième fois qu'elle prononça ce mot, son médaillon de grenats lança un rayon rouge qui frappa Uriëm de plein fouet. Le courtisan disparut sur-le-champ. À l'endroit où il était une seconde plus tôt ne se trouvait plus qu'un minuscule crustacé terrestre. Évitant de justesse le pied rageur de Solandra, il fila sur ses 14 pattes vers une fissure dans le mur. Les yeux remplis de toute la haine qu'elle éprouvait pour le traître, la magicienne se dirigea vers Aloïce. Théoban se mit dès lors entre elles.

— Ne soyez pas stupide, Madame, osa-t-il. Vous ne pouvez pas vous en prendre à la princesse héritière de Nusakan sans en payer chèrement les conséquences.

La femme sembla peser le pour et le contre pendant un moment qui parut une éternité aux trois autres. Puis, elle leva l'index, ce qui suffit à envoyer Théoban sur les fesses.

Elle pointa ensuite ce doigt à l'ongle très long verni de rouge sur Aloïce. Lorsque Solandra baissa le bras, sa colère avait fondu comme neige au soleil.

Des larmes coulaient sur les joues d'Aloïce. La mine défaite, elle tomba à genoux, pressant son cœur des deux mains.

— Que lui avez-vous fait? s'indigna Saraléane.

— Rien, répondit la magicienne sur un ton étrangement doux. J'ai voulu transférer la tristesse de mon cœur blessé dans le sien, mais il en était déjà plein.

Sur ces mots, la mystérieuse visiteuse s'éclipsa dans un nuage de fumée rouge et Saraléane alla prendre sa cousine contre elle.

— Qu'est-ce qui te rend si triste? lui chuchota-t-elle.

— Uriëm? appela Théoban.

Aucune réponse ne vint, ni d'Aloïce ni d'Uriëm, pas même le grattement de petites pattes sur le sol de pierre.

— Ne restons pas ici, conseilla Théoban pour la deuxième fois.

— Mais les voix? s'enquit Aloïce. Vous ne vouliez pas découvrir leur provenance?

— Vous aviez vu juste, lui avoua Théoban. Le seigneur Uriëm et moi n'avons eu vent de rien d'inhabituel la nuit dernière. Nous désirions obtenir un moment privilégié avec la princesse. Ce que vous et moi avons surpris ne pouvait être que les incantations de cette folle de Solandra sur le point de fondre sur nous.

Le satyre demeurant avec son protégé dans les souterrains du palais, seuls deux anges gardiens raccompagnèrent les trois jeunes gens à l'étage supérieur.

# Chapitre 39

*Algorab, à la croisée des empires d'Orion,*
*d'Éridan et de Nusakan*
*6013 après Zodiak*
*Premier décan du Bélier (saison de Feu)*

Au matin, lorsque Jorik rejoignit Danahé devant l'auberge, le protégé de la Vierge en était à vérifier que son sac de voyage était solidement attaché sur son dos. Jorik fit de même avec le sac et le glaive d'Ychandre.

« Avec *mon* sac et *mon* glaive », se reprit-il mentalement. S'il comptait convaincre qui que ce soit qu'il faisait partie de la noblesse de Sadira, il devait d'abord s'en convaincre lui-même.

— Prêt? s'enquit Danahé.

Au hochement de tête de Jorik, il ne fallut au jeune natif de la Terre qu'une fraction de seconde pour se transformer en unicorne. Ce cheval, dont la corne émergeait d'une crinière qui lui tombait sur les yeux, portait maintenant le bagage de Danahé. Il s'élança au galop, les poils des pattes lui faisant comme des bottes.

Au cours des derniers jours, Jorik avait fait quelques tentatives pour se changer en salamandre. Mais malgré les explications claires et simples découvertes dans un des livres ayant appartenu à Ychandre, il avait toujours échoué. Or, aujourd'hui, il avait à son cou non pas 7 citrines, mais bien 10. Devenir un cheval serait sans doute un jeu d'enfant désormais…

Le nébuleux se demanda une fois de plus qui avait bien pu glisser ces pierres magiques dans la petite bourse de cuir d'Ychandre. Elles n'y étaient pas la veille, lorsqu'il y avait cherché des pièces pour payer son verre à l'aubergiste, il aurait pu le jurer. Ychandre ne les avait jamais eues en sa possession. Des cristaux apparaissaient-ils ainsi entre les mains des magiciens, seulement parce qu'ils les méritaient ou en avaient un besoin urgent ? S'informer à ce propos auprès de Danahé lui aurait dévoilé sa grande ignorance du monde. Jorik décida d'y voir un signe du ciel, un encouragement de Zodiak à continuer sur sa route.

Nerveux, le nébuleux ajusta une dernière fois son paquetage et prit une profonde inspiration.

« Il suffit d'y penser », se dit-il.

L'idée de changer de corps avait à peine effleuré son esprit qu'il se retrouva dans celui d'un grand cheval noir et mince à la peau luisante et à la queue de lézard. Le cheval igné fit quelques pas, tenta le trot, puis adopta rapidement le galop. La sensation était des plus grisantes. Jorik avait craint de se sentir prisonnier de la bête, comme si, caché à l'intérieur, il devrait tirer sur des ficelles pour faire agir le cheval selon sa volonté. Mais il était bel et bien devenu ce cheval, avec l'impression d'être né dans cet énorme corps et d'en connaître les secrets. Ne pouvant contenir sa joie, Jorik émit un hennissement sifflant, typique des salamandres, ce qui redoubla son exaltation.

Un peu plus loin, à la croisée des trois empires, Danahé l'attendait. En voyant arriver la salamandre à toute allure, le cheval brun reprit sa course, plein sud.

☾

Toute la matinée, Jorik et Danahé alternèrent entre le trot, le galop, et le pas. Par la suite, la chaleur de l'après-midi de Feu força les deux voyageurs à laisser les chevaux se reposer. Ils croisèrent un nombre important de gens, mais aucun incident fâcheux ne survint. La plupart se remettaient silencieusement des abus de la veille ou offraient à tous les vents leurs vœux pour la nouvelle année.

Une dizaine de jours passèrent. À la nuit tombée, Jorik et Danahé s'installaient dans la forêt, jamais très loin de la route, et toujours près d'un bon feu.

— J'adore les nuits de la saison du Bélier ! dit le protégé de la Vierge, assis sur le tronc d'un arbre mort.

— Mais les journées sont trop chaudes, répliqua Jorik, étendu pour sa part à même le sol, sur le côté, la tête appuyée dans sa main. Je préfère les saisons de Terre, quand le soleil se fait aussi clément que la terre nourricière.

Danahé lui lança une œillade amusée.

— C'est bien la première fois que j'entends une phrase pareille sortir de la bouche d'un natif du Feu !

Se chapitrant mentalement, Jorik se força lui aussi à rire. Puis, Danahé lui raconta son aventure au palais de Nusakan, ce qu'il savait de ses habitants et de la singulière course au trône engagée par l'héritière.

— Comment est la princesse? Est-elle aussi belle qu'on le dit?

— Belle, Saraléane l'est, confirma Danahé. Son visage est de ceux qu'on ne se lasse jamais d'admirer. Elle a de longs cheveux de la couleur de la terre, aussi doux que semblent l'être les nuages. Cela dit, elle a tout un caractère. Mais elle a cette… maladresse, qui la rend si attachante. Ne vous inquiétez pas, Seigneur Jorik, elle vous plaira. Il ne peut en aller autrement… si vous êtes bien le futur empereur de Nusakan.

— Tu en doutes?

— Bien sûr que non! Vous n'avez pas l'air assez bête pour mentir sur votre destin alors qu'un tel mensonge pourrait vous valoir la pendaison.

Jorik dut se redresser pour réussir à déglutir sans s'étouffer.

— Elle ne t'a pas plu, à toi, présuma-t-il au bout de quelques secondes.

— Saraléane de Gemme n'a rien à voir avec mon destin. Au fond de moi, je l'ai toujours su.

— Pourquoi, dans ce cas, être allé là-bas ? l'interrogea Jorik.

— Je me le demande encore, répondit Danahé, l'esprit un peu ailleurs. Quelque chose me poussait à me rendre au palais.

☾

— Quelque chose ? releva Kaus, debout derrière Jorik.

Assise aux côtés de Danahé sur le tronc mort, ses grandes ailes blanches entourant les épaules de son protégé, Auva soutint le regard glacial du centaure.

— Nous ne devons pas aller contre les astres, la sermonna-t-il.

— Les humains disent aussi qu'il ne faut pas aller contre son cœur.

— Nous ne sommes pas des humains, Auva. C'est à toi de suivre ton protégé, pas le contraire. Tu dois le préserver du danger, non le guider.

La voix du centaure était implacable, mais douce néanmoins. Ramenant ses ailes dans son dos et les refermant, Auva se leva. Elle fit mine de contourner le feu pour aller vers Kaus, mais d'un geste de la main, il lui signifia de ne pas s'avancer davantage.

— Le coin n'est pas sûr. Reste aussi près que tu peux de ton protégé.

Les lèvres de l'ange se pincèrent.

— Les centaures sont toujours si froids, lâcha-t-elle entre ses dents. Et tu es le plus dur d'entre eux. Tu es pourtant une créature du Feu. Tu devrais brûler sous la passion !

— Le feu est dangereux, Auva, souviens-t'en. Il faut savoir le contenir. Une seule étincelle peut incendier une forêt entière.

☾

Jorik s'était penché au-dessus du feu pour en attiser les flammes à l'aide d'une branche. Au bout de sa chaîne, son talisman pendait devant les yeux de Danahé.

— Dix citrines ! s'extasia le protégé de la Vierge. Vous ne vous êtes pas vanté d'être un aussi bon magicien! À notre âge, ce n'est pourtant pas ordinaire!

Jorik lança à brûle-pourpoint :

— Je suis le futur empereur de Nusakan. Bien sûr que je suis un puissant magicien, cela va de soi!

Danahé garda le silence un moment.

«À quoi pense-t-il? s'angoissa le nébuleux. A-t-il des soupçons? Et si c'était lui qui avait glissé les citrines dans ma bourse? Pour voir si j'allais continuer à mentir... Il en a eu l'occasion. Il m'a affirmé connaître les bases de l'alchimie. Les alchimistes peuvent-ils créer des pierres magiques?

— Faites gaffe, tout de même, lui conseilla Danahé, l'arrachant à ses fabulations. Il règne dans ce palais une atmosphère quelque peu étrange.

— Que veux-tu dire?

— En fait, je crois que la plupart des gens ne s'en rendent pas compte. C'est comme si, partout entre les murs de ce palais, les anges gardiens retenaient leur souffle en attente d'une catastrophe.

Jorik avait lâché la branche et s'était assis sur le sol.

— Donc, y retourner n'est pas une option pour toi, devina-t-il.

— Pourquoi y retournerais-je ?

— Tu m'as parlé d'un maître-alchimiste au service de l'empereur. Tu pourrais devenir son apprenti.

— Je serais, en quelque sorte, votre serviteur ?

— Non ! bien sûr que non !

Jorik sentit la brûlure de la gêne envahir son visage. Et ce qu'il dit ensuite ne fit que l'amplifier.

— Tu serais… mon ami.

— Vous m'êtes très sympathique, Jorik de Sadira. J'ignore pourquoi, mais depuis que je suis en votre compagnie, j'ai le sentiment d'être exactement là où je dois être.

L'inconfort quitta les traits du nébuleux pour laisser place à la gaieté.

— Tu viendras, alors ? chercha-t-il à savoir.

— Non, Jorik. La vie de palais, ce n'est pas pour moi.

☾

Dès le lendemain matin, Jorik et Danahé se firent leurs adieux.

— D'ici à Gemme, la route est sûre, lui promit le voyageur. Des vigiles y veillent.

Le nébuleux avait peine à cacher son désarroi.

— Que votre destin s'accomplisse, Jorik de Sadira, lui souhaita Danahé en lui serrant la main.

Un abîme s'ouvrit à même le ventre de Jorik.

« Que vais-je faire de ce destin, se demanda-t-il soudain, sans Ychandre, sans Danahé ? »

La main de ce dernier, que Jorik avait retenue un instant de trop dans la serre de la sienne, lui échappa. Jamais il ne s'était senti aussi seul de toute sa vie.

— Que ton destin s'accomplisse, Danahé de Marfak, réussit-il à articuler en retour.

Après avoir fait quelques pas dans la direction opposée à Gemme, toujours face à Jorik, Danahé lui lança :

— Nous nous reverrons peut-être.

Puis, ils se retournèrent et partirent chacun de leur côté. À ce moment précis, tous

deux eurent l'impression de subir une inex-
plicable déchirure, de celles qui arrivent
lorsqu'on quitte un être qu'on aime plus que
tout et depuis très longtemps. Ils ne pouvaient
pas le savoir, mais cet inconfort venait de leurs
anges gardiens, qui étaient restés sur place,
tout près l'un de l'autre. Jorik et Danahé ne tardèrent pas à s'arrêter. Tous deux auraient juré
qu'une force inconnue les retenait. Ils se firent
face à nouveau et se dévisagèrent de loin.

Auva avait agrippé les mains de Kaus.

— Tu dois me lâcher, maintenant, dit le
centaure.

— Je ne peux pas m'y résoudre.

— Ferme les yeux, Auva.

L'ange obtempéra. Quand elle ouvrit les
paupières, le centaure n'était plus devant elle.
Elle ne le voyait pas non plus marcher vers
Jorik. Il s'était rendu invisible à ses yeux.

Jamais il n'avait fait ça auparavant.

— Kaus, non… Ne laisse pas les astres
nous séparer une fois de plus.

Le silence qui demeura glaça le cœur de
l'ange.

Jorik et Danahé, l'œil plissé et le sourire en
coin, reprirent chacun leur chemin. Le bruit

de leurs bottes ne tarda pas à devenir des claquements de sabots sur la terre durcie. À contrecœur, Auva déploya ses ailes et s'envola à la suite de son protégé. L'ange n'était plus qu'une tache que Kaus aurait pu confondre avec un oiseau blanc lorsque le centaure récupéra une forme visible aux protecteurs célestes et se lança au galop dans la direction prise par Jorik, sa queue s'agitant comme si un essaim de mouches meurtrières l'assaillaient.

# Chapitre 40

*Gemme, empire de Nusakan*
*6013 après Zodiak*
*Deuxième décan du Bélier (saison de Feu)*

Ce soir-là serait donné un dîner royal en l'honneur des 75 ans de Lorassien, le conseiller astral d'Evanliak, qui avait été celui d'Esylvio et de leur père avant lui. Une fois Saraléane sur le trône, rien ne l'obligerait à le garder à son service, ni aucun membre du Conseil d'ailleurs, et le vieil homme le savait. Il avait donc, depuis quelque temps, entrepris lui aussi une campagne de séduction auprès de la princesse héritière. Ne pouvant plus supporter les compliments et les petites attentions du vieillard aux allures de vautour, Saraléane avait supplié Élona de laisser Rainette prendre sa place à la table.

— Ce sera un bon exercice, avait argué la princesse. Sans compter que tous seront ivres avant le plat de résistance. Ils n'y verront que du feu !

La gouvernante ayant cédé au caprice de Saraléane, Aloïce s'appliquait à coiffer et à maquiller la nébuleuse, lorsque la véritable princesse fit irruption dans ses appartements. S'écrasant sur un pouf, elle lança un objet sur la coiffeuse.

— Le talisman de Massim ? s'enquit Aloïce en dévisageant sa cousine. Sa sécurité t'inquiète toujours autant ? Il finira bien par entendre raison et revenir le chercher.

— S'il revient se pointer devant moi, c'est là que sa vie sera en danger !

Saraléane était furieuse.

— Le maître-alchimiste a analysé ces pierres, enchaîna-t-elle. Ce ne sont pas des onyx, mais de vulgaires jais. Ce talisman n'est même pas un objet magique.

— Ce jeune homme t'aurait fait croire qu'il était un natif du Feu pour le prestige que cela confère ?

— C'est ce que je me suis dit, étant donné que depuis plusieurs centaines d'années, seules des fesses de protégés du Bélier, du Lion ou du Sagittaire se sont assises sur le trône. Mais Massim ne possédait pas d'autre étoile d'argent que celle-ci, j'en suis certaine. Il aurait risqué sa vie en se départissant de son véritable talisman ?

— Certains hommes seraient prêts à vendre leur propre mère pour un baiser de vous, Votre Altesse.

Remarquant l'accessoire qu'Aloïce avait fait tenir sur la tête de Rainette à l'aide de nombreuses épingles, Saraléane fronça les sourcils.

— C'est le diadème de l'impératrice Siann ?

— Lorassien vous l'a offert pour vos six ans. Il sera ravi de vous voir le porter.

— La dernière fois que je l'ai mis, nous devions avoir neuf ans… C'était le jour où nous sommes descendues au sous-sol pour la première fois.

Un long silence suivit, puis Saraléane attrapa les mains d'Aloïce, qui cessèrent de s'activer dans la chevelure de Rainette. La couronne de tresses tomba sur les épaules de la nébuleuse.

— Nous n'avons pas reparlé de ce qui s'est produit l'autre jour dans la bibliothèque, lui rappela la princesse.

— Il n'y a rien à en dire, riposta Aloïce avec une certaine brusquerie. Les mages du palais s'affairent toujours à essayer de rendre sa forme humaine au seigneur Uriëm, mais sans succès. Vous devriez passer le voir dans sa petite boîte et lui faire savoir qu'il a encore ses chances…

— Je ne rigole pas, Aloïce. Solandra a mentionné que ton cœur était rempli de tristesse.

— Solandra est folle à lier.

— Or, moi, je suis saine d'esprit, et je vois bien que quelque chose ne va pas.

Saraléane sondait les yeux verts de son amie.

— Pourquoi l'avoir laissé partir ? murmura cette dernière.

— Massim ? Je ne l'ai pas laissé partir, il s'est tout bonnement volatilisé !

Aloïce baissa la tête, la hochant de gauche à droite, frustrée par cette réponse.

— C'est de Danahé de Marfak que tu parles, dit alors Saraléane.

L'absence de réaction d'Aloïce lui confirma la véracité de son affirmation.

— Tu ne m'as jamais avoué t'être entichée de lui.

— Je vous ai implorée à plusieurs reprises de lui démontrer davantage d'intérêt…

— Pardon ! s'écria la princesse en prenant sa cousine dans ses bras. Je n'ai pas compris ce que tu me demandais. Je suis la pire des égoïstes, je n'ai même pas vu que…

— Vous n'avez rien à vous reprocher, se reprit Aloïce en tentant de la repousser gentiment. Les courtisans sont ici pour vous, tous autant qu'ils sont.

Saraléane ne relâcha pas son étreinte.

— Cette idée de tournoi nous avait paru si amusante, soupira-t-elle, et nous voilà toutes les deux le cœur en miettes.

La princesse ponctua cette découverte d'un rire insouciant.

— C'est ma faute, s'accusa Aloïce. J'aurais dû m'opposer à cette lubie. C'est mon destin et mon devoir de veiller à ce que rien de fâcheux ne vous arrive avant votre couronnement.

— Allons, un cœur en lambeaux se recolle et ne m'empêchera sûrement pas de monter sur le trône. Toi et moi, amoureuses ! Qui aurait pu le prévoir ?

— Pas ce vieux vautour de Lorassien, en tous cas, maugréa Aloïce.

Le rire des deux cousines se confondit.

— J'irai au dîner! décida Saraléane. Lorassien nous tirera aux cartes. Il nous affirmera que Danahé et Massim reviendront bientôt et que nous vivrons tous heureux jusqu'à la fin des temps!

— Jusqu'à la fin des temps, répéta Aloïce à voix basse. Voilà qui serait bien.

— Que dis-tu?

Aloïce força un sourire.

— Lorassien vous tirera aux cartes. Moi, je préfère ne pas savoir.

Saraléane afficha un air déconfit.

— Ce n'est pas la première fois que tu refuses de te prêter au jeu de la divination. Pourquoi cela?

— Vous me connaissez, je suis une fille spontanée. Connaître certains détails de l'avenir atténue mon plaisir.

La princesse entraîna sa cousine et meilleure amie hors de la pièce sans se rendre compte du trouble dans lequel elle l'avait plongée. Seule Rainette, laissée derrière elles, le nota. La jeune femme retira le diadème, puis les hautes bottes qu'elle avait enfilées, la longue robe et les bas de soie, les nombreux jupons et le corset. Elle repassa la toge grise des nébuleux, se démaquilla avec soin et finit de défaire la coiffure qu'Aloïce avait déjà pris plus d'une heure à mettre en place. Après avoir minutieusement renoué son foulard autour de sa tête et chaussé ses sabots de bois, elle retourna se mêler aux domestiques, s'étonnant encore de la façon dont les gens qui l'entouraient pouvaient faire abstraction de sa présence.

Elle était tout bonnement invisible.

# Chapitre 41

*Le firmament, constellation de la Vierge*
*6013 après Zodiak*
*Deuxième décan du Bélier (saison de Feu)*

Devant les images terrestres renvoyées au ciel par l'Œil de sa cornaline, les émotions de la Vierge se bousculaient dans sa gorge. Elle n'aurait jamais dû laisser Auva retrouver Kaus. Mais malgré les manigances de l'ange, la Gardienne n'avait pas eu le cœur d'intervenir. Et maintenant, elle ne pouvait s'imaginer vivre avec le souvenir de leurs adieux déchirants.

Sous sa forme humaine, Danahé marchait de nouveau vers Algorab. Auva le suivait à pied. Les épaules pendantes, elle jetait parfois un coup d'œil derrière eux, surveillant les arrières de son protégé. Mais visiblement, l'ange gardienne avait l'esprit ailleurs.

La Vierge prit alors une grave décision. Elle leva une main, paume ouverte vers les étoiles comme si elle voulait en attraper une. Puis, elle ferma le poing. Lorsqu'elle écarta les doigts, un nuage de poussière de cornaline s'éleva dans l'air. La Gardienne souffla dessus. Un seul minuscule grain rosé virevolta, traçant une trajectoire à travers les astres, tandis que les autres s'éteignaient et retombaient autour de la Vierge, dont l'attention revint sur l'Œil.

Danahé s'était figé. Auva avait continué d'avancer sans même se rendre compte de cette pause. Quand elle pivota, s'étonnant de découvrir son protégé derrière elle, elle vit ce qu'aucun humain n'était en mesure de voir. Un nuage de poussière rose et scintillante entourait Danahé.

— Maîtresse ? appela l'ange.

Danahé se mit alors à réfléchir à voix haute.

— Pourquoi est-ce que j'ai l'impression de ne pas aller dans le bon sens ? Le seigneur Jorik m'a clairement demandé de rester auprès de lui, et Aloïce… Oh ! Par les Douze, comment ai-je pu être aussi idiot ?

Prenant l'apparence du cheval cornu, Danahé bifurqua vers le sud, droit vers la cité couronnée de Nusakan.

— Merci, Maîtresse ! s'écria Auva en ouvrant grand les ailes. Merci de tout cœur !

Ce fut avec un sourire aux lèvres que, se retournant, la demi-déesse trouva le Sagittaire devant elle.

— Les humains ne sont que poussière à travers les astres, que nous menons à notre guise, déclara-t-il d'un ton badin.

L'ange s'empourpra jusqu'à la racine des cheveux.

— Je ne vous imaginais pas capable d'une telle chose, ajouta le Gardien du Feu.

Les angles de son visage étaient toujours les mêmes. La Vierge n'arrivait jamais à déchiffrer ses véritables intentions. Se moquait-il d'elle ? Était-il déçu, indigné ?

— Je surveille Kaus de près, vous le savez, poursuivit le Sagittaire en s'avançant vers elle, ses sabots de citrine silencieux sur le tapis de plumes, sa queue blonde frôlant sa croupe.

— Ces sentiments qu'Auva nourrit à l'égard de Kaus sont nés par ma faute, s'expliqua l'ange. Nos anges gardiens sont créés à notre image. La plupart des anges ont tendance à développer des sentiments amoureux, et ce sont les centaures qui, souvent, sont l'objet de cet amour.

— Je ne veux pas en entendre davantage, grogna le Sagittaire. Je suis ici pour vous mettre en garde contre la colère de Zodiak, et rien d'autre !

— C'est la première fois en plus de 6000 ans qu'un centaure semble enclin à répondre à l'amour d'une de mes créatures, continua la Gardienne de la Terre sans se laisser démonter par le courroux qui vibrait dans la voix du Sagittaire.

— Je vous ai demandé de vous taire !

— Pourquoi, à votre avis, cela est-il soudain possible ?

— Ne m'entraînez pas sur ce terrain, Nakisha ! lança le centaure avant de tourner les sabots, de partir au galop et de disparaître subitement de l'antre de cornaline dans un éclair de lumière dorée.

Le Sagittaire l'avait appelée par son ancien nom terrestre. Si haut dans le ciel, l'ange en eut le vertige.

# Chapitre 42

*Gemme, empire de Nusakan*
*6013 après Zodiak*
*Troisième décan du Bélier (saison de Feu)*

Ce fut au plus noir de la nuit que Jorik de Sadira vit se dresser devant lui toute la magnificence du palais de Gemme. À quelques pas des grilles, le nébuleux eut un mouvement de recul. Il s'attendait bien sûr à être ébloui, mais pas à ce point. La lune, caressant l'or du toit, rendait la vision plus étonnante encore. Malgré l'heure tardive, de nombreux badauds étaient agglutinés près de la haute barrière. Certains n'étaient là que dans l'espoir d'apercevoir la princesse, mais la plupart plaçaient des paris sur l'identité du prochain courtisan à être évincé.

— Mais puisque je vous dis qu'il n'y a aucun bal ce soir ! cria un garde, visiblement excédé par cet attroupement. Entendez-vous de la musique ? Voyez-vous les carrosses des invités ? Le tournoi est annulé !

— Et le jeune homme dont on a annoncé la venue ? se renseigna quelqu'un. Où est-il ? Il devait arriver aux premiers jours du Bélier !

— Qui est ce jeune homme ? beugla un autre.

— Est-ce un natif du Feu ?

Peut-être parce que le centaure fit lui-même un pas vers l'arrière, Jorik en fit un deuxième. Il ferma les yeux, pris d'un soudain étourdissement. Faisant demi-tour au milieu des curieux, il heurta par mégarde un vieillard.

— Hé ! lança le garde de l'autre côté de la grille. Pas de bousculade ! Rien ne nous oblige à tolérer votre présence ici !

Jorik se mit à courir dans la direction opposée au palais. Quelle prétention s'était emparée de lui pour qu'il s'imagine être à la hauteur d'un pareil destin ? Se retrouvant rapidement seul sur la route, il n'en poursuivit pas moins sa course. Le nébuleux ne souhaitait plus qu'une chose : mettre le plus de distance possible entre lui et ce rêve qu'il n'aurait pas même dû se permettre de caresser.

« Les rêves ne sont pas pour les nébuleux, Hibou », entendit-il résonner dans sa tête. Et cette phrase le rassura. Elle avait le mérite d'être familière.

Jorik continua sur sa lancée, puis bifurqua vers la forêt, où il avait l'intention de s'enfoncer pour ne plus jamais en sortir. Ce fut une lumière blanche et étincelante, semblant fuser de la terre elle-même, juste devant lui, qui mit un frein à sa fuite. Le cœur du nébuleux s'arrêta une seconde pour mieux s'emballer lorsque le jet lumineux devint une silhouette tout aussi éclatante.

— Qui êtes-vous ? demanda Jorik, le souffle coupé par la peur plus que par l'effort physique.

— L'important n'est pas qui je suis, mais qui tu es, toi, lui fut-il répondu.

— Vous… Vous n'êtes quand même pas Zodiak, bafouilla Jorik.

Le nébuleux tomba à genoux, persuadé que le dieu suprême était descendu sur Terre afin de punir par la mort l'usurpation du destin du seigneur Ychandre de Sadira.

La lumière diffusée par l'étrange apparition s'éteignit d'un coup, dévoilant un visage humain à moitié dissimulé sous une épaisse barbe de jais, au nez un peu long et crochu, ainsi qu'une toge brunâtre dont les épaules étaient balayées par des cheveux noirs et négligés.

— Je ne suis pas Zodiak, précisa l'inconnu d'une voix aimable.

« Je connais cette voix », se dit Jorik.

— Mais vous venez du ciel, souligna-t-il.

— Je suis un ange gardien.

Le nébuleux eut une moue dubitative. Il ne pouvait certes pas le voir, mais Kaus, juste derrière lui, avait mis un genou au sol et courbé l'échine devant l'être céleste.

— Vous n'avez pourtant pas l'apparence d'un des elvikas montés au ciel avec Zodiak, osa le jeune homme d'un ton incertain.

— J'ai été créé à l'image même du dieu suprême. Je suis un homme de lumière. Tu peux m'appeler Salajin.

Cette voix lui était bel et bien familière, Jorik en était maintenant convaincu. Il comprit également que ce visage ne lui était pas étranger.

— Qui est votre protégé ? Pourquoi n'êtes-vous pas avec lui ?

— Je suis seul pour veiller sur tous les sans-destins, lui répondit Salajin. Lorsque Zodiak juge que la vie d'un nébuleux est importante, il m'envoie afin que je passe un certain temps auprès de lui.

— Vous êtes mon ange gardien? souffla Jorik du bout des lèvres.

L'homme de lumière se contentant de le regarder de ses yeux noirs et pénétrants, Jorik crut enfin le reconnaître.

— Vous étiez à La Corne du Bélier, non? l'interrogea-t-il en portant une main à son talisman, pensant aux trois citrines supplémentaires apparues comme par magie dans sa bourse.

Cette fois, il eut droit à un sourire paternel.

— Tes nouveaux pouvoirs te plaisent-ils? s'enquit l'être céleste.

Jorik acquiesça d'un hochement de tête et y alla d'une autre question.

— C'est vous qui m'avez emmené à l'auberge?

— Oui.

— Qu'avez-vous fait du corps d'Ychandre?

— Personne ne le retrouvera, si c'est là ton inquiétude.

— Tout le monde peut-il vous voir?

— La part humaine en moi est beaucoup plus grande que celle des autres anges gardiens. C'est pourquoi je peux agir sur Terre plus facilement qu'eux, me faire voir et me faire entendre de tous. Je suis un puissant magicien, comme l'était Zodiak. Je ne suis toutefois pas immortel. J'avais 12 ans le jour où le dieu suprême m'a envoyé sur Terre pour la première fois. Je vieillis au même rythme que toi, Hibou.

« Un mensonge n'a de conséquences que s'il est découvert, Hibou. »

— Vous êtes… le maître-professeur Corbeau…

Les yeux de Salajin étincelèrent, et sa barbe disparut de sa figure.

— Je peux modifier légèrement mon apparence, expliqua-t-il. Mes cheveux et les poils de mon visage peuvent allonger et raccourcir selon mon souhait. Mais seul le temps finit par altérer ma physionomie.

Tant de questions se bousculaient encore dans la tête de Jorik qu'il n'arriva pas à choisir laquelle poser.

— Un mensonge n'a de conséquences que s'il est découvert, énonça Salajin, répétant la phrase qui l'avait ramené dans les souvenirs du nébuleux. Mis à part les dieux, personne ne connaît ton secret. Et cela doit rester ainsi. Pendu, tu ne serais plus en mesure d'aider Zodiak.

— Moi, aider le dieu suprême ? lâcha Jorik.

— Tu devras avoir l'œil et l'oreille alerte, continua Salajin. Il existe un petit groupe de natifs du Feu, qui se font appeler les venimeux, et qui ne reculeront devant rien pour t'empêcher de mener à bien ta mission.

— Quelle mission ? s'étrangla Jorik.

N'était-ce pas déjà assez de devenir empereur, lui qui pendant près de 20 ans avait été persuadé de n'avoir ni destin, ni pouvoirs, ni amis ?

— Toute chose en son temps, répliqua l'homme de lumière. Mais sache que les venimeux sont à tes trousses depuis le jour même de ta naissance.

Salajin leva un doigt, d'où sortit un faisceau lumineux. Au cœur de cette lumière blanche et nuageuse apparurent des images.

Un homme courait dans une forêt noire et dense, un nouveau-né dans les bras.

— La magie des venimeux est puissante, poursuivit Salajin, et cette nuit-là, ils ont réussi à corrompre les âmes des nébuleux qui habitaient les arbres de la forêt des oubliés d'Éridan.

Jorik demeura muet.

— Malgré le mythe qui est propagé d'un empire à l'autre, les esprits des forêts des oubliés n'ont rien contre les hommes. Les arbres veulent les aider à trouver le chemin de l'orphelinat. Mais leurs gestes terrifient la plupart d'entre eux, qui finissent invariablement par se perdre. Ton père, lui, a subi les tourments de véritables démons. Ainsi que toi, dans les années qui suivirent.

Dans les images que renvoyait la lumière de Salajin, Jorik vit l'homme (son père) suppliant, tendre une main vers un jeune garçon en toge grise (Salajin) qui tenait maintenant le nourrisson dans ses bras.

L'homme de lumière agita le bras, et l'enfant qu'il était à 12 ans disparut de la vue de Jorik. Apparut à la place une cabane en flammes au milieu d'un décor forestier semblable au premier. La cabane s'effondra en écrasant une trentaine de jeunes gens et les maîtres-professeurs Lynx et Bison, qui s'efforçaient d'ouvrir une fenêtre. Maître Corbeau, également présent cette nuit-là, s'était tout simplement volatilisé avant d'être frappé par une poutre enflammée.

— Tu es le seul à être sorti vivant de cet incendie allumé intentionnellement par les venimeux.

— Une drogue avait été mise dans le ragoût !

— N'y vois aucun complot. Les somnifères devaient uniquement servir à empêcher les esclaves de retrouver le chemin de l'orphelinat. Cette nuit-là, c'est le feu lui-même qui t'a poussé jusqu'à la route, où les venimeux croyaient s'emparer de toi. Je ne pouvais pas arrêter ces flammes. Tout ce qui a été en mon pouvoir, c'est de les faire dévier assez pour te permettre d'échapper à tes poursuivants. Une fois hors de la forêt des oubliés, puisque tu n'avais aucun destin, pas un magicien parmi les plus puissants venimeux n'a été en mesure de te mettre la main dessus.

Salajin baissa le bras, et les images se dissipèrent tels des nuages chassés par le soleil. La lumière qui entourait le corps de l'être céleste vacilla, puis devint plus forte, cachant les traits de son visage et rendant flous les contours de sa silhouette.

— Je dois y aller, Seigneur Jorik. Zodiak m'appelle auprès de lui.

— Attendez! Pourquoi ne pas me faciliter la tâche en me révélant quelle est ma mission? Sinon, comment puis-je faire quoi que ce soit?

— Pour l'instant, moins tu en sais, plus tes chances de rester en vie sont grandes. Le moment venu, tu sauras ce que tu dois faire. J'en suis désolé, mais il y a des limites à ce que les dieux et leurs alliés célestes peuvent faire ou dévoiler sans risquer de briser la trajectoire initiale des astres.

— Dois-je éviter de me présenter au palais?

— Au contraire. Tu le dois.

— Vous reverrai-je? s'inquiéta le nébuleux, plus perplexe qu'il ne l'était avant les brèves explications de son ange gardien.

— Si Zodiak le juge nécessaire. D'ici là, je te serais reconnaissant de garder mon existence secrète.

— Mais…

La silhouette de Salajin devenait de plus en plus floue. Le halo de lumière qui l'entourait chancela à nouveau.

— Kaus est là, maintenant. Tu es entre bonnes mains.

Jorik tourna la tête dans tous les sens.

— Qui est Kaus ?

— Un centaure. L'ange gardien d'Ychandre, qui est désormais le tien. Il est ici, derrière toi, à moins d'un pas sur ta gauche. Kaus est un protecteur exemplaire. Il te faudra cependant apprendre à sentir sa présence, à l'entendre et à suivre ses conseils.

— Tout cela est si étrange, bredouilla Jorik.

— Le jour où tu acquerras deux citrines de plus, il te sera possible de l'entendre réellement, et même de le voir.

— Pourquoi ne pas me les donner ? tenta Jorik, qui aurait tant voulu avoir à ses côtés un conseiller avec qui il pourrait discuter.

— Toi qui ne connais pratiquement rien de la magie, tu es déjà plus puissant que tu ne le devrais, Jorik. Instruis-toi, exerce tes pouvoirs, et je reviendrai moi-même t'offrir ces deux citrines.

L'homme de lumière disparut pour de bon. Jorik ne bougea pas pendant un long moment, guettant un signe quelconque, qu'il vienne du ciel ou du centaure qui le flanquait. Puis, il se mit à agiter doucement la main dans l'air, comme s'il s'attendait à sentir le contact avec son ange gardien.

— D'où venait cette lumière? demanda soudain une voix.

Instinctivement, Jorik palpa le glaive dans son dos, vérifiant qu'il était toujours sous le tissu qui le recouvrait. Puis, il reconnut celui qui s'avançait vers lui.

— Danahé de Marfak!

Faisant quelques pas vers le voyageur, Jorik buta contre une racine. Il voulut se retenir à une des branches de l'arbre le plus près, mais cette branche, vieille et sèche, cassa. Le nébuleux se retrouva au sol, face contre terre. Danahé lui tendit une main secourable.

— Par les Douze! s'exclama-t-il. Votre ange gardien dort debout, ou quoi?

Jorik se releva, épousseta ses vêtements et épongea le sang qui coulait de son nez avec un mouchoir que lui prêta Danahé.

— Que fais-tu ici ? le questionna Jorik, encore un peu sonné par sa chute.

— Ne me le demandez pas ! lui répondit Danahé. Mais j'y suis. Et si demain matin c'est toujours votre souhait, je franchirai les grilles du palais de Gemme à vos côtés.

Jorik dut se dominer pour ne pas sauter au cou de son ami. Les nébuleux n'agissaient pas ainsi, et sans doute que les grands seigneurs non plus.

— Venez ! dit Danahé. Il y a une vieille cabane abandonnée non loin d'ici, nous pourrons y passer le reste de la nuit.

Jorik ne se fit pas prier et emboîta le pas au voyageur. Il garda toutefois un œil là où il mettait les pieds.

Avait-il halluciné la venue de Salajin ? Une seconde, il douta même de la présence réelle de Danahé. Un centaure veillait-il vraiment sur lui ? Y croyant d'emblée, il avait baissé sa garde un bref instant, ce qui lui avait valu de mordre la poussière.

— Par ici! le guida la voix de Danahé dans la pénombre.

Derrière les deux jeunes gens marchaient Kaus et Auva, un peu trop en retrait au goût des dieux.

— Pauvre Jorik, marmonna le centaure, j'aurais dû lui éviter cette chute.

— Je suis désolée, dit Auva, en dépit du sourire qui épanouissait son beau visage.

L'ange savait fort bien que son apparition soudaine dans le champ de vision de Kaus était ce qui avait déconcentré le Gardien du Feu.

— Il va s'en remettre, déclara Kaus.

Auva fut aussi surprise qu'heureuse de ne percevoir aucun ressentiment dans le ton du centaure, mais bien une chaleur qui ne demandait qu'un souffle pour s'enflammer.

À suivre…

Ne manquez pas la suite

# Chapitre 1

*Gemme, empire de Nusakan*
*6013 après Zodiak*
*Premier décan du Taureau (saison de Terre)*

Sur les 12 courtisans, 6 étaient encore en lice pour la course au trône de Gemme. Théoban de Keid, Dëmiel de Koprah, Olyvan de Zaurak, Esmery d'Okab, Elvaän de Meïssa et Francor de Gemme. La princesse Saraléane, à qui revenait le droit de choisir son époux, en avait éliminé trois. Danahé de Marfak et Massim d'Elazra étaient, eux, partis de leur plein gré. Le dernier, Uriëm d'Errakis, transformé en cloporte par sa fiancée jalouse, moisissait dans une boîte en attendant que les mages du palais lui redonnent forme humaine.

En apprenant la venue imminente d'Ychandre Jorik de Sadira, l'empereur de Nusakan avait fait annuler le tournoi. Sa nièce avait toutefois invité ses six derniers courtisans à demeurer à la cour.

— Rien n'est encore décidé, leur avait assuré Saraléane. Les astres prennent parfois une trajectoire que personne ne peut prédire.

— Les astres seraient-ils aussi capricieux que toi, mon étoile ? avait soupiré Evanliak. Ychandre de Sadira est un noble seigneur d'Éridan, et son destin n'est nul autre que de régner sur Nusakan. Ce sont les dieux qui nous l'envoient.

Une saison entière était passée dans l'attente du jeune seigneur. Le Bélier avait poussé son ultime souffle d'air brûlant sur la cité couronnée sans que parvienne au palais la moindre information sur la présence à Gemme d'Ychandre. En dépit de leurs très rares contacts avec Saraléane depuis l'annulation du tournoi, l'absence du seigneur avait redonné aux courtisans l'espoir de conquérir le cœur de la princesse.

En ce premier jour du Taureau, cinq d'entre eux, armés de couteaux et de diverses armes telles que les arcs, javelots et lances, venaient de s'enfoncer dans la forêt qui bordait les jardins de la cour arrière du palais. Seul Francor de Gemme, le petit-fils du conseiller astral impérial, occupé ailleurs, ne s'était pas joint au groupe.

— Je rapporterai suffisamment de peaux de renard pour faire coudre un manteau à la princesse, se vanta le hobereau Esmery d'Okab.

Étant le plus robuste des courtisans, ce gentilhomme campagnard avait un air un peu rustre, mais il n'avait peur de rien et pouvait se montrer aussi fidèle qu'un chien.

— Moi, c'est la peau d'Ychandre de Sadira que je compte bien avoir! fanfaronna Dëmiel de Koprah dans un rire dépourvu de gaieté.

Le négociant, héritier d'un riche commerçant, avait atteint la trentaine. Un humour noir et une intelligence plus sournoise qu'aiguisée caractérisaient le plus âgé des prétendants de Saraléane.

— Par tous les dieux! jura Olyvan de Zaurak.

Celui-là n'avait pas coutume de s'exclamer de la sorte. De petite taille, quoi que d'un physique avantageux, Olyvan n'aimait pas attirer l'attention sur lui. Ce fut pourquoi ses quatre compères suivirent aussitôt son regard, curieux de voir ce qui méritait un tel éclat.

Sur le sentier, deux jeunes hommes marchaient à leur rencontre. L'un d'eux ne leur était pas étranger.

— Danahé de Marfak! s'écria un grand blond parmi les courtisans. Par le souffle de quel dieu es-tu de retour ici?

Danahé avait longuement parlé à Jorik de ceux qu'il devrait peut-être affronter avant de gagner le cœur de la princesse et le trône. Ce fut donc à son sourire plein d'assurance, un brin effronté, que le nébuleux reconnut Elvaän de Meïssa, un garde du palais d'Orion.

— Tu te leurres si tu t'imagines que Saraléane va te laisser réintégrer la cour, lança Dëmiel à Danahé, agressif.

— Je ne suis ici que parce que le futur empereur de Nusakan m'a prié de l'y escorter, indiqua le protégé de la Vierge à ses anciens rivaux.

Un silence ponctua cette annonce. Tous examinaient le compagnon de Danahé de pied en cap. Aussi haut en taille qu'Elvaän, et plus large d'épaules que la plupart d'entre eux, il était richement vêtu. Ses cheveux ondulés étaient longs et d'un châtain foncé, et ses yeux n'avaient rien à envier au bleu du ciel. Il avait, somme toute, une allure princière.

— Ychandre Jorik de Sadira ! clama Théoban de Keid, un nobliau.

Ce n'était pas une question. Jorik fut soulagé d'apprendre qu'on l'attendait.

— Voilà cinq saisons que nous nous battons pour l'amour de la princesse ! vociféra Dëmiel. Et ce matin, ce joli cœur débarque comme s'il avait tous les droits !

Le commerçant semblait sur le point de se jeter sur Jorik. Or, avant de s'avancer vers le nouveau venu, Théoban leva un bras qui arrêta le natif de Koprah comme une laisse l'aurait fait d'un chien.

— Sous une apparence un peu glaciale, les protégés du Scorpion cachent un cœur tendre, grinça-t-il à quelques pouces du nez de Jorik. Tire ne serait-ce qu'une larme à la princesse, et tu me trouveras sur ta route.

— Je n'ai pas l'intention de faire du mal à quiconque, riposta calmement le jeune homme.

Seuls Elvaän et Olyvan avaient gardé leurs distances, Dëmiel et Esmery s'étant subtilement approchés des deux arrivants.

— Écartez-vous, maintenant, les somma le voyageur de Marfak. Le seigneur Jorik est impatient de rencontrer sa future épouse.

Elvaän et Olyvan firent marche arrière afin de permettre à Jorik et à Danahé de passer. Malgré le regard désapprobateur que Théoban glissa à Dëmiel et à Esmery lorsqu'ils se saisirent de leurs armes, les deux premiers calquèrent finalement leur attitude sur la leur.

— Ne faites rien d'idiot, leur conseilla Danahé, ce qui n'empêcha pas Dëmiel de se ruer sur Jorik.

Le courtisan en colère balança un coup de poing dans l'estomac du nébuleux, le forçant à courber l'échine. Un second coup, reçu en plein visage, l'envoya au sol. Tandis que Kaus et l'homme-crabe de Dëmiel s'empoignaient, les jeunes hommes laissèrent tomber couteaux, arcs et lances à leurs pieds pour lever les poings.

Le futur empereur de Nusakan se releva en chancelant, et une vive bataille à mains nues résulta du geste inconsidéré de Dëmiel. Les anges gardiens des sept jeunes hommes entreprirent entre eux le même genre de combat, défendant leurs protégés respectifs.